AŞKIN GÖZYAŞLARI-II

HZ. MEVLÂNA

BİYOGRAFİK ROMAN

Karatay Akademi Yayınları - 2011

Aşkın Gözyaşları-II - Hz. Mevlâna
Sinan Yağmur

Yayın Koordinatörü : M. Kemal Avcıoğlu
Editör : Osman Avcıoğlu
Yayın Danışmanı : Hikmet Yılmaz-Gülay Karabıyık-Ayla Erdem
Tashih : Yakup Şimşek
Kapak : www.masske.com
Sayfa Düzeni : Adem Şenel
Baskı-Cilt : Feryal Matbaacılık San. Tic. Ltd. Şti. / Ankara
Tel: (0312) 395 22 37

1. Basım 100.000 Şubat 2011
2. Basım 100.000 Mart 2011
3. Basım 100.000 Nisan 2012
4. Basım 1000.000 Kasım 2012
5. Basım 1000.000 Mayıs 2013

ISBN : 978-605-113-040-8

Kültür Bakanlığı Sertifika No: 17120

Karatay Akademi Yayınları
Fevzi Çakmak Mahallesi Menemen
Sk. No: 34 Karatay/KONYA
Tel: 0332 342 58 44 Fax: 0332 342 58 45
www.karatayakademi.com / karatayakademi@hotmail.com

AŞKIN GÖZYAŞLARI-II

HZ. MEVLÂNA

BİYOGRAFİK ROMAN

SİNAN YAĞMUR

karatay akademi

Sinan Yağmur: Aşk; doğacağı şehre (Nevşehir) Hünkar Hacı Bektaş ile üflemişti soluğunu. Çekti içine ilk nefesinde, 1965 'te. İlk ve orta öğretimi sırasında ise Ahi Evran Veli'yi içti Kırşehir'de. Takvimler 17 Aralık 1984'ü gösteriyordu. Sıradan bir geceydi. Henüz bilmiyordu o tarihin "Şeb-i Ârus" muştusu taşıyan bir geceyi andığını. O gece, her gece gibi karanlık, ürkütücü, sırlara gebe değildi onun tarihinde... Gördüğü rüyada öğrenecekti. Aşkın Pîri 'Yeşil Türbe'den el uzatıp: 'Gel, aşkı bul' demişti bembeyaz elleriyle. Duydu onu, duydu tüm ruhu ile.

Öğrenci olarak geldi, öğrenmek istediği Şehr-i Sevdası Konya'ya... Rüyasında gördüğü türbenin bahçesinde, rüyalar içinde rüyalarda yürüdü. Ateşbaz-ı Veli sokağında Şems'i aradı yana döne. Mesnevi'yi defalarca yazdı sinesine. Tennure'ye değdi, ateş düştü yüreğine ve yazdı elleri dost yüreklere... Güneş'ine dönen çiğdem misali yöneldi Aşk'a Gözyaşları ile... Bilirdi ki; Aşkın gözyaşları akmadıkça hece hece safran sarısı kağıtlara, dinmeyecekti içindeki dumansız ateş. Elinde kalem, gözünde hasret, "Aşkın Gözyaşları Hicret Yolu"na, yolu düşmedikçe gelmeyecekti içindeki tarifsiz sancının sonu. Afganistan, İran, Suriye ve Anadolu. Hz. Mevlâna hangi yollardan gelip geçmişse, o yollara yüreğini dökmeliydi. Bindiği atın ayaklarının değdiği topraklara dokunmalıydı teni. Onun ayak bastığı yere basmalı, onun abdest aldığı suyla abdest alıp, onun namaz kıldığı yerde namaz kılmalıydı. Onun baktığı pencereden bakmalıydı hayata. Onun gözüyle görmeliydi Şems'in aşk ateşi ile hamûş ettiği diyarları.

Belh'e vasıl oldu önce, tekrar doğdu Rûmi'nin doğduğu evde. Mevlâna'ya ilk merhaba diyen kerpiç duvarlara sordu: "Sizde özlediniz mi bizim kadar Mevlâna'mızı?" Sustu duvarlar. Mahzundu Nişabur, yetim kalmıştı Isfahan... Şems'in kokusunu aradı Tebriz'de. Hoyi Köyü'nün tozlu yolları: "Onu bizde çok bekledik." dedi. Şam'da, Halep'te, onların kaldığı handa, medreselerde belki bir tutam aşk çerağı bulurum umuduyla dolandı durdu. Ardından Malatya, Kayseri, Karaman ve Konya... Yazgısı aşksa bir insanın, yalnızlığı kağıtlara sığmıyorsa ve kalem elden önce yüreğe dokunuyorsa...

Aşkın Gözyaşları sağanak sağanak akmalıydı ateş düşmüş tennureden. Aktı. Ruhunu kaleminin ucundan akıtırken, gözlerinden düşen damlalar ses oldu dile geldi: *"Duyar mısınız? Kelimeler arasından "Aşkın Gözyaşları"nın kâlp atışlarını? Var mı içinizde sükûtumun feryâdına yetişen? Sükûtum feryâdımdır. Okur musunuz?*

İÇİNDEKİLER

Aşk'a âşık ruhların hasretini gönül dili ile müjdeleyen **Dr. Ender Saraç**, *Divan Edebiyatı'nın aşk kokulu nefesini yüzyıllar sonrası yüreklere kalem kalem işleyen* **Prof. Dr. İskender Pala**, *közden topladığı özleri tılsımlı sesi ile üfleyen* **Murat Göğebakan** *beyefendilere ve mütevazılığın yürüyen numunesi edebiyatımızın asude şulesi* **Nazan Bekiroğlu** *hanımefendiye teşekkürlerimle...*

ÖNSÖZ

Âşıkların gönüllerinin yanışıyla gözyaşları akmasaydı, dünyada su da olmazdı, ateş de…

Gözyaşı kadar ılık olsun sözlerim. Gözyaşı kadar yanık… Gözyaşı kadar berrak. Aksın gözyaşlarınız! Fırat kadar hoyrat, Nil kadar pak… Yoksa ağlayışınıza bir sebep, söyleyin kuruyan damarlarınıza Mevlâna adına Şems için çağlasın. Gözyaşı rahmettir, rağbettir, sadakattir. Gelin gözyaşlarında tutuşsun yetim yüreklerimiz.

Mevlâna'nın bizlere getirdiği ses, her türlü mantıki dağınıklığın ötesinde bir başka âleme açılma, bir perde kaldırma, ilâhî aşkın sarhoşluğudur. Mevlâna, yandığı ateşlerin yalımlarını yazıya dökerek gönüllerimizi yakandır. Nâr olmadan nûr olunamazdı. Ateşleri yuttu, sustu. Ateşleri üfledi, sustu. Ateşleri avuç avuç taşıdı, " Ben yandım siz yanmayın" diyerek bizleri nur beldelerine çağırdı harf harf kelime kelime. Naz uykusundan Nur Mesnevi'sine uyandırdı.

Mevlâna, bizden başkası mıdır? İşi nedir? Niye geldi sanıyorsunuz? Yakmak, alevlemek, ağlamak, erimek, konuşmamak, durmak, yok olmak, körler meclisini kendi ateşi ile aydınlatmak, gözyaşları ve yakıcı alevler yağmuru altında varlığının derinliklerinden cahillerin yüzüne bir tebessüm kondurmak, kalabalık yığınların arasında yalnız kalmak, her meclisin ışığı olmak ama hiç kimseye alışamamak; gözyaşı tırnağı ile varlığını tırmalamak, damla damla erimek…

Mevlâna'nın ruhu, İslâm'dan gelen, Tevhid ikliminden, vahiy deryasından beslenmiş bir ruh olduğundan, kederi değil sevinci ve ümidi anlatması çok tabiidir.

Mevlâna'nın herhangi bir eserini okumaya başlayan kişi; muhtaç olanın kendisi, verici ve sunucu olanın ise Mevlâna olduğunun farkında olmalıdır. Mevlâna'yı Kur'an'ın şerefli bir kölesi, Hz. Muhammed'in ayağının bir tozu olabilme heyecanında bir âşık olarak okumayanlar, egoizm ve kendini beğenmişlikle okuyanlar, hakiki alemden vazgeçsinler hayali aleme bağlansınlar daha iyi. Sekiz yüzyıl önce doğmuş bir büyük şahsiyetin aile hayatına burun sokmaktan hoşlananlar da Mevlâna'dan uzaklaşıp onu rahat bıraksınlar. Mevlâna, mesnevinin başlarında *"Tü biman ey hemçü-yi tü pâk nist"* diyor. *"Sen kal, ey temizlikte eşsiz olan..."* Şu halde aşkın sırrına sadakat için Mevlâna yeter. Mevlâna'yı okuyan " Oğlu Alaeddin Çelebi ile arası nasıldı, Şems'i tanıdıktan sonra ailesini ihmal mi etti?" sorularına cevap aramamalı. Bunalımda boğulan ruhunu mutlu kılabilmek için teselliyi Mevlâna'nın ruhunda aramalı. Şu halde "Mevlâna bende yaşıyor." diyen kişiler için, sözün renginin önemi yoktur.

Kuru kuruya " Mevlâna'yı seviyorum, anlıyorum" demek yetmez. Bir mânevi şahsiyeti bir dost görmek, ona sadece bakmakla olmaz. Onun ruhunu, iç âlemini görmek, aslının aslını görebilmektir. Henüz ruhlarını aydınlatmamış olan, gece gibi karanlık ruhlu insanlar, en az bir şafak vakti aydınlığı kadar iç âlemlerine aydınlık getirmemişlerse dostlarına sadece bakarlar, onları tam anlamıyla göremezler. İlâhi sevgiye ulaşmak isteyenler, önce ruhlarına aydınlık getirmelidir.

Müjdeyi bize bizzat kendisi vermektedir:" *Bu âlem, ne de olsa yalnızlık yeri değil, sohbet, dostluk ve eğlenme yeridir. Fakat ilâhi güzellikten veya ondan haber getiren nurlu bir yüzden mahrum olursak hayatın tadı tuzu kalmaz. Aşk demek, çetin imtihanlardan geçmek, belayla karşılaşmaktır. Ben gönlümün ayağındaki bağı, zaten aşk peşinden koşsun diye çözdüğümden, hayat yolunda yürürken, gönlümü belâ durağında bırakıp yürüdüm. Bugün içime gelen bir ilham esintisi*

İlâhi güzelliğinden bir koku getirdi, teşekkür olarak şuurumun akılla bağlarını çözerek, yüreğimi, şuurumu tamamen o aşk esintisine teslim ettim. Ey akan gözyaşı ömrümün varı olan sevgili, o bahçeme, o baharıma o seyrettiğim güzelliğe de ki: gecelerinden birinde gecelerimi anarsan benim edep noksanlıklarımı hiç düşünme, aldırma."

En mahrem bir gecenin, en matemli anında akıyordu gözyaşları. Sırların habercileri hızına yetişemiyordu gözyaşlarının. Çok konuştuk, biraz da susalım. Susalım ve ağlaşalım...

MUKADDİME-İ AŞK

Mevlâna yalnızca Konya'nın değil, bütün bir Anadolu'nun, bütün İslâm diyarının sevgilisi, gönüller sultanı olmuştur. Ne ki bu sultana da bir gönül gerektir. Kendini seyredebileceği bir ayna; kesret içinde vahdeti, çok içinde Tek'i yakından seyredeceği; belki de kendi aynasını arıtabileceği, cilalayabileceği bir hakikat aynası... Dâimî arayışlar, keder buharıyla bulandırıyordu aynayı ve berraklığı üzüntü tozuyla yitirilmekteydi. Cilalanmazsa bir ayna güzelliği nasıl gösterebilsindi ki?..

Garip bir yabancı kesmişti yolunu atının dizginine yapışarak. Sualler soruyor, cevaplar istiyordu ondan. Hayır hayır, soru değildi bunlar derûnî fırtınaların salıverilmesiydi zirvelerden. Cevap cevap değildi belki ömürlük sırların kelimelerde köpürmesiydi. Aralarında öyle rûhânî bir enerji akışı vardı ki soran ne sorduğunu, cevabı veren de neyi cevapladığını bilmiyordu. Konuşanlar lisan değil kalp idi, konuşulanlar mesele değil ilham idi. Şekil, tarifini kaybetmiş bir tasvir olmuştu; renk özünü yitirmiş bir hayale dönmüştü. Hangisi avcıydı, hangisi av; hangisi avlayandı hangisi avlanan? İki denizin kavuşmasına benzetenler bu benzetmede haklıydılar. Aşk havuzunu kurutan Şems, onu gözyaşıyla doldurması gereken Mevlâna. Şehri harap edecek olan Şems, onu imar edecek olan Mevlâna…

Derler ki Mevlâna yanmaya hazır bir kandil idi; Şems geldi, çerağı ile bu kandili tutuşturdu. Bu doğru, ama yanan kandil hem kendini hem çerağı yaktı, ortada ikisinden de eser kalmadı, yalnızca bir aşk çerağı parladı ardından. Öyle bir çerağ ki yüzyıllar boyunca yüz binlerce gönlü aydınlattı, yaktı, kavurdu. Onu sevenler pervaneler gibi çerağın etrafında döndüler, dönerken yandılar. Şairin dediği gibi:

Döndükçe etekler yelpâzelenir

Döndükçe gönülde aşk tâzelenir.

Mevlâna'nın yolu hep bir aşk medeniyeti olarak yaşadı. "Aşk benden doğmadı, aşk beni doğurdu." diyordu. Aşk çocukları onun terbiyesinden geçerek yaşadı yüzyıllar boyunca. Ruhu şâd, sırrı kutsal olsun!..

Prof. Dr. İskender PALA (Mevlâna)

ÖMRÜM: KÖZLERDEN ÖZ TOPLAMAKTI

Mezarımın yanından geçen sarhoş olur.
Mezarımın başında duransa sonsuza kadar sarhoş olur.
Mezarımın sarhoşu denize dalsa,
deniz sarhoş olur, taşar köpürür.
Toprağa girse, mezar da sarhoş olur lâhit de.

Mevlâna içeri girer, mendili koklar eli titreyerek zarfı açar. İçinden sarı kâğıda yazılmış bir not çıkar:

"Başımı kesip kör kuyuya atsalar. Şah damarımdan oluk oluk kanı akıtsalar. Dokuz yurda tenimi lime lime dağıtsalar. Yedi çakal sürüsü vücuduma saldırsalar. Kırmazdı acılar beni, yorardı belki teni. Özümsün; özümle ararım Mevlâna'm seni. Yemin ederim ki ölümümün gözlerinin önünde olmasını isterdim. Gör ki aşk için ölmek ne demekmiş."

Mevlâna olduğu yere düşüp bayılmıştır.

Gecedir. Gökkubbe ha düştü ha düşecektir. Mevlâna yatağın içerisinde doğrulur. Kurumuş bir dal gibi düşer yana kolları. Avucundaki mendile bakar, Şems'in kan izleri hala tazedir zümrüt yeşili mendilin ucunda. "Yusuf gibi kuyuya mı attılar seni, güneşi gökten koparıp hançerleyenler kim? Bu nasıl sır, adım atanın göğe yükseliyor feryadı. Bu nasıl bir gömlek, kim giyse gözlerine kan iniyor." Kendine gelen Mevlana bir nara atar." Allah'ım acılarımı örtme!" Acı bir ağlamaya tutulur. Ağlar. Ağlar. Gözyaşları ne sudur, ne inci. Kerbela toprağıdır akan her gözyaşı.

Yatağın içinde bağdaş kurarak oturan Mevlâna elini gözyaşlarından sırılsıklam olmuş sakalına dokundurur. Gözlerini tavandaki küçük bir deliğe çevirir, yolunu yitirmiş bir yolcunun mazideki hatıralarını yâd edercesine ömrünü seyreder zihninde.

CEHENNEM ATEŞİNİ GOBİ'DEN TUTUŞTURUYOR

Aşkın sırrı cehennemden korkmamak ve cenneti arzulamamaktır. Aşkın sırrı su yerine susuzluğu aramaktır. Aşkın sırrı Allah'tan Allah'a yakınlığı satın almaktır. Aşkın sırrı Rabb'imizin bize duyduğu sevgiden dolayı var olduğumuzu bilmektir. Aşkın sırrı hem âşık hem mâşuk olmaktır.

Asya bozkırları toz-duman... Moğol atlılarının ilk hedefi Horasan'dır. Ülkeler huzursuz, şehirler çalkantılı, kabileler telaşta. Akıl-izan sahipleri ağır düşüncelerle yasta. Müslüman Asya'nın çocuğu Belh; her dinden, her mezhepten ve meşrepten insanıyla sancılı. Bir kulağı dedikodularla uğuldarken, bir kulağı nal seslerinde...

Ucu bucağı kuş bakışı dahi gözükmeyen Gobi çölündeki sessizliği, keçi kılından yapılmış büyük çadırdaki Cengiz Han'ın sesi bozmuştu:

-Bu densizliğin bedelini ödeteceğim. Elçilerimi ve tacirlerimi insafsızca doğrayan Otrar vâlisinin vücûdunu, gözlerinizin önünde lime lime etmezsem, Tibet dağları üzerime devrilsin. Çabuk, yazıcımı çağırın! Harzemşah sultanına son bir hak tanıyorum. Mektubumu tez iletin.

Belh'te ayrı bir telaş vardır. Sultan'ın eşi Türkân Hanım, Otrar vâlisi yeğeninin çirkin davranışını telafi etme tedirginliğinde. Derdi yeğeninin başını kurtarmak. Sultanı, ikna etmekte çaresiz. Umudunu danışmanlardan Fahrettin Râzi'ye bağlamış durumda. Sultanın sağında Fahrettin Râzi ve diğer danışmanlar, solunda dalkavuklar takımı... Destur istemeden konuşmaya başlar, her söz bir yangın, her kelime bir oktur kınından çıkmış.

- Bunca sene ekmeğini yedim, suyunu içtim. İçimdekilerini söylemeden gidemeyeceğim.

- Ne gitmesi, ne söylemesi Bilge Bahaaddin?

- Kıyâmet yaklaşıyor, ateşten bir top üzerinize geliyor ve önüne ne çıkarsa yakacak, kül edecek.

- Ne ateşi be adam?

- Cengiz Han ateşi... Söze Fahrettin Râzi karışmak ister. O söze başlamadan Bahaaddin sesini yükselterek:

- Râzi sen bu işe karışma, bu ilmi bir münazara değil, siyasi bir münakaşa. Sultanı yanlış telkinlerle yanılttınız. Dini biliyorum dersin, peki Otrar faciasının diyetini ödemek şeriatın emri değil mi? Suçsuz onlarca tüccarı katletmek, elçileri kılıçla doğrayıp biçmek, kitabın hangi ayetinde var? Türkan Sultan hanımın dudağına bakarak fetva verilmez! Nerede sizin vicdanınız? Mahkeme-i Kübrâ'yı, unutup işkembe-i kübrânızı şişirin sizler. Ben Sultan Muhammed'e karşı sorumluluğumu yerine getiriyorum.

- Seni dinliyorum Baha Veled; diğerleri sussun!

- Cengiz Han'ın derdi bu topraklar değildi. O, dünyayı Gobi çölünden ibaret sanıyor. İşi gücü varsa yoksa Çinliler. Ticari ilişkiler içinde dostluk kurmak varken, valinin yaptığı densizlik için özür dilemeniz gerekmeden diyet ödeseniz daha iyi olurdu. Uyuyan yılanı uyandırmak akıl işi değil.

- Ne yani, koskoca ben, çadır kuzusu bir Moğol'dan mı çekineceğim?

- Sultan'ım mesele Cengiz Han değil, mesele Allah'ın gazabıdır.

- Ne demek bu şimdi?

- Dinin emrini çiğniyorsun. Masum tacirleri ve elçiye zeval olmaz prensibini çiğneyen valini korumak, Allah'ın adaletini ihlaldir.

- Benim ordularım Moğolları süpürür. Ben güçlüyüm!..

- Firavun ağzı ile konuşanları ilâhi ceza helak eder. Bu halkın suçu günahı ne? Onların başına, Cengiz Han'ı bela olarak getirmiş olacaksın. Şehirlerine, silahlı gücüne güvenme. Koskoca İskender de öyle yapmıştı. Ne oldu şimdi?

- Bahaeddin Veled, geçmişteki hizmetlerin olmasa şimdi seni karşımda böyle konuşturmazdım.

- Ben, müritlerim ve ailem yeni bir vatan edinmek için yola çıkıyoruz. Hakkımız var ise helal hoş olsun...

ÂİLEM

Süleyman'ın tahtı toprak, Belkıs'ın tacı toprak. Ben aşkım gözüm, göklerin üzerinde, tenim toprak. Aşkın bulutlarından gözyaşı dökmesini bil ki, senin gözyaşlarında topraklarda gül bahçesi yeşertsin.

Çocukluğum ve gençliğim ferah ve huzur dolu bir çağın içerisinde yeşermedi. Katliam ve kargaşa... Kardeş kavgaları, siyasî otorite boşluğu, mezhep çatışmaları, cemaat kavgaları, hizipçilik, isyanlar, sapık ve batıl düşüncelerin yayılması gibi buhranlı bir devrin gölgesinde geçti. Bilgin bir babanın, sâliha bir annenin çocuğu olmak bahtiyarlığımdı. Okuduğum kitaplar, feyz aldığım hocalar ile gönül dünyamı damla damla dolduruyordum.

Anadolu'nun vaziyeti hiç de iç açıcı değildi. Bir yandan iç karışıklıklar, taht kavgaları, diğer yandan Moğol zulmüne mâruz kalmış sevgiye, barışa ve huzura hasret kalmış Anadolu insanı.

Soyum, baba yönüyle Hz. Ebu Bekir (R.A.)'e dayanır. Celâleddin Hüseyin Hatibî, zamanının büyük bilginlerindendir. Babam Tacikistan'ın Vahş köyünde doğmuş bir Türk'tür. İlim öğrenmek için diyar diyar dolaşır ve en sonunda "Ümmü'l-Bilâd" diye meşhur olmuş, şehirlerin anası sayılan Belh'e yerleşir. İlmi, irfanı ve hatipliği ile saray hocası olarak Sultan'a ilmi danışmanlık görevinin yanı sıra medresede talebeler de yetiştirmektedir. Bütün halkın saygı ile andığı "Sultan'ül Ulema" diye taltif edilir.

Annem, Mümine Hatun, Belh Emiri Rukneddin'in kızıdır. Annem saliha bir kadındı. Züht ve takva içerisinde yaşayarak Allah'a karşı iyi bir kul, babama sâdık bir eş, ağabeyim Alaeddin ve bana müşfik bir anne oldu. En sıkıntılı zamanlarda bizlere dâima yardımcı oldu. Karaman'da kaldığımız yıllarda ciğerlerindeki rahatsızlıktan dolayı vefat etti.

Doğduğum şehir olan Belh, Eski ve Orta Çağ'da mühim bir şehirdir. Efsânelere göre Turan Hükümdarı Efrasiyab'ın başşehri, Zerdüştilerin kutsal şehri. Hint, Çin, Türkistan, İran ticaret yollarının kesiştiği ova. İskender'i görmüş. Budizm, Mecusilik, Hristiyanlık, Mani dinlerini, Ak Hunları tanımış. İslâm'ın erken döneminde Müslümanlar tarafından fethedilerek, İslâm dini ile tanıştırılmıştır. Abbasiler, Gazneliler, Büyük Selçuklular ve Harzemşah Türklerinin idaresi altında büyük gelişme göstererek oraların en büyük, en kalabalık şehri haline gelmiştir. Belh, Horasan ilinin tahıl ambarıdır. İlk kâğıt burada imal edilmiştir. Kâğıda, kültüre, medeniyete dost bir belde... Bu meziyetler ona "İslâm'ın kubbesi" unvanını yakıştırır. Ünlü vezir Nizamül Mülk'ün "Nizamiye Medresesi" ile de Belh, âlimlerinin cazibe merkezi olur. Bütün mezhepler ve meşreplere imkân sunan Belh, sûfî vâizleri, Hanefi fakîhleri, felsefe ve kelâmcıları ile meşhur olmuştur. Tasavvufun iklimi, buradan bütün Asya'ya ve Anadolu'ya yayılmıştır.

Belh'in etrafı yüksek surlarla çevrilidir. Öyle ki; bir kişi at ile surların etrafında dönüp dursa, günlerce bitiremez. Malzemesi sağlam, dik ve kaygan sivri surlardan sonra şehir istilalardan yana rahat bir nefes alır. Ta ki Cengiz Han'a kadar... Biz Belh'ten ayrıldıktan iki sene sonra Moğol ordusu Belh'e gelir dayanır. Surları geçmeleri imkânsızdır. Aylar geçer, şehrin düşmesi mümkün değildir. Cengiz Han, Belh'in kuzeyinde akan nehrin kolunun şehre doğru çevrilmesini ister. Aylar sonra nehrin yatağını değiştirir, sularını şehre salar, surlar yıkılır böylece şehir seller altında kalır. Moğollar kıtanın en görkemli şehrini yakar yıkar. Ayakta kalan birkaç yapıdan birisi de doğduğum evdir.

On iki yaşıma kadar yaşadığım Belh'te her çocuk gibi, zamana uygun; Kur'an, tecvit, hadis, hüsnü hat, cebir derslerini aldım. Ayrıca, kahramanlık destanları, masallar, öğütler, hikâyeler, aldığım eğitim ve terbiyenin yardımcı unsurlarıydı. Yaşıtlarım gibi oyun oynamaktan hoşlanmazdım. Gece in cin uykuda iken, gökyüzünde keşiflerde gözlerimi dolaştırırdım. Günde bir öğün yemekle yetinir, oyuncak istemezdim. Aklım fikrim kitaplardadır. Babamın misafirleri ile yaptığı ilmî meclislere severek katılırdım. Çocukluk arkadaşlarım Hüseyin ve Tarık ne kadar ısrar etseler de saklambaç, kör ebe gibi oyunlara katılmazdım. Okumayı ilk öğrendiğim üstadımdır babam. Onun yanında geçirdiğim anlar en mutlu anlarımdı. Babama öyle bağlıydım ki, gece gözüm uyku tutmadığında annemden hikayeler değil babamdan dini bilgiler dinlemek için ısrar ederdim.

Babamın medresesine gidip onu dinlemek çok keyif vericiydi. Medresedeki kütüphane, en çok sevdiğim yerlerin başında geliyordu, bir de Sahabe'den Hz. Ukkaşe efendimizin türbesine gidip orada aldığım huzur ile saatlerce düşüncelere dalmak, kendimi ve zamanı unutmak. Babam Hz. Ukkaşe'nin peygamberimizin mübarek sırtını öpebilmek için kurduğu planı anlattığında hayran kalmıştım ve bahçemizin yanındaki türbeye her gittiğimde onun kabrini öperdim, "Peygamberimizin kokusu var mıdır?" diye.

Ruhumda kalıcı, derin izler bırakan bu şehirden ayrılmak yazgımızdı. Belh'ten Konya'ya kadar on iki yıl süren hicretimiz başlıyordu. Gözlerim ağlamaklı doğduğum topraklara el sallayarak veda ediyordum. Babamın hemen yanında bir at üzerindeydim. Yolculuk boyunca hep babamın yanında gittim. Belh'ten sabah namazlarını kılıp çıkmıştık. Kervan, öğle namazı için bir bağda konaklamıştı. Babam düşünceli bir şekilde bir ağacın altında oturuyordu. Yanına bağdaş kurup oturdum. Belh'ten niçin ayrıldığımızı sordum. Tek tek anlattı. Babam soru sormamdan çok hoşlanırdı. Buna güvenerek tekrar sordum:

- Babacığım, bu Moğol ve Harzemşah davasında kim haklı?

- Sıffin savaşındaki gibi bir hâl var evladım. Hz. Ali haklıydı, Muaviye de haksız değildi. Muhammed Harzemşah kötü bir idareci ve hatalarından ders almayan bir kuldu.

- Baba, doğru kulluk yapmayı nasıl öğreneceğim?

- Kulluk dört duvar arasında olmaz oğlum. Uzun bir yolculuğa çıkacağız, kitaplarda göremediklerini gökkubbe ve yeryüzü kitabından gözlemeyi ihmal etme. Sosyal hayatın mesajları kağıtlara değil insanların alınlarına ve sokaklara yazılmıştır. Kulluk, olmakla olmamak arasında kalmamaktır. Ya ol, ya ol…

- Kervandakiler seni çok seviyorlar babacığım, memleketlerini, akrabalarını bırakıp senin ardın sıra geldiler.

- Beni çok sevenler var, hamdolsun, ancak beni sevmelerinin hikmeti benden değildir, benim iyiliğimden de değildir. Bizi sevenler Allah rızası için sevmişlerdir.

- Baba, neden Anadolu'ya gidiyoruz?

- Anadolu, hem güvenilir hem de cevherin kıymetini bilen, ilmin hakkını veren, ancak maneviyata aç, barış ve huzura hasret bir diyardır. Anadolu için görevlendirildik evlat. Görevin ne olduğunu bizi Karaman'dan Konya'ya davet eden mektup gelince anladım.

SESSİZLİĞİN İÇİNDE BİR BELDE: NİŞABUR

Yolum der ki; " Gel ve beni izle, çünkü ben senin geleceğinim." Ve ben hem sana, hem de yola derim ki; "Benim ne geçmişim, ne de geleceğim var. Eğer kalırsam, kalışımda bir ayrılış vardır; gidersem, ayrılışımda bir kalış."...

Yeni bir vatan edinme yolculuğumuzda yalnız değildik. Kalabalık bir ahali de bizi takip ediyordu. İnsanlar, heyecan içinde... Onlar baskı ve düşmanlığı tanımışlar, haris olmanın manasızlığını yaşamışlardı... O uzun kervanımızı bazen yağmurlar kamçılıyor, bazen de soğuk rüzgârların buzlu kanatları sarmalayıp sağa sola fırlatıyordu. Geceleri de yıldızlar, o tuhaf dünyalar o uzun yolda bize eşlik ediyorlardı. Babam Bahaeddin Veled'in acı dolu kalbi, ezici düşünceler altında kahroluyordu. O artık, Belh şehrinin bir sürgünü değildi.

O, kendisini o zamana kadar bildiği, inandığı, hissettiği her şeyden, kendinden dahi sürgün eden bir kimse idi. Ben de ileriki hayatımda sürgün içinde sürgün yaşamanın ne demek olduğunu bizzat yaşayarak öğrenecektim. Bir çocuk kalbi ile bazen buruk bazen hafif bir ümit içerisinde yolun sonunun nereye varacağını merak ediyordum. Yolculuğumun çoğu at sırtında geçtiğinden babamdan aldığım kitapları okuyordum. Mola için durduğumuzda bir ağaç altına oturup kitaba devam ediyordum. Babam hâlimi gördükçe mutlu oluyordu kendince. Annem ise tedirgin, biraz da telaşlı bir ruh haliyle benim yaşıtlarımla oyun oynamamı istiyordu. Oyun ise bana yavan geliyordu, kitaplarda bir sıcaklık, tatlı bir huzur buluyordum.

Böylece bir gün o büyük beldeye, Nişabur'a gelmiştik. Mavi safirlerle bezenmiş, güzel evleri ve çiçek dolu bahçeleri olan Nişabur… Halk, kervanımızın şehir kapılarına yaklaşmakta olduğu haberini alınca, bizi karşılamaya koşuşmuştu; en ön safta da bilginler vardı. Ağızlarından çıkan ilahiler aleve dönüşürken vecd içindeki haykırışlar, geniş bir ırmak misali etrafa yayılıyordu. Gördüklerinin karşısında babamın kalbinde bir huzur doğdu. Ben ise bu aşırı ilgiden hayrete düşmüş, çocukça bir sevince kapılmıştım. Kolay değil, aylardır yoldasınız ve asıl yurdunuzdan uzaklaşmanın burukluğunu taşımaktasınız.

İnsanlar arasında olup da, onların, sana hürmet ettiklerine tanık olmak öylesine güzel ki... İnsanların düşünce ve tutkuları ile duygularına, rüyalarına ve de gündüzlerine ve gecelerine hâkim olduğunu görmek… Babası ile gurur duyan bir çocuğun sevinciydi bunlar.

Mutlak sessizlik, babam Bahaeddin Veled'i adeta yalnız bırakmıştı. Şimdi ise, şehir onu yeniden hürmet hırkası ile süslüyordu. Zamanın bilginler sultanı kaybetmiş olduğu heybetini yeniden kazanıyordu.

Karşılaştığı manzaradan mutlu olarak dönüp bana baktı. Hâla içinde hicran vardı, bakışları kararsız ve hüzünlüydü. Gerçekten de doğru yol bu mu idi? Yoksa, bir başkası mı? Bakışların sesini ruhumun derinliklerinde duydum. Ancak, cevap verme zamanım henüz gelmemişti.

Bizi büyük bir medreseye götürdüler; çok güzel eski bir halıya oturttular ve bir rahlenin üstüne Kuran'ı Kerim'i açtılar. Orada bulunanlardan birisi aşr-ı şerif okudu. Babam hâla dalgın düşüncelerde yüzüyordu. Ruhunun diplerinde, hayallerinin en ücra derinliğinde saklanmış belli belirsiz ufacık bir çatlağı hissetti. Âdetleri üzere ilk söz misafire verildiğinden, önceleri Belh'de yaptığı gibi, sohbetine başladı. Sesi gür ve tatlı akıyordu, meclisteki herkes akıcı konuşmasından adeta kendisinden geçmişti. Koca sarıklı ve uzun sakallı mollalar vecd içinde nefeslerini tutmuşlardı. Mollalar onu dinlediler ve sonra da düşündüler: "Ağzından Allah'ın kelâmı çıkıyor." Mollalar arasında Feridüddin Attar da vardı; o da huşû içinde dinledi ve "İşte, verimli toprak budur!" diye mırıldandı.

Babam konuşmayı bitirdikten sonra meclise soru sormak için civar beldelerden gelenler söz istediler:

- Müsaade varsa merak ettiklerimizi sorabilir miyiz?

Babam:

- Biz konuğuz, suallerinize muhatap olmak buranın âlimlerine karşı edepsizlik olur, buyurun, ulema burada, sorunuz, dedi. Vakar dolu bir yürüyüşle Ferîdüddîn Attar babamın yanına gelip elini öpmek istedi, babam elini sakındı ve;

- Yaşça büyüğümüzsünüz, ev sahibimizsiniz, elimiz dudağınıza layık değildir. Ferîdüddîn Attar sadece büyük bir bilgin değil, aynı zamanda cezbeli bir şairdi de. Sırlar dünyasının anahtarını taşıyan tasavvuf ehli bir kişi idi:

- Siz bilginler sultanısınız, sizin yanınızda bizim cevap vermemiz uygun düşmez.

- Hem misafiriz hem yorgunuz, bugünlük müsaade alıp dinlenmeliyim, daha burada çok konaklayacağız. Sohbet ve sorularla hasbihalimiz olur inşallah.

Babam müsaade almak isteyince ben kulağına "Meclisteki sohbetleri dinlemek için kalabilir miyim, birazdan yanınıza gelirim" diye fısıldadım. Gülen gözleri ile "Tamam." diye bakarak meclisten destur ile âdeti gereği insanlara sırtını dönüp gitmemek için geri geri adım atarak ayrıldı.

Soru sormak için gelenlerden birisi:

- Merakımızı giderin de kim giderirse gidersin. Ferîdüddîn Attar:

- Buyrunuz.

- Beldemizde bir hocamız var. Sürekli vaazlarında Allah'ın varlığı üzerinde duruyor ve üstelik sorumuz olunca da bizden mahsül, tavuk, kaz veya para almadan cevaplamıyor. Siz Kur'an'dan anlamazsınız, aklınız yetmez kitabı ancak biz hocalar anlar ve açıklarız, kitap sadece camide dinlenir, diyor. Biz Kur'an'ın bütün ayetlerinin Allah'ın varlığı üzerinde durup durmadığını merak ediyoruz, üstelik din öğretilirse ücret, zoraki hediye alınması caiz midir?

Ferîdüddîn Attar meclisteki diğer mollalara dönerek:

- Aranızda bu soruya cevap verecek var mı? Yoksa ben cevap vereceğim.

Mecliste kısa bir sessizlik sonrası baktım ki kimse soruya cevap vermeye yanaşmıyor. Başımı utangaç bir şekilde kaldırarak:

- Efendim, müsaadeniz olursa ben cevap vermek isterim, dedim. Mecliste bir homurdanma, bir fısıltı aldı başını gitti.

- Şuna bak çömez hali ile dini konularda cevap verecekmiş.

- Haydi babası neyse de bu çocuğa ne oluyor?

- Ağzı hâla süt kokuyor, gelmiş bize fetva verecek.

- Bırakın cevaplasın.

- Ne olacak canım, zaten terbiyeli davranıp müsaade istedi. Sesi ile homurdanmaları bastıran Ferîdüddîn Attar bana yaklaşarak:

- Buyur evladım, söz senin.

- Hocanız yanılıyor, Kur'an-ı Kerim bir kainat kitabıdır ve hiçbir kimsenin şahsi kitabı değildir, üstelik manası bazılarına açık diğerlerine kapalı bir kitap da değildir. "**Biz anlaşılsın diye apaçık indirdik**" ayeti aklıselim her insanın anlayacağı bir kitap olduğunun müjdesidir. Biz sizin yerinize anlarız demek akla hakarettir. Allah'ın ayetleri sadece mushafda kayıtlı değildir, her şey yüce Rahmân'ın kelamıdır. Peygamberimiz okuma yazma bilmiyordu, üstelik bilse dahi elinde okunacak bir metin de yoktu. O halde neden ard arda

"Oku" emri ilk mesaj olarak verildi. Okumak hayatı, kendini ve yaratılan her şeyde ilahi manaları gözlemlemektir.

Kur'an-ı Kerim'de, Allah'ın varlığından çok birliği üzerinde durur ayetler. Müşriklerin Allah'ın var olduğundan yana problemleri yoktu, onların derdi, çoklu ilah düşüncesidir. Böylece sorumluluklarından kaç nacaklardı akılları sıra. Tevhid olmadan iman gelişemez. Kur'an sürekli bu çağrıyı yapar ki şirk illeti insanı kulluktan çıkarmasın.

Hocanız peygamberin yolundayım demiş ama henüz peygamberi anlamamış ki yolundan yürümüş olsun. Peygamberlerin hepsi kavimlerine daima şu cümleyi söylemişlerdir: "Biz ücretimizi, mükafatımızı Allah'tan alırız. Sizden bir dünyalık arzumuz olamaz. "Din öğreticileri ne hakla ücret, hediye talep ediyor? Dini, tüccar kafası ile anlatan onu anlamamış demektir.

Oradakilerin hepsi "Helal olsun şu küçük yaşta ne büyük sözler sarfetti!.. Babasının ilim rahlesinden nasiplenmiş" diyerek iltifat göstererek, alnımı öptüler. Baktım ki hepsinin gözleri buğulanmıştı.

Akşam sofrasında babamın yanına oturmuştum, olup biteni duyan babam beni kucakladı ve:

- Aylardır buruk olan yüreğimi güldürdün ya ömrüm sana feda olsun evladım, dedi. Bir evlat için sevdiklerinden takdir almanın mutluluğunu tadıyordum. Artık Nişabur'da ilim meclislerinin asude havasından yayılan aydınlatıcı geceler başlamıştı.

Babam, Ferîdüddîn Attar ve ben... Sözler birbirini takip ederken, bense; bir şeyi kavramaya aklımın yetmediği hallerde, ruhumda o güne kadar bilmediğim yeni bir gücün var olduğunu hissetmeye başlamıştım. Üstad Attar, beni odasına davet etti. Çok sade bir odası vardı. Ben süslü eşyalarla dolu bir oda beklemiştim. Yerde keçeden yapılmış bir kilim, ince iki küçük minder, bir testi ve rafta iki kitap vardı. Kitaplardan birisini eline aldı ve bana uzatarak:

- Kırk yılımı bu kitabı yazmak için harcadım. İlk sayfadan itibaren kitabı yazarken, içimde "Bu kitabı kendim için değil hak eden birisine hediye etmek için yazıyorum" düşüncesi doğmuştu. O kişi senden başkası olamaz evlat...

- Nasıl yani efendim, göz nuru, gönül süruru Esrarnâme'nizi bana mı armağan edeceksiniz?

- Evet, senin ilim meclislerindeki hararetli sözlerini dinlediğimde "İşte beklediğim hikmet aşığı" demiştim.

Helal hoş olsun eserim sana, zaten ben de emanetteydi. Şimdi sahibini bulduğu için o kadar mesudum ki...

Kitabı besmele çekerek alıp önce öptüm, sonra alnıma değdirdim. Hayatımda aldığım çok güzel hediyelerden biriydi. O andan itibaren sürekli Esrarnâme'yi okumaya başladım. Kaç kez okuyup bitirdiğimi saymadım bile.

Nişabur'dan üç ay sonra ayrılmak zorunda kaldık. Hac mevsimi yaklaşıyordu. Mukaddes topraklarda olmamız gerekiyordu. Başlarında Üstad Attar olmak üzere şehrin ileri gelenleri, mollalar ve halk bizi uğurlamak için şehir sınırına kadar geldiler. İçim tuhaf duygularla taşkındı. Hem üstadımdan ayrı kalmanın üzüntüsü diğer yandan mukaddes topraklara kavuşacak olmanın tatlı heyecanı...

Üstad Attar, beni öpüp kokladıktan sonra babama sarıldı, gözleri yaşlı olarak:

- Bahaeddin Veled, bil ki senin oğlun bir damladır. Öyle bir damla ki ummanları ardından sürükleyecek ve cümle âlem tarafından sevilen, konuşulan bir bilge olacaktır, dedi. Helalleşip ayrıldık. Nişabur'daki yaşadıklarım benim için, baba terbiyesinden sonra çok değerli yeni ufuklara doğru bir yolun kapısını açmış oluyordu.

Safir beldesini arkamızda bırakarak, huzur ve huşû içinde, yeniden yola koyulduk. Önümüzde yeni ufuklar açılıyordu. Yol devam ederken uğradığımız her noktada başka başka buluşlar tadacaktım. Kaderimin ağları adeta yollar üzerinde örülmüştü.

MASALLARIMIN PÂYİTAHTI: BAĞDAT

Çocukluğumda masal okudum. Yürüdüm masal, üflediğim masal, soluduğum masal; aşkta yanıp tutuştum, sonunda ben masal oldum.

Dağdan dağa, zorlu geçitleri aşarak sonunda, masallar şehri Bağdat'a gelmiştik. Gizem ve güzellikle bezenmiş o şehre... Bahçelerde ağaç dalları meyvelerden yerlere kapanırken, gümüşi sularında yusyuvarlak bakır kırmızısı mehtaplar oynaşıyordu; bol minareleri ise, gururlu vecdleri içinde, ince semaları yırtıp yukarılara doğru uzanıyorlardı. O günlerde Bağdat güzel ve güçlü bir şehirdi. Dillere destan o şehir, İslâmiyet'in göz kamaştırıcı gerdanlığının pırıl pırıl yanan en değerli taşı olarak yükseliyordu. Ne var ki ileride Moğol kasırgası bu güzel şehri de kasıp kavuracak; bu ihtişamlı sokakları at nalları çiğneyip şehrin üzerini kapkara dumanlar kaplayacaktı.

Çarşısı rengârenk, sokakları şatafatlı bu şehir gerçekten insanda değişik meraklar uyandıran, etkileyici bir güzelliğe sahipti. Arkadaşım Hasan ile Bağdat'ın meydanına gittiğimizde büyük bir kalabalık dikkatimizi çekti. Bu insanlar niçin toplanmıştı? Çekinerek aralarına sokulduk. Önlere doğru ilerledik. Meydanın tam orta yerinde bir darağacı kurulmuştu. Halk, idam infazını seyretmek için toplanmıştı. Hemen yanı başımızdaki birisine sordum:

- Kimi asacaklar darağacında?

- Fakir bir delikanlıyı.

- Neden? Bir hırsızlık mı yaptı?

- Hayır.

- Adam mı öldürmüş?

- Hayır.

- Peki ne suç işlemiş ki onu asıyorlar?

- Valinin kızına aşk mektubu yazmış ve yakalanmış.

- Anlamadım. Ne yani vali, kızına aşk mektubu yazdı diye bir insanın canına mı kıyıyor?

- Evlat, ya susun ya da gidin buradan, valinin adamları var halkın arasında, canınız kırbaç yemek istemiyorsa vali hakkında ileri geri konuşmadan çekip gidin. Çoluk çocuk demez, kırbacı vurdurur.

Çocuk yaşta ne acıları tadıyordum. Yurdumdan ayrılışın acısı, arkadaşlarımdan mahrum kalma acısı, insanların kan revan içindeki perişan halleri, Moğol korkusunun insanları ne hale getirdiğini görme acısı, savaş korkularının üzerime gelen acısı ve bir kıza aşk mektubu yazdı diye asılacak olan yağız bir delikanlının yüreğimdeki sızısı... Bütün bunlar taze benliğime oturan acı tortulardı. Aradan yıllar geçecek ve ben gençliğimde ilim tahsili için geldiğim Halep'te aynı vali ile bir saray sohbetinde karşılaşacaktım.

Halep valisi Halebiye Medresesi'ndeki bütün hocaları ve beni iftara davet etmişti. Valinin kim olduğunu bilmiyordum. Yemekten sonra yanımdaki kişiye valinin kim olduğunu sorduğumda öğrendim ki; Bağdat'ta kızına aşk mektubu yazan delikanlıyı idam ettiren vali. Bütün yediklerimi çıkaracak gibi oldum. Oradan hemen ayrılmak istedim fakat medresedeki arkadaşlarım bunun şimdi uygun düşmeyeceğini, biraz daha kalmamızın iyi olacağını söyleyince sabrettim. Yemek sonrası vali ilmi sohbet için bazı sorular sormaya başladı, herkese değişik bir şey soruyordu. Sıra bana geldiğinde;

- Rum diyarından gelen konuğumuza da bir sual yöneltmek isterim. Dinimizde en büyük günah nedir?

- En büyük günah sizin varlığınızdır, diye cevap verdiğimde salonda buz gibi bir hava esti. Herkesin gözleri fal taşı gibi açıldı, hayretten şaşkına dönmüşlerdi. Vali:

- Anlamadım, misafirimizin dili eşek arısı gibi sivri ve acı.

- Bana dinimizdeki en büyük günahın ne olduğunu sordunuz, ben de söyledim. Aşkı katletmek en büyük günahtır. Bir delikanlının kızını sevip mektup yazdı diye onun canına kıydın, ardından kızın bu üzüntüye dayanamayıp hastalandı ve öldü. İki yüreği çürütüp toprağa attığın için memnun musun? Kızının ve onu sevenin canını alandan büyük mücrim var mıdır? Vali ağlamaya başladı.

Ertesi gün validen hiçbir haber alınamadı. Tek başına kendini çöle vurduğunu görenlerin dışında kimse ondan bir daha haber alamamıştı. Vali ile olan tartışmam Halep ve civarında rüzgâr gibi yayıldı. Valinin eziyetinden usanan halk medreseye akın etti. Arkadaşlarım kendilerini izdihamdan zor kurtardı.

Şam'da ilmi zenginliğimi geliştirdim. Nüfusun yarısını teşkil eden Hristiyanları tanımış oldum. Theredos isimli bir Hristiyan arkadaş edindim. Onunla İslâmiyet ve İseviyet konularında fikir alış-verişinde bulundum. Tartışmalarımız ilmi nezaket içinde geçiyordu. Şam'da Yahudi nüfus da mevcuttu. Nitekim konakladığımız eve gelen Yahudi bir alim olan Haham Neftalim ile de uzun uzun sohbet etmiş, Tevrat üzerine bilgiler edinmiştim.

Asya ve Hint diyârından hareket eden kervanımız, Arap yarım adası, Mezopotamya, derken nihayet Anadolu topraklarına giriyordu. Erzincan, Malatya, Sivas, Kayseri derken yolumuz Karaman'a geldi durdu.

Tam beş yıl geçmişti Belh'ten ayrıldığımız günden Karaman'a gelene kadar. Kervanımız kimi şehirlerde aylarca, kimi şehirlerde yıllarca kalmıştı. Üç yüz kişi ile yola çıkmıştık, kala kala yirmi kişi kaldık. Bazısı ecelini yollarda buldu, kimisi uğradığımız şehirlerde kaldı, kimisi ise Kayseri'den sonra diğer Anadolu şehirlerine dağıldı.

VAHİY KARDEŞLİĞİNİN BEREKETLİ YURDU: MEDİNE

Selam sana Âlemlerin İncisi'ne sahip şehir!
Mübarek ayakların izini taşıyan, hicret kutluluğunda doğan
şehir Yesrip. Güllerce selam sana.

Medine'ye yaklaştık.

- Burası mı Medine?

- Evet.

- Âlemlerin Efendisi burada mı?

- Evet. Olduğum yerden koşmaya başladım, herkes şaşırdı. Koşuyordum soluğum kesilene kadar. Ardımdan kervandakiler de koşmaya başladı. Durumu babama bildirmişler.

- Bırakın oğlumu o ne yapıyorsa bir bildiği vardır, demelerine rağmen üç beş kişi benim peşimden yetiştiler. Mescid-i Münevvere'ye vardım. Soluk soluğa duvara yapıştım. Arkamdan gelenler beni tuttular.

- Niye birden koştun, niye böyle yaptın? Bu ne acele?

- Rasulullah'ın makamına geze geze varılmaz. Bir saniye erken gelmenin, bir saniye daha fazla kalmanın tadını ah bir bilseniz koşmak ne, kanatlanır uçardınız.

Cennetin Gülü Hz. Peygamberimizin mübarek mezarını ziyaret esnasında ağlayan hacılar gördüm. Peygamberimiz (s.a.v.)'e seslendim:

"Âlemlerin Efendisinin ziyaretçileri her girişte mescide, huzur girer kalbe, sürur girer, aşk girer. Rasulullah aşkı... Gözler doyamaz mescidi seyretmeye, çünkü kalp gözüdür bakan, ten gözünü neyleye? Bakan göreceğini görmüş, doyamaz ama mutludur. Belki ömür boyu sürecek bir mutluluğu yudumluyordur sakince...

Ey Âlemlerin Efendisi! Din, yetim dilinden yayıldı. Ne zengindin, ne yalancı. Ne de haksızlık yapardın. Emindin. Yetimleri severim, hepsinde senin kokun var."

Medine'de babamın talebelerinden birisi ile dolaşıyorduk. Bir dükkân tezgâhının önündeki mekan yüzünden iki kişi kavga ediyordu. İri yarı olanı diğerinin âman dilemesine karşın ona vuruyordu. Onları kimse ayırmaya bile yanaşmıyordu. Dayanamadım:

- Kavga bile aşk ile olmalı. Var mı aşkınız? O halde birbirinize vurmayınız. Aman diyene vurulmaz. Aman diyen "Muhammed" demektedir. Aman, peygamberimizin ismidir. Kavga edenler birbirlerinden af dileyerek barıştılar ve bana teşekkür ettiler.

Kervanımız Medine'den ayrılırken devenin üzerinde içimi bir gözyaşı seli kapladı, ağlıyordum. Yalvarıyordum. Yakarıyordum:

Feryadıma ses versin dert ortağım kubbeler,
Benim büyük devamı anlayamaz habbeler!
Tezyin et ayetlerle, fikrime derinlik ver!
Ey Medine, erdemim, durağım, karar yerim!
Vahşetin mızrağına hedef olmadan sinem,
Sakla beni Medine'm, koru beni Medine'm!
Allah'a ısmarladık ey Nebi,
Emanetine gözün gibi bak ey Medine'm.

Medine'den ayrıldığımızda babam atı ile yanıma geldi. İsmimin neden Muhammed olduğunun hikâyesini anlattı:

- Neden Muhammed ismini verdim, biliyor musun oğlum?

- Merak ediyorum, neden?

Bizim değerli bir üstadımız vardı. Ders esnasında onca talebe arasından sadece bir tek kişi ile ilgilenir, gözünü ondan ayırmazdı. Hep ona soru sorar, hep ona hitap ederek konuşurdu. Sanki medresede tek öğrenci oymuş gibi davranırdı. Bir gün diğer talebeler bu duruma itiraz edince, üstad şöyle dedi: "Rasulullah'ın 'benim adımı taşıyanlara ikram edin' diye buyurduğunu bilmiyor musunuz?" Evet, o gencin ismi Muhammed'di. Ertesi gün sen doğmuştun, sağ kulağına ezan okuduğumda, tebessüm ediyordun, ismini tekbir getirerek okudum, kulağına üfledim.

AŞKIN MÂBEDİ, SADÂKATİN KIBLESİ: MEKKE

Allah'ı dilemek tevhidi dilemektir. Kendi içinde Allah'ı bulmak, tevhide varmak demektir. Tevhid, insan hayatında varılabilecek en yüksek makamdır. Gaye, Allah'ı bilmek değildir; O'nu bir âşık olarak tanıyıp mahlûkuna olan aşk ve muratlarına iştirak etmektir. O zaman gaye, Aşkın Maliki'ne âşık olmaktır.

Âlemlerin Efendisi Peygamberimizi bağrında saadetle taşıyan Medine'ye veda ettikten sonra, kafilemiz Mekke'ye doğru büyük bir heyecanla ilerliyordu. Hepimiz ilk kez kutlu topraklara yüz sürmenin tatlı telaşı içindeydik. Muhacir kervanın yeni menzili Mekke idi. Kâbe'ye gidip hayatımızın en heyecanlı ibadetini yaşayacaktık. Geçtiğimiz yerler güzeldi. Etraflarındaki hava gitgide hafifliyor, o uzaklarda kalmış ışıl ışıl Horasan'daki kadar olmasa da, geceler daha da parıldıyordu. Yolların üzerinde değişik insanlara rastlıyorduk; ırklar çoğalıyor, mezhepler yumaklaşıyor, medeniyetler harmanlaşıyordu.

Kâbe. Aşkın evi... Sığınaksız bir çölde kendisi bir sığınak olan Beytullah. Melekuti ilhamla yıkanmış örtüsüne sarılıp ağlıyorum. İlâhi vahyin kokusu hâla taze duruyor taşında, duvarında. Güzel sırlar ocağı Mekke'deyim. Kutlu diyarın kokusu ile mest olmuşum, baştan ayağa ıslanıyorum, nefesim kesiliyor, göz kapaklarım ağırlaşıyor. Vahyin yağmurunda yıkıyorum ruhumu. Ne kadar açık, temiz ve aşk dolu bir lezzet bu. Dualar okuyorum. Aşk dileniyorum Rabbimden. O'ndan aşktan başka bir şey istemiyorum. Muhtacım aşkına ya Rabbi!.. Bir ihtiyaç ki, Allah'ın cennetindeki her şeyden müstağnidir. Hz. Ali Efendimizin yakarışı ile istiyorum. "Bir grup insan cennetini istiyor, diğer bir grup insan cehennem korkusundan sana yakarıyor. Ben ise, cennet arzusu ve cehennem korkusu taşımaksızın aşk beslemek istiyorum. Aşk, bu âlemdeki tek "sebepsiz istenen" karşılıksız aşktır. Aşk, "için"sizdir. Âlemin bütün gayelerinin gayesinin "için"i olmaz.

Nur'a düşkün olanların tek sığınağı "Aşk"tır. Hristiyan ülkelerini dolaştım da baştan sona, arandım ama, çarmıhta "O" hiç görünmedi. "O" hiç yoktu. Hinduların puta, Mecusilerin de ateşe tapındıkları mabetlerin hiçbirinde.

Yollar aştım, Kâbe'yi tavaf ettim; yaşlıya, gence, kadına, erkeğe, her yüreğe sığınak olan Kâbe'de nurun aşka nasıl dönüştüğünü gördüm ve elimi açıp aşk dilendim: "Nâr olmadan, nur olunmaz, nur olunmadan aşka visal bulunmaz. Yak beni Rabb'im!"

Kabe'de rükudayım. İkindi namazındayım. Kimi rükuyu kısa, kimi rükuyu uzun tutuyorum. Allah'ın huzurundayım. Önümden bir karınca geçti. Ona dedim ki:

- Geldin ha!

- Geldim. Ama sizler gibi atla, deveyle gelmedim, yürüdüm kızgın kumlarda, süründüm de geldim. Ter döktüm de geldim. Git, benim de geldiğimi söyle; belki gelmeyenler utanır da "bir karınca kadar bile olamadık" derler ve gelirler.

Kâbe'de dualar okudum, gözyaşlarım yanaklarımdan süzülüyordu.

"Ey Rabbimiz!.. Gece ve gündüz vakitlerimizi zikrinle canlandır, bizi kendi yolunda, hizmetinde tut ve amellerimizi kabul gören, rağbet edilenlerden eyle!.. Öylesine ki artık bütün amellerimiz ve zikirlerimiz tek zikir şekline dönüşsün ve bütün hallerimiz senin hoşnutluğunda, senin hizmetinde geçsin, ta ki bir ucu cennet ve cemâline varana dek…

Ey Rabb'imiz, bizleri yalancı dünyanın, imtihan tecellîleri karşısında ihlâsını koruyan, firâset ve basîret sâhibi, takvâ ehli âşık-ı sâdık kul-

larından eyle! Ey dileyenlerin imdadına yetişen! Ey sadık kalplerin dostu! Ve ey alemlerin Rabb'i! Ey ismi deva, zikri şifa ve itaati zenginlik olan! Sermayesi ümit ve sığınağı ağlamak olan bizlere merhamet eyle!.."

Şunu söyleyebilirim ki, Kâbe'nin siyah örtüsünü sabahın hafif rüzgarı değil de, melekler hareket ettiriyor gibiydi. Babam tavaf öncesi kervandakilere hitap etti:

"Allah'ın misafirleri, aziz kardeşlerim; Bizleri burada, huzurunda bir araya getiren Yüce Rabb'ime hamdolsun! Sevgili Peygamberimiz, gerçek yol göstericimiz, gönüllerimizin sultanı Muhammed Mustafa'ya sonsuz salât ve selâm olsun! Sanki bir ömür boyu bu yolculuğu beklemişiz. Daha önce belki defalarca kalbimizi oralara göndermişiz, hayalen tavaflar etmişiz. Ama şimdi, Allah nasip etti, buradasınız. Kendi ayaklarınızla buraya geldiniz. Günde beş vakit yöneldiğimiz kıblemize, Kâbe'mize kavuştuk…"

Arafat'a vakfeye çıktık. Babamın yanından ayrılmıyor, bu izdihamda onu kaybetmemek için ihramının ucundan tutuyordum. Arafat, buluşmak demekti. Hz. Âdem ve Hz. Havva ayrı ayrı dünyaya gönderilmişlerdi. Yeryüzünde birbirlerini aradılar. Nihayet bu tepede karşılaşıp, buluştular. O nedenle bütün hacılar insanlığın yeryüzünde birliği için burada vakfede bulunarak o buluşmayı yâd ediyorlardı.

Orada da dualar okudum.

"… Âdem Rabbine karşı geldi de yolunu şaşırdı. Sonra Rabbi, onu seçti de tevbesini kabul buyurdu ve ona doğru yolu gösterdi." buyurdun. İnsanlık tarihinin ta başlangıç noktasında olan biteni bizlere duyurdun. Biz de Hz. Âdem'in çocuklarıyız. Bizi de bağışla ya Rabb! Bu yerde, şu Arafât vadisinde sevgili Peygamberimizin ifadesiyle "Babamız İbrahim'in miras bıraktığı bu yerler" de vakfede bulunan bizler, senin sınırsız rahmetini diliyoruz, mahrum eyleme ya Rabb! Bize müstehak olduğumuz hal ile değil de şanına lâyık bir surette, cemal tecellileriyle muamele eyle ya Rabb!"

Arafat'ta kendinizi sorguluyorsunuz; hayata gelişin gayesini, bu hayatın sonunun ne olacağını, âdeta hayatın amacını yeniden sorgulama imkânı buluyorsunuz. Peygamber Efendimiz, "*Dünyada her an yolcu gibi hareket et.*" buyuruyor. Dünyada ebedî kalacakmış gibi değil, bir yolda olduğunu düşünerek hareket et.

Vakfe gecesi babamla namaz kıldıktan sonra, her zamanki gibi sorularıma başladım:

- Baba insanlar hep, "cennet, cennet" diyorlar. Nedir cennet?

- Cennet, Allah'ın Cemâl isminin tecellisidir. Ne var ki insanlar aşkın hakiki tadına, Allah'ın Cemâl, Vedûd ve Latîf isimlerini olduğu kadar, Mütekebbir, Aziz, Cebbar, Kahhar ve Celâl isimlerini de tecrübe ettiklerinde varabilirler. Kalbimizin tam kapasitesine varmak, kendi kıymetimizi ölçmek için insanlar bütün esmâyı kucaklamalı, dünyaya inmeli ve hemcinslerinin arasına girmeli; keder, keşmekeş, üzüntü, mücadele ile yüz yüze gelmelidirler. İki elle yaratılmış olan mahlûktan murat budur. İnsan kendisini Cemâl ve Celâl sıfatlarının arasında bulur.

- İblis, cennetin meyvesi olan aşkı göremedi mi?

- İblis'in ilmi olmasına rağmen, din gayreti ve muhabbeti yoktu, o yüzden Âdem'i çamurda iz olarak gördü. Esrara mahzen olma nimetine erenler, aklın şeytandan, aşkın ise Âdem'den olduğunu bilirler.

- Şeytan'ın Âdem babamızla meselesi neydi?

- Şeytan, Âdem'in saflık, irfan, güzellik ve yüksek makamına haset etmişti. Haset insandaki niteliklerinden ve hayvani niteliklerden bir tanesidir ve insanın kalbindeki her iyiliği yer bitirir. Haset iki arkadaş arasında öyle bir perde ki! Dün tek bir ruh gibiydiler, bugünse iki inatçı kurt gibiler.

GÜNEŞİN GÖZ KIRPTIĞI ŞEHİR: ŞAM

Bu dünyadaki en büyük sır insandır. İnsanın var oluş sırrını aşikâr etmek için aşk ateşine ihtiyaç vardır. İnsan tabiatının gizliliklerini ortaya çıkarmak için derin muhabbet ve yoğun özlem gerek, yani hayatın sırrını açıklamak için aşk gerek...

Mekke'den ayrılıp hac vazifesini yapmanın huzuru ile Şam'a yöneldik. Ancak, kervandaki herkesin ruhu bir sonbahar seması gibi bulutluydu. Akıllarında memleketleri Belh, onun güzelliği ve de yaşamaya başladığı Moğol felaketi vardı. Çevremize koca bir kalabalık toplanmış olsa da, kendimizi yapayalnız hissediyorduk. Horasan yaylalarında, Nişabur'a varıncaya kadar develerle atlar, hamallar ve de çevremizdekiler epeyce yük taşımışlardı; ne var ki, baba ile oğul, daima, onlardan farklılaşmış ve yalnız kalmıştık. Gün geçtikçe, yalnızlıklarımız daha da artıyordu. Zaman geliyordu ki, etrafımızda taşlarla kuru ağaçlardan ve kumlu topraklardan başka bir şey olmuyordu. Yolun sonu nereye varacak, bilmiyorduk. Yolculuk esnasında hep babamın yanındaydım. Ona sürekli sorular yöneltiyordum. Tarih, coğrafya ve diğer bilgilerim artıyordu. Yolculuk bazen soru cevap şeklinde, bazen de sessizlik içinde, ağzımızdan tek kelime çıkmadan yol alıp gidiyorduk.

Şehre vardığımızda bütün Şam ayağa kalktı. Şehrin ileri gelenleri ile ulema ve de talebe-i ulûm bizleri karşılamaya koştular.

- Kimlersiniz? Nereden geliyorsunuz?

Herkes habercilerle atlarına bakıyor ve susuyordu. Cevabı babam Bahaeddin Veled yumuşak sesi ile veriyordu:

- Allah'tan gelip Allah'a gidiyoruz! O'nun dışında hiçbir güç yok!

Şam geceleri daima taze çiçekler ile dolu, daima yumuşaktır. O zamana kadar hiç tanımamış olduğum çok tuhaf, değişik bir ruhun kendi içimde doğarak etrafa dal budak sardığını hissetmeye başladım. Parlak yıldızların altında, nemli güller arasında tek başıma dolanır, aşk, edebiyat, hayatın güzelliği hakkında tatlı sözler etmiş olan şairlerin mısrâlarını okumaya başlardım. Hele Hakim Senai ve Ahmet Mütenebbi'nin sözleri ruhumu okşuyordu. Her bir kelime, içimde şekillenip gitgide beynimi sarıyordu: *"Hür düşünürler başka bir ruhtan tesir alıp kendi ruhlarını güçlendirirler. İncilerle dolu o uçsuz bucaksız deniziz."* Hafif bir burukluk ve hüzün içinde, duymakta olduğum o tarifsiz sükûnetin tadını çıkarmaktaydım. *"İnsanların bazıları uyurken bazıları uyumazlar. Bazıları doğarken bazıları ölürler. Bir yerlerden tutkulu bir şarkının ezgileri gelir. Gecenin içinde kurtuluşunu arayan esir bir hüzün..."*

Kendi kendime şunu sorarım: *"Sonunda... Ben neyim ki? Artık bilemiyorum..."* Gözlerim açık, yatağa uzanırım. Yanmakta olan kandil uykusuzluğuma eşlik ederdi. Kur'an-ı Kerim rahlede sükûnet içinde durmaktadır. Onu alıp göğsüme doğru çeker ve ayetlerde mutlak huzuru bulurdum. Bazen sabaha kadar ezberimden sureler okur, tefekküre dalardım.

Yandaki odadan babamın o rahat ve huzurlu nefes alışverişleri gelir, bense ayetlerin kokusunda kendimden geçerdim.

Büyük bir saygı görerek Şam'da yaklaşık bir sene konakladık.

Kafile olarak, yeniden yollardayız: Malatya, Erzincan, Sivas ve Kayseri...

ANNEMİ DEFNETTİĞİM VATANIM: KARAMAN'IM

Aşkın hikâyesini, durmaksızın feryâd eden bülbüle değil;
sessiz sedâsız can veren pervânelere sor.
Dokunsam hangi buluta ateş akıyor.
Nereden bilebilirdim! Sır dolu
kırık ayna ateşle sınanmazmış...

Baharı müjdeleyen Nevruz ile Karaman'a girmiş olduk. Uğradığımız yerlerin hiçbirinde uzun kalmaya niyetimiz yoktu. Kimi şehirde birkaç ay, kimi şehirde de bir seneye yakın konakladığımız olmuştu. Ama, ne yaparsın ki, insan yazgısının, "kısmet" dedikleri o gücün çizmiş olduğu yol farklıydı. Lârende'de halkın çok saydığı, zengin ve bilge bir adam, Lala Şerafeddin oturuyordu. Ünlü Bahaeddin Veled ile oğlunun beldeye gelmiş olduklarının haberini aldığında, içinde büyük bir sevinç duyar. Kendisi çok yumuşak huylu, güler yüzlü ve misafirperver bir kişiydi. Böyle olunca, yeni gelenlerden din konusunda öğreneceği fazla bir şey yoksa da, alacağı derslerin olacağını düşündü. Bizi karşılamaya koştu ve kendi evinde kalmamızı rica etti. Babam başta reddetti; ne var ki, Lala Şerafeddin öylesine nazik ve tatlı bir kişi idi ki, ricasını kıramadı. Evine gidip orada misafir olduk. Güzel ev çiçeklerle dolu bir bahçe ile çevrelenmişti. Lala Şerafeddin'in dillere destan güzellikte bir kızı vardı. Gevher Hatun idi adı. Lala Şerafeddin, kızı ile hep gurur duymaktaydı. Babam ve annem de çok sevmişlerdi Gevher Banu'yu.

Babam artık evlenip bir yuva kurma zamanımın geldiğini söyledi. Benimse hiç böyle bir niyetim yoktu. Henüz evlenecek ve bir ailenin yükünü sırtlanacak hâlde olmadığımı söyledim. Babam fazla ısrar etmedi, ama gönlü de buruklaşmıştı. Torun sevmek istiyordu. Gelin olarak kimi düşündüklerini sorduğumda Gevher Hatun'u düşündüklerini öğrendim. Razı oldum. İstemeye gittiler, ancak henüz yüzüklerimiz takılmamıştı. Gevher'e haber saldım, buluşmak istediğimi bildirdim.

Gevher'di ismi. Gül yanağına bakıp bakıp hayran kalmıştım. Görücü usuli idi evlilik adımımız. Hayatımı adayacağım bir kadındı. Kadından öte yoluma candı. Gözlerinde binlerce kadının bakışını toplamış bir ışık taşıyordu. Öyle bir ışık ki içime işledikçe gözlerine yandım. Yandım. Her şey sadece yanmakla oluyordu. Bir damla düşünce gökten, kıpkırmızı kesildi her yanım. Güneş sadece bir parça baktı yüzüme, yandım. Damla damla terledim, boğuldum. Ailesinin verdiği isimden ziyâde yüreğimden bir isim vermeliydim ona: Gül Hatun. Gonca-i gülüm diyordum, goncayı unuttum. Bir cemre düştü tenime, yandım. Nefesim kat be kat arttı, heyecanım kilitledi perçinleşmiş ellerimi ve gözlerim hep aynı; sadece sevdasını bekler. Bekler... Bekler... Ve bekler...

Yanı başındaki toprak kokusu içine içine işler gülün. Gül benim. Gül, sevdasızlığa mahkûm olmuş gonca, sevda güle meftun olsa da sadece sevgili, maşuk. Gül sevdaya, sevda da güle vurgun.

Gül Hatun ile ilk buluşmamızda heyecan içerisindeyim. Ay göklerin kıyısına yaklaşmış, aniden göklerin beyaz kâğıdı batı dağlarının sivri uçlarına değmiş, kırılmış ve ufukların görülmeyen kale sırtlarına düşmüş. Şafak vaktidir. Bülbüllerin şenlik ötüşleri güllere yayılıyor. Karaman'a bahar gelmiş. Gönlüme Gül Hatun düşmüş. Onu birkaç kez bahçelerinde görmüştüm. Utangaç ve endamlı yürüyerek bize ayran ikram etmişti. Ceylan gözlerine baktım. Mehtap çeşmesinin yanında bekleyen asude kız telaşlı. Yanına yaklaşıyorum, elimdeki kırmızı gülü uzatıyorum. Onun elinden önce kırmızı gülün yaprakları titriyor. Terleyen ellerine alıyor gülü, parmakları ince, narin kristal yumağı hâlinde gülü tutuyor. Kınalı avuçlarında asude bir duanın "Âmin"lerini taşırmış gibi elleri titriyordu. Alnı bir yayla serinliğinin edasında bembeyazdı. Sesinde ıhlamur kokusu... Avucumdaki firuze taşı yüzüğü uzatıyorum.

- Yüzüğü Mümine annem versin, uygun olanı budur. Onun da yaşamak istediği mutluluklardan birisi de evladının yüzüğünü gelininin parmağına kendi elleri ile takmasıdır, dedi.

- Çok ince düşüncelisin. Bu benim hiç aklıma gelmemişti.

- Böyle buluşmalar beni rahatsız ediyor.

- O halde düğünümüze kadar mektuplaşalım.

- Ama ben güzel mektuplar yazamam ki.

- Olsun. Yüreğini birkaç kelime ile dök yeter.

İlk mektubu ben yazdım:

"Benim Gül'üme…

Zaman geçer… İnsan geçer… Dünyada her şey geçer; zaman öyle bir zaman olur ki sevdâ da zamana ayak uyduramaz. Gönül sevdada geçer, gönüle yâr geçer. Çok değil, sadece birazcık mevsim geçer, sıcak gelir, kış gelir; bahar geçer… Taşın yanında ağır olduğunu, ateşin ancak düştüğü yeri yaktığını yeni öğrendim. Aşk da ateş mi demektir, hani her –düştüğü– gönlü yakar ya… Mevsimlerden gözyaşı değil henüz, mevsim aşk mevsimi. Ey sevdamın Gül Hatun'u, beşinci mevsimim sensin, sen sadece sen değilsin, bensin; bendensin, benimsin.

Katre katre sen kokarsın toprağa nihayet düştüğümde. Ruhumun arzu dolu meyvesi sensin. Gül. Güle gülmek yaraşır, sevdaya da gül. Hani nerde aşkın sahibi gönül? Dur, yorulma! Sevdam sana, gülüm sevdaya. Gülü sakın verme başka sevdalara…

Bezm-i elestten beriyim sevdada, o bende vaktinden öncesinde, susma! Konuş, haykır gülüne doyasıya sevdanı, sevdaya da ancak bülbülleşmek yaraşır. Bütün umutlar sende, bütün aşk sende, sevda sende, gül sende…

Ertesi gün ondan cevap geldi. İlk görüşmemiz baharın müjdesi cemreler düştüğü zamana denk geldiği için bana "Cemrem" diye hitap ediyordu:

"Cemre bakışlıma…

Bakışlarına hasret kaldım, uzak diyarlarda ruhunu soluduğum aşk-ı sevdam. Ruhuma gel, yanaş tenime ve bak usul usul, nefesini nefesim duysun. Yoksun. Sevda da yok ortalıkta. Aşk var, sevda olmasa da sevda var. Suyuna can verip damarlarımı dirilten; cansız toprağın kucağında tohumuma can veren ve sevdamı bana bağlı kılan Yaradan, ruhuma can verip sevdaya bağışladığın an bittim, yeniden doğdum da sevdamın gözlerinde dirildim. Emelimi onda buldum, sevdayı sevdanda gördüm. Taş üstünde taş, baş üstünde baş kalmamacasına ezelden ebede ferman ferman yazılmış bahtsız ruhumun mücerret rüyası, gönlümün sevdâ-yı gülü…

Kimseler bilmez, kimseler görmez bizi. Aşka değer bir aşk mıdır beni benden alan, yoksa cihanda görülmeyen seslerin muhteşem ahengi midir kalpte yanan? Sana dair ne varsa, ben hepsini aşk bildim. Sevda bildim. Seni sen bildim de sevdayı sana bildim.

Aşka sen diye bakmadıktan sonra ben aşkı neyleyeyim? Seni ruhuma cemre diye damlatmadıktan sonra ben bu bedende neyleyeyim?

Aşk da sen, hasret de sen, ben de sen…"

Ardından ben yazmaya başladım:

"Suskunluğumu seninle bozuyorum. Son nefes senin adını sürüyorum dudaklarıma, sonra kapatıyorum oruç niyetine; iftarım senin adınla oluyor yine. Aşkın adını sen koydum, bütün sevdalar kıskandı.

Aşkın yalın hâli ise sadece ben. Yalın, yalnız, yapayalnız… Sevdasız yağmur bile eski bir rüyadır. Aşkın içinde gül varsa gül tekrar filizlenir, kıpkırmızı kesilir. Sevdada gül varsa ancak o zaman bulur aşk kendi hâlini.

Aşka dair ve sevdaya dair seni çizsem, kitap niyetine soluksuz okunur gönüllerin ulu orta yerinde. Kitabın adını sen koysam, "sevda sevda" dillenir bütün gözler.

Her şey bittiği zaman kainatta, gül ile sevda tekrar dirilir, son bir kez yeşerir son noktayı koyarcasına.... Sustum. Sevda sustu, gül sustu. Sustum, sevda müptelâsı gül coştukça coştu. Aşk üç kelime ile aşk oldu; Gül ve Sevda. Sevdaya gül dâhil, sevda güle müdâhil. Yaşamak sadece gülce, sevdaca...

Aşkın adını hüsran koyanlar utansın, sevda tüten güllere inat. Ruhun girdaplarını gül, sevda koydum saklanıp çıkamayayım diye. Güle değen bütün sözleri kıskanırım. Sevdaya gelecek ruhları parça parça dağıtırım.

"Ben sana Gül diye yazdıkça, sen bana Cemrem diye yazardın. Haklısın cemrenim ben. Dördüncü cemre. Havaya, toprağa ve suya düşer cemreler. Ancak başka türlü dördüncü bir cemre var ki yüreğe düşer. Yakar. Kavurur. Savurur. Cemre düştü toprağa gözlerden. Toprağı diriltti, canı verdi; canını yitirdi. Canını yitirse de cemreliğini kaybetmedi. Gözler önce cemreyi gönderdi, sonra kendileri de gitti. Eridiler, yok oldular... Cemrenin kızgınlığı zamanaydı, gözlereydi, toprağaydı ve aşkaydı...

Zaman geçiyor. Ne cemre kalıyor, ne gözler kalıyor ne de toprak eski hâlinde kalıyor. Gönül buruksa ve vurgunsa kendi ruh hâlini hep koruyor, kaybetmiyor ama âsi oluyor. Aşka isyan ediyor, zamana isyan ediyor, mekâna isyan ediyor.

Gül, cemreye kavuşunca sevda doyuyor mutluluğa. Cemre sevdanın bir parçası, onun zerresi, onun katresi... Sevda hep güle cemreyle yalvarıyor, gül gülüyor, sevda binlerce kat daha sevdalanıyor... Gül utanınca kırmızılaşıyor.

Sevdada isyankâr bakışlar, gülde uslanmaz haykırışlar... Mesafe uzak; gönüller bir, gözler uzak; bakışlar bir... Ayrılık girdi araya uzunca zamandır.

Rüzgâr, sevdayı gülden ayrı savurdu, itti bütün gücüyle gülden uzağa apayrı... Zamanda mıydı suç? Rüzgârda mı? Yok, başka kimse yok gül ve sevdaya dair...

Cemre susuz...

Cemre yârsız...

Cemre gülsüz ve sevdasız...

Senin Cemren "

Mutlu bir evliliğimiz vardı, yuvamızın iki tane cennet çiçeği doğmuştu: Sultan Veled ve Alaeddin.

KAVGACI BELARUS'LA KARDEŞ OLUŞUM

Karaman'da her inançtan insanı barındıran halk vardı; geçmişin kavgasını alevlendirebilen. Bunlar; Haçlı seferlerinin kalıntısını yaşatmak isteyenler ile Haçlılara hâlâ nefretlerini taze tutanların sonu gelmez kavgalarını körüklüyordu. Bir gün eski davaları yeniden açmış, tartışıyorlardı. Bir grup Hristiyan genç, tek başına yoldan geçen bir Türk delikanlının önünü kesmiş, onu tartaklamaya başlamışlardı. Hemen müdahale ettim. Kavgacı gurubu uyarmama rağmen İslâmiyet'e dil uzatıyorlardı. Sonunda dayanamadım:

- Dinmeyen bir kan ve servet açlığı içinde dünyanın öbür ucundan kalkıp geldiniz. Ve yüz elli yıldır, ordularınızla Doğu'yu kasıp kavuruyorsunuz. Sizler buralara İsa uğruna gelmiyorsunuz... Doğu'yu ele geçirmek için; evlerimiz, bahçelerimiz, kadınlarımız, malımız ve mülkümüze sahip olmak hırsıyla geliyorsunuz.

- Sizler de bir yerlerden geldiniz. Sizler de yabancı bir toprakta vatan aramaktasınız. Herkes bir yerlerden gelir.

İçlerinden Belarus isimli esmer delikanlı yumruğunu sıkarak bağırıyordu:

- Sizler de kılıçtan geçirdiniz, gasp ettiniz, yaktınız, tahrip ettiniz, yok ettiniz. Bizler de, Allah'ın kabul etmiş olduğu öcü almaya geldik.

- Öç, kılıç ile alınmaz! Öç, sevgi ile alınır. Kötülük dağın tepesinde ufak bir tipi gibi başlayıp aşağı doğru yuvarlanırken gitgide büyüyen ve korkunçlaşan, çığa dönüşen kara benzer. Savaş, savaşı davet eder! Asya toprakları kan, gözyaşı ve acılarla doludur, dedim. Bakışımı yeniden Belarus'a yöneltttim:

- Sen korktun. Benim sana kötülük yapacağımı düşündün. Gel de, elini ver bana!

Belarus, uyurgezer bir halde, kalabalığın içinden ilerleyerek yaklaştı. Kollarımı açıp şefkat dolu duygularla Belarus'a sarıldım. Herkes susuyordu. Büyük bir an yaşanıyordu. Derin bir iç çekerek mırıldandım:

- Sevgiyi bana öğrettiğin için, şükürler olsun sana Rabb'im.

VATANIM KONYA'YA VUSLATIM

Ancak büyük bir acı veya büyük bir sevinç senin gerçeğini açığa çıkarabilir. İşte böyle bir anda, ya güneş altında sema et, ya da çarmıhını taşı.

Karaman tatlı hatıraları tattırmanın yanı sıra hayatımın onulmaz acılarını da yaşatmıştı: Anneciğim yakalandığı hastalık sonucu vefat etmişti. Aradan iki ay geçmeden ağabeyim Alaeddin de yakalandığı hastalığın pençesinden kurtulamamıştı. Yılların ve yolların çilesinde yoğrulan yüreğim, sevdiklerimi teker teker kaybetme mayası ile birlikte ruhuma şekil veriyordu. Sanki ilahi imtihandan, sabır tünelinden geçiyordum. Annem ve ağabeyimin acıları ile bunalmıştım. Buhranıma Konya'dan gelen mektup yetişti. Selçuklu Sultanı Alaeddin bizleri Konya'ya davet etmişti. Akşamleyin babam hepimizi çağırdı, fikrimizi sordu. Gevher Hatun, ailesinden uzak düşmek istemiyordu. Bir tek o sustu. Onun kalbi incinmesin düşüncesiyle bende fikrimi söylemedim. Babam kararını vermişti: Konya yeni yurdumuz olacaktı. Hazırlıklar yapıldı ve yola koyulduk. Yedi yıl yaşadığım şirin Karaman'a veda ederken içim buruktu. Annem ve ağabeyimin kabirlerini güzel Karamanlılara emanet edip yavaş yavaş uzaklaştık.

Akşam düşmek üzere idi ki, şehir uzaktan gözüktü. Başşehir Konya, yüksek duvarları, süslü kuleleri ve derin hendeğiyle, dört kapısı da son derece iyi korunan, refah içinde bir beldeydi. Ancak, sadece üç günlük at sürümü ötede İslâm'ın hilali, Moğolların ateşli atlılarıyla karşılaşıyordu. İşte kendimi burada bulacaktım.

Bir zamanlar Nişabur'da, Bağdat ve Şam'da, Karaman ve Lârende'de olduğu gibi, burada da halk ve şehrin ileri gelenleri kafilemizi saygı ve heyecan içinde beklemekte idiler. Konya'nın ünlü sultanı Alaeddin, meşhur bilge Bahaeddin Veled'in şehre doğru gelmekte olduğunu öğrendiğinde, onu karşılamak ve saraya davet etmek üzere ulaklarını göndermişti.

Selçuklular en zirvede oldukları devri yaşıyordu... Pâyitahtları Konya, bütün güzelliklerle şiirin, bilginin serdarı ve rehberi Alâeddin'in etrafında toplanarak Bizans ve Arap medeniyetlerinin harikulade bir şekilde harmanlandığı bir şehirdi. Konya Selçuklularına, güçlerinin bir zamanlar Bizans hâkimiyeti altında bulunan beldelere de uzanmakta olması sebebiyle "Rumi" adı verilmekte idi.

Sultan Alaeddin, Konya'da sarayın gül bahçesi olarak kullandığı arazide bize bir dergâh vakfetti. Dergâhta kalacakların iâşesini de temin etmeye söz verdi. Babam, burada dinî ilimler ve tasavvuf bilgilerini gelenlere öğretecekti. Ben de İplikçi Câmii'nde vaaz vermekle vazifelendirildim.

Muharrem ayındaydık. Aşure günüydü. O gün vaazım Kerbelâ oldu.

"Kerbela'da şehit olanlar gerçekten şehit oldular, şâhit oldular. Onlar o gün Kerbela'da, hakikat adına, hak adına, mevki ve makama dair esirlik bağlarını kopardılar, masivaya ait zincirlerini kırdılar. Seher-i hilafete uyanmak yerine Şeb-i Arûs'a girdiler.

Körlerin gözleri bile o faciayı gördü. Sağırların kulakları bile, Kerbela'da olup bitenleri işitti. Siz şimdiye kadar, uyuyor muydunuz? Faciayı yeni mi duydunuz ki, yas tutuyor, elbiselerinizi yırtıyorsunuz? Ey uyuyakalanlar! Ey gaflet uykusuna dalanlar! Hz. Hüseyin'e değil, asıl siz kendinize yas tutun! Hz. Hüseyin'in ruhu, Hakk'a mensup olan o yüce ruh, beden zindanından kurtuldu. Ne diye elbiselerinizi yırtıyor, elinizi ısırıyorsunuz? Hz. Hüseyin ve etrafında bulunanlar, din-i mübînin en ileri gelenleri, hükümdarları idiler. Onlar esirlik bağlarını kopardılar. Zincirleri kırdılar. Onlar için mâtem değil, bayram vakti geldi. Onlar zinciri koparıp attılar, devlet sarayına uçup gittiler. Onların hâlinden zerre kadar haberin olsaydı, bilirdin ki bugün, onların saltanat günü, güzellik günü, padişahların padişah oluşu günü. Haberin yoksa yürü git! Kendi hâline ağla, feryat et. Çünkü sen âhirete göçmeyi, dirilip haşr olmayı inkâr ediyorsun. Kendi yıkık gönlüne, yıkık dinine ağla, feryat et! Çünkü senin gönlün şu eski ve köhne dünyadan başka bir şeyi görmüyor. Eğer gönlün iyi insanların öteki âlemde kavuşacakları devlet ve saadeti görüyorsa, neden o tarafa yiğitçe yürümüyor? Niçin Hakk'a itimat ve tevekkül kılmıyor? Niçin kendini ona vermiyor? Neden kalbini manen zenginleştirerek hırs ve tamahtan kaçınmıyor? Nerede imânın yüzüne düşürdüğü nur? Nerede dinin sana lütfettiği mutluluk ve huzur, Allâh'ın lütuf ve ihsan denizine daldığın halde neden elin, avucun boş? Nerede cömertlik?"

Câmiden çıktığımda hava kavurucu derecede sıcaktı. Terlemiştim. Hüseyin isimli dervişim bana buz gibi soğuk su getirdi.

- Soğuk su içemiyorum Hüseyin'im.

- Midenizden mi rahatsızsınız efendim?

- Hayır. Yüreğimden rahatsızım.

- Yüreğinizden mi? Soğuk suyun yüreğe ne zararı var ki?

- Ah Hüseyin'im! Hele otur yanıma da anlatayım. Çocukluğumda Belh'ten çıktığımız hicret yolculuğunda, yolumuz Necef Çölü'ne, Kerbela'ya da uğradı. Oraya geldiğimizde, babam bana Hüseyin Efendimizin hayatını ve Kerbela katliamını anlattı. Kendi kendime şöyle dedim: "Ey ümmet! Fatıma evladına bu kadar zulmü nasıl reva gördünüz. Hiç mi ciğeriniz sızlamadı? Sonra babam dedi ki: Hz. Hüseyin'in son sözü şuydu: "Kim bir bardak soğuk su içerse beni hatırlasın."

Hz. Hüseyin Efendimizin acısı içime öyle oturdu ki; o gün bugündür soğuk su içemem. Sonraki yıllarda kitaplardan okumuştum; Hz. Hüseyin Efendimizin başını kesen gaddar Mişr denen hayırsız adam susuzluk çekmiş, desti desti su içmiş, kanmamış, hâla susuzluktan yanıyormuş, suları içe içe çatlayarak ölmüş.

- Efendim, ismini taşıdığım o güzel efendimizin ismini kim vermiş?

- Hz. Hüseyin'in ismini Peygamber Efendimiz koymuştu. Hz. Hüseyin doğduğu zaman, Cebrail (a.s.) gelerek "Yâ Muhammed! Rabb'in sana selâm söylüyor. Oğluna, şu Harun'un oğlunun ismini koy diyor ve Peygamber Efendimiz "Ey Cebrail! Harun'un oğlunun ismi nedir?" diye soruyor. Cebrail "Şebir" cevabını veriyor. Peygamberimiz "Benim dilim, Arapça" buyurunca. Cebrail "Öyle ise, bunun Arapça karşılığı olan Hüseyin ismini koy" diyor.

Hz. Hüseyin, Hz. Peygamberimize çok benziyordu. Hz. Ali: "Hasan, Rasulullah'a göğsünden başına kadar olan kısmında, Hüseyin de bundan aşağı olan kısmında çok benzer" demiştir.

Hz. Peygamber (s.a.s) Hz. Hasan ve Hz. Hüseyin (r.a)'a son derece düşkün olup onları çok severdi. Onların hakkında,

"Allah'ım! Ben, bunları seviyorum. Sen de sev!"

"Hasan ve Hüseyin, benim dünyada kokladığım iki cennet çiçeğimdir."

"Hasan ve Hüseyin'i seven, beni sevmiştir; onlara kin tutan da bana kin tutmuştur." buyurdu. Peygamber Efendimiz, Hz. Hasan ve Hz. Hüseyin'in gönüllerince oynayıp eğlenmeleri için onlara eşlik eder, bir çocuk gibi onlarla birlikte oyunlar oynardı. Hz. Hüseyin, Rasulullah'dan deve olmalarını istediklerinde hemen yere eğilir ve onları mübarek sırtına alırlardı. Arkasından da "Bundan güzel deve olabilir mi?" buyururlardı.

Peygamber Efendimiz, bir gün, cenazelerin konulduğu yerde oturuyordu. Hz. Hasan ile Hz. Hüseyin, güreşmeye başladılar. Peygamber Efendimiz gülerek "Ha gayret Hasan! Göreyim seni, yakala Hüseyin'i!" diyerek Hz. Hasan'ı kayırınca, Hz. Ali: "Yâ Rasûlallah: Sen Hüseyin'i kayırmalı değil miydin? Hasan daha büyüktür." dedi. Peygamberimiz "Baksana, Cebrail de, Hüseyin'e: 'Ha gayret Hüseyin göreyim seni!' diyor. " buyurdu.

- Bundan sonra ben de soğuk su içmem. Müsaade ederseniz terinizi mendilim ile sileyim.

- Sağol Hüseyin'im, terimiz aksın ki çöl gülünü boncuk boncuk hatırlayalım. Haydi şimdi usul usul dergâhımıza geçelim, bizi bekleyenler vardır.

SERTÂCIMI KAYBEDİYORUM

Hz. Muhammed'in yolu aşk yoludur. Biz aşkın çocuğuyuz. Aşk da bizim anamızdır. Benim yakınım, aşktan doğandır. Bundan daha güzel soy-sop olabilir mi?

Hayatımın sertâcı babam, seydâsı Seyyid Burhaneddin ve sevdâsı Şems'tir.

Ramazan'ın beşinci günüydü. Sert bir kış yaşıyordu Konya. Babam, Ateşbaz'ı yollayarak beni ders görmekte olduğum medreseden çağırttı. Dergâha alelacele koştum, içimde sabahtan bu yana varlığını hissettiren ve sebebini bilmediğim sıkıntı daha da fazlalaşmıştı. "Babamın başına bir şey mi geldi?" diye sormama rağmen Ateşbaz önce suskun kaldı, sonra "Rahatsızlandı aniden, yatağına yatırdık" diye cevap verdi.

Odasına girdiğimde, omuzlarında ve dizlerinde kalın şallar, bir de minderi kendine destek almış yatağın içinde oturuyordu. Yüzü solmuş ve ard arda boğazı yırtılırcasına öksürüyordu. Parmaklarının derisi, sanki pamuklu eldivenmişçesine gevşekti. Bir defteri dizlerinin üzerinde tutuyordu:

- Gözlerin benimkilerden daha iyi, bu hesapları bir gözden geçiriver.

Söylediği gibi yaptım. Bitirdiğimde:

- Hiç borç kaldı mı?

Hesabı inceledim, dergâh için yapılan harcamalardan dolayı hiçbir esnafa borcumuz kalmamış. Dervişlerin ailelerine iaşeleri ve bağışları dağıtılmış. Bütün borçlar ödenmiş, dergâha yapılan yardımlar kaydedilmiş.

- Elhamdülillah, yüküm hafiflemiş, diyerek başını salladı ve ellerini uzattı. Defteri geri uzattım.

- Bana Kur'an'ımı getir.

Raftan Kuran'ı alıp ceylan derisi kılıfından çıkarttım. Titreyen elleri ile kudsî kitabı alıp öptü. Baha Veled Kuran'ı açmak için hiçbir harekette bulunmadı. İçindekileri okumasına gerek yoktu, o bir hâfızdı, bütün Kuran'ı ezbere biliyordu, kelimeler kalbine yazılıydı.

Olduğum yerden yüzünü süzüyordum. Sedirdeki yatağında devrin kutbu, güzel insanı endişeyle seyrediyordum. Ramazan boyunca hasta olmasına rağmen, oruç tutmakta ısrar etmiş ve şimdi neredeyse dua bile edemeyecek kadar güçsüz bir hâle gelmişti. İnanması güçtü ama bundan birkaç ay önce Baha Veled hayat doluydu. İnancı damarlarını ve kemiklerini dolduruyor, sakalına doğru damlıyordu. Câmide cemaat karşısında konuşurken kanatlanıp uçacak bir kartala benziyor, sesi duvarlardan ve avludan yayılıp akıyordu. O âlimlerin sultanıydı, şimdi ise asil başı kendisini taşıyamayacak kadar güçsüz boynunun üzerinde sallanıyordu. İri gözleri kısıklaşmıştı.

"Ramazan Bayramından önce göçmüş olacağım. Beni defnedecek ve yerime sen geçeceksin" derken yorgun gözlerindeki gururu ve huzuru okudum.

Babamın söylediklerine karşı çıkmamak için dudaklarımı ısırdım. Nasıl ölebilirdi ki? Bu sadece ilkbahar güneşiyle yok olacak geçici bir zayıflık, bir kış hastalığıydı. Bu sarsılan kafa kendini toparlayacak, zayıflamış kasları düzenli alınan gıdayla tekrar güçlenecekti. Bedenen küçülmüş olsa da, onun ruhu hâlâ o azametli adamın ruhuydu. Bu kadar muazzam bir şey, nasıl bir hiçe dönüşebilirdi ki?

Oda soğumuştu, ocağın önüne eğildim ve alevlere üfleyerek zayıf ateşi canlandırmaya çalıştım. Hırkamı çıkarıp omzuna sardım, daha sonra yatağın ucuna oturup elini ellerimin arasına aldım. Sanki tekrar hayatiyet kazandırabilirmişçesine ovuşturdum.

- Üzülme babacığım, iyileşeceksin.

Ölüm bana yabancı değildi. Çocukken birçok yerde cenazelere rastlamıştım. Karaman'da anneciğimin ve ağabeyimin ölüm acısını tatmıştım. Ömrümün vârı babamı, sanki hiç ölmeyecek gibi düşünürdüm. Ona ölümü yakıştıramazdım. O, benim sadece babam değil, yârenim, hocam, maneviyatım, soluğum, damarlarımda akan kanım, candan öte canımın özüydü.

- Daha hazır değilim baba, beni şimdi bırakamazsın!

Koca adam, parmaklarını ellerimden çekti, saçlarımı ve yanaklarımı okşadı. Titreyen parmakları yanaklarımdan çeneme doğru indi. Sakalımı sıvazladı ve o an, sadece bir tek an için, babamın sağlıklı günlerine geri döndüğünü düşündüm. O kadar tanıdık, o kadar kısa bir okşamaydı ki, nefesimi içli içli çektim. Tek istediğim bu ânı yakalamak, sonsuza kadar durdurmak, asla büyümemek, asla yaşlanmamak, babamdan hiç ayrılmamaktı. Ciğerimin acısı, tek bir gözyaşı hâlinde yanağımdan aşağıya doğru süzülerek babamın parmağının üzerine damladı.

- Ağlama yavrum, insan yaşadığı hayata uygun bir şekilde ölür ve ölümüne yakışan bir şekilde uğurlanır. Ben huzur içinde öleceğim. Ne kadar güçlü oldun, ne kadar çok umut vaad ediyorsun. Yüce Attar'ın söylediklerini hatırlıyor musun? Biz Nişabur'dayken, sen küçük bir çocuktun. Seni benim arkamdan yürürken görünce ne demişti, hatırlıyor musun?

- Hatırlıyorum baba. 'Allah'a hamd olsun, işte büyük bir nehir, arkasından kudretli bir okyanusu sürükleyerek geliyor.' demişti.

- Kudretli okyanus olacaksın ve bütün dünyayı aşk sularınla bereketlendireceksin. Benim yerimi alacaksın, dünya susamış insanlarla dolu.

- Dine susamış insanlarla mı?

- Evet. Çoğu buna susamıştır. Tasavvuf kâsesi ile susuzluklarına su ver.

Elimi tuttu ve azalan gücünün izin verdiği kadar güçlü şekilde sıktı ama artık yorulmuştu.

- Şimdi Kur'an okuyacağım.

O gece secdeye varıp o kadar çok dua ettim ki, gözyaşlarımla sırılsıklam olan sakalım donarak beton zemine yapışmıştı. Ama babam yine de aslî vatanımıza hicret etmişti. Sevgilisine kavuşmuştu. Annem, seneler önce beni öksüz bırakmıştı. Şimdi de yetim kalmıştım.

Bahaeddin Veled'in vefatından sonra şehir halkı günlerce dualar, aşr-ı şerifler okuyarak mateme büründüler. Ramazan Bayramı kasvetli bir hava içerisinde geçiyordu. Beni kimsenin sözü teselli etmiyordu. Eşim Gül Hatun (Gevher Banu), bir yandan beni sakinleştirmeye çalışıyor, diğer yandan da kayınpederi için ağlıyordu. Babam, eşim için çok muhterem bir adamdı. Gelinine çok güzel davranmış ve onun manevi terbiyesinde emek sarf etmişti.

Eşimin endişesi benim ruh hâlimdi. O kadar çok sevdiği adam gitmiş, yerine yüzü kül gibi olmuş biri gelmişti. Bu onun kocası değildi; onun kocası güçlü, genç, hayatı çehresi kadar yumuşak, kolay gülen, zor üzülen bir adamdı. Şimdiyse, onu rahatlatmak için gösterdiği her gayret, boş veya rahatsız olmuş bakışlarla karşılaşıyordu. Onun bir zamanlar mutlu bakan gözlerinin, artık, acıya hiç sabrı kalmamış olduğumu gördüğü zaman, bu ölümün açtığı gediği fark ediyor ve ellerini yüzüne kapayıp acı dolu gözyaşları döküyordu.

Babamın vefatının üzerinden haftalar geçmişti. Sürekli dua ediyor, oruç tutuyor ve namazla yardım istiyordum. Bedenim zayıflamıştı. Dergâhın içinde babamdan yadigar kalan, göz nuru ile yazdığı Maarif kitabını bağrıma bastırmış oradan buraya ayaklıyordum. Ateşbaz, çorbalar, tirit, börekler getiriyordu; yemiyordum. İçimdeki acı, gün geçtikçe derinleşiyordu. Dergâhın avlusunda oturmuş, çocukluk hatıralarımın gülen yüzü, babamı yâd ederken eşim yanıma gelmişti.

- Bugün nasılsın beyzadem?

- Dünyada hiç kimsem yok... Yalnızım.

- Ben neciyim, eşin değil miyim?

- Evet eşimsin, ama dostum değilsin!

- Baban senin nasıl dostunmuş ki?

Sesinin acımtırak tonu benden merhamet istermişçesine içime işliyordu. Karların örttüğü avludaki kuşlara bakmaya başlamıştım. Minik serçeler bir yandan karınlarını doyuracak yem arıyorlar, diğer yandan soğuktan büzüşmüş duruyorlardı.

- Üşüdüm. İçeriye geçelim mi?

- Olur, sobayı da ateşlemiştim, sana bir ıhlamur kaynatayım, iç, iyi gelir.

Odaya girdiğimde, yan odada oyun oynayan çocuklarımın sesi geliyordu. Gül Hatun çocukların odamızda bıraktıkları tahta oyuncakları toplamakla meşguldü. Ona dönerek:

- Odamızı değiştirelim mi?

- Ayrı mı kalmak istiyorsun?

Sesi bu kez asabî tondaydı. Gülümseyerek ne anlatmak istediğimi yavaş yavaş açıkladım:

- Babamın odasına taşınalım. O odanın bende manevi bir değeri var, biliyorsun.

- Nerede sana yakışan rahatlık! Makamın gün geçtikçe yükselirken niçin rahatımız baş aşağı düşüyor?

- Çocukluk devri bitti, hanım. Oyuncaklarımızı arkamızda bırakmalıyız. Babam öldü. Ben onun halefiyim, sen de benim eşim. İnşallah iyi yaşar, Allah'a ve insanlara en iyi şekilde hizmet ederiz.

- Ya çocuklarımız? Çocukluklarını yaşamasınlar mı? Onlar da bahçeli, geniş konaklarda, eşyaları bol, mutfağı dolu bir şekilde yaşamasınlar mı?

Odanın penceresini örten örtüyü kaldırdım ve başımla eşime dışarıyı işaret ettim. Gece şiddetli bir kar fırtınası olmuş, kar şehrin bütün sokaklarını ve evlerin damlarını kaplamıştı. İkimiz de bu anî güzellik karşısında tutulup kaldık.

- Çocuklarımızı çağır.

- Sultan Veled! Alaeddin!.. Buraya gelin.

Çocuklar koşarak geldiler ve aramıza yanaştılar. İkisine de sarılıp başlarını okşadım. Onlar da babalarını gülümserken görmenin sevinciyle gülüştüler.

- Babam gibi bir baba olmak, hayatımın gayesidir.

Çocuklar gözyaşlarımı görmesinler diye başımı çevirdim. Gül Hatun, Baha Veled'in ölümünün benim için, bir cevizin sürgün verebilmek için çatlaması gibi acı verici ama aynı zamanda gerekli olduğunu biliyordu. Hiçbir erkek, babası ölünceye kadar gerçek olgunluğa kavuşamaz. Baha Veled gibi bir adamın oğlu da adını taşıdığı kişiyi defnetmeden kendi hayatının gayesine tam olarak eremezdi. Baha Veled'in vefatı beni, artık kendim olmaya götürecek yolu açmıştı.

Arkadaşım Sadreddin Konevî'nin medresesine gittim. Tasavvuf konusunda derin bilgileri vardı. Üvey babası Muhiddin Arabî öldüğünde benim gibi bir çıkmaza düşmüş müydü? Nasıl atlatabilmişti? Ondan bilgi ve tavsiye almam gerektiğini düşündüm.

- Ne yapmam lâzım gelir? Babamın makamı boş. Onu nasıl doldurmalıyım?

- Baban olamazsın ama kendin olabilirsin. Niçin endişeleniyorsun? Sen Konya'nın en saygı duyduğu bir babanın evladısın.

- Ama, hiçbir şey bilmiyorum.

- Konya'da, senden daha fazla bilen hiç kimse yok.

- Ben hâlâ çırağım. Şam'a gideceğim; terbiyemi tamamlamama yardım edecek bir şeyh bulacağım.

- Ama senin yerin burası. Bekle! Allah seni yâr ve yardımcısız bırakmayacaktır. Dergâhı aç, halk eskisi gibi gelsin. İnsanlar dergâha, senin babana olan ihtiyacından daha çok muhtaç.

Babamın vefatından tam bir ay sonra dergâhın kapısını açtım. Yol gösterilmesi için haykıran insanlara, merhamet dolu gözlerimle baktım ve verdiğim kararın zorlaşacağını hissettim. Babamın, medresedeki yerini almam, vaazlar verip, anlaşmazlıkları gidermem, gerekli fetvaları vermem, şu an yapacağımdan çok daha kolaydı ama yolum, önümde açıkça çizilmişti. Kitaba bağlı âlimlerin yolu bana göre değildi; babamın öğretmiş olduğu her şey beni bu seçim ânına hazırlıyordu ve yol her ne kadar engellerle kaplı olsa da ilk adımı attım.

Kalabalığı sakinleştirmek için ellerimi öne doğru uzatarak:

- Size öğretecek hiçbir şeyim yok, Konyalıları seviyorum ve inşallah bir gün babamın yerini alacağım ama o gün gelinceye kadar dudaklarım mühürlü kalmalı.

Dergahın dış kapısını kapatıp sanki kalabalığın yüklenmesini bekliyormuşçasına, kapının arkasına sırtımı dayadım. Olup bitenleri şaşkın bakışlarla seyreden Gül Hatun,

- Ne yapıyorsun? Çıldırdın mı? Babanın medresedeki yerini almazsan nasıl geçiniriz?

- Allah'ın yardımıyla...

Ne yaptığımı düşününce cesaretimi kaybeder gibi oldumsa da, emin olduğum tek şey bu insanlara bir yol gösterici olmaya hazır olmadığımdı. Babamın bilgisinin sınırlarına dayanmış ve tek öğrendiği şey gerçek sınırların çok uzaklara, bilinen mesafelerin ötesine uzandığım olmuştu. Bir insan kendisi kaybolmuşken insanları nasıl yönlendirebilirdi ki?

Böylece kitapların arasına gömülüp, kayıp bir yolcunun umutsuzca haritanın üzerine kapanıp yolunu araması gibi cevaplar aramaya başladım. Tasavvuf, hadis, fıkıh ve tefsir alanında ne kadar kitap varsa gün boyu, gece sonlarına kadar ezberlemeye çalışıyordum. Hakim Senâi, Ferîdüddîn Attar, Harakanî, Ahmet Mütennebî ve babamın Maarif'i başta olmak üzere kütüphanedeki kitaplarla yatıyor, onlarla kalkıyordum, içimdeki boşluğun cevaplarını sayfa aralarında arıyordum. Halk ise benim, babamın vazifesini taşımaktan korktuğumu düşünüyordu. Konya durum değerlendirmesine başlamıştı. Bazıları, "Babasının faziletine sahip değil ve utanıyor." dediler. Bazıları "Babasına üzüldüğünden katılaştı, yaralarının iyileşmesi için rahat bırakın." dediler. "Ama bize karşı görevleri var." diye karşı çıkanlara, bir kısmı şunları söylüyordu: "Hisleri her ne olursa olsun, onları bir kenara koymalı. Onun babası sadece Baha Veled değildi, hepimiz ona babalık yaptık. Onu giydirdik, doyurduk ve bugünler için yetiştirdik. Şimdi borcunu ödemeli."

SEYDÂ'M GELİYOR

Hoşlanmadığına tahammül sabır değildir. Sevdiğine kavuşamayacağını bilsen de kavuşacakmışçasına gayret etmendir. Bırak, sabır sana sabretsin ki acıyı bal eyleyesin.

Seyyid Burhaneddin, Belh şehrinde babamdan tasavvuf terbiyesi almıştı. O kadar başarılıydı ki, babam onu benim lalam (eğitici) olarak tuttu. Seyyid Burhaneddin ile aramızda hem hocanın hem de talebenin huzur duyduğu bir yakınlık vardı. Benim yetişmem için çok gayret gösteriyor; ne fazla zaman ayırmaktan, ne de fazla çaba harcamaktan şikâyet ediyordu. Hafızlığımı babam sağlamıştı, lalam da ezberimdeki surelerin tefsirlerini anlatıyordu. Siyer-i Nebi derslerimizde peygamberimizi anlatırken gözyaşlarını tutamazdı. Peygamberimizin ve sahabenin hayat bilgilerini tastamam öğretmişti. Tasavvufa olan rağbetimi bildiğinden sürekli sûfi menkıbeleri anlatırdı. Sûfilik hikâyelerini anlatırken ağzından bal damlıyordu adeta. Arapça ve Farsça kitapları onunla birlikte okuyorduk. Seyyid Burhaneddin dört yıl hocalığımı yaptı. Hiç evlenmemişti ve beni evladı gibi seviyordu. Bazen derslerimizi medresenin kubbesine yakın oturarak yapardık. O ise ders anlatırken uzaklara doğru dalar giderdi. Elini alnına koyup gözlerini kısarak çöllere bakardı. Sanki çöl onu çağırıyordu. Sonunda Baha Veled'den görevinden âzad edilmeyi rica etti. Babam onun bu arzusunu geri çevirmedi. Vedalaşmak, helalleşmek için bana geldiğinde arkadaşlarımla hüsnü hat meşkindeydim.

- Celaleddin'im, çöllere gidiyorum. Helalleşerek vedalaşalım.

- Niçin gitmen gerekiyor? Çölde ne var?

- Allah orada...

- Allah her yerdedir. Bize şahdamarımızdan daha yakındır.

- Bazı zamanlar vardır ki insanlarla geçirilmesi lazımdır, ama başka zamanlar vardır ki yalnızlık gerektirir. Şimdi benim yalnızlık zamanım. Yine buluşacağız.

Başıma hafifçe dokundu, alnımdan öptü ve dua okuyarak gözden kaybolup gitti. Kalbimi buruk bir hüzün kapladı. İçimden bir ses günün birinde yine karşılaşacağımı söylüyordu. Ardından dualar okudum, el salladım. Onunla çölde karşılaşmış olanlar, yamalı hırkasıyla çöllerde yalnız gezen ve dostluk sunulduğunda ortadan kaybolan bir adamdan başka bir şey olduğunun farkına varabildiler. Allah âşığı bu adam, yıllar boyunca durmaksızın, zemini süpürüp geçen ve arkasında hiçbir şey bırakmayan bir kum fırtınası gibi çöllerde dolaşıp durdu. Zamanla Seyyid Burhaneddin'in canının cürufu yanıp gitti, ellerinden ayaklarına kadar ışık saçmaya başladı ve âşıklar kendilerini ona doğru cezb olurken buldular. Bu sefer o da onlara direnmedi. Kum fırtınası Seyyid Burhaneddin'i silmişti. Karınca yok olmuş, geride sadece sonsuzluğun örtüsü kalmıştı. Seyyid Burhaneddin adlı kişi ölmüştü ve onun yokluğundan doğan boşluğa diğer insanlar adım atabilirlerdi. İşte bu sıralarda kendisini Kûfe'de buldu.

Camide bir gün, ayağa fırlayıp "Şeyhim Baha Veled öldü, oğlunun bana ihtiyacı var!" diye bağırdı. Kendisine duyulan yüksek saygıdan ötürü, yaptığı bu açıklama hiç kimse tarafından sorgulanmadı. Ertesi gün Seyyid Burhaneddin, Anadolu'ya yönelen adımlarını takip ederek geriye, öğrencisinin hayatına dönüş yolculuğuna başladı.

Yorucu ve uzun bir yolculuktan sonra Konya'ya vasıl oldu ve ayaklarının ağrısına rağmen ilk iş olarak medrese'nin yolunu tuttu.

Kendimi dergâhın kütüphanesine hapsetmiştim. Ne dergâha, ne odama ne de kütüphane'ye ailemden ve Hüsamettin Çelebi'den başka hiç kimseyi kabul etmiyordum. Haftanın bazı günleri de çilehâneye kapatıyordum kendimi. Kapıyı içeriden sürgülemiş, pencerelerin tahta kepenklerini örtmüştüm.

Kapı vuruldu: "Tak tak!" Destur istendi içeriden.

"Buyur!" sesi ile kapı aralandı. Gelen yorgun bir yolcuydu. Uzakların kokusu vardı tozlanmış cüppesinde. Belli ki durmaksızın, soluklanmaksızın yol almıştı, sanki bir yere alel acele yetişmek isteyen bir telaşla gelmişti. Selam verdi. Alındı selamı. Kelâmı nedir beklenmeden Mevlâna Celaleddin meçhul yolcuyu sesinden tanır gibiydi. Ayaktaydı. Onun huyuydu. Babasından bellemişti. Yaşı ve mevkii ne olursa olsun, ister çocuk, ister kadın, isterse yaşlı, her gelen ayakta karşılanmalıydı. Misafire doğru ilerledi. Yaklaştıkça burnuna Horasan kokusu siniyordu. Merakı tebessüme döndü. Tanımıştı geleni. Çocukluğunda Belh'te lalalık yapmış, kendisine sürekli şeker veren, nur sakallı Seyyid Burhaneddin efendisiydi. Sevinçle sarıldı, elini öptü, sakalını kokladı, omzuna yaslanarak" Baha Veled Efendimizi aşk yurduna uğurladık" diyerek ağlamaya başladı. Gelen misafir, omzunda ağlayan delikanlıya "La tahzen, ben geldim, sen benim evladımsın, hocamın emanetisin, ben varım, için serinlesin gayri..." diyerek Mevlâna Celaleddin'in sakalına düşen yaşları siliyordu.

- Allah'a şükürler olsun, geldin lalam. Seni çok özledim. O gündür bugündür çöllerde miydin?

- Evet. Ben de gelme vaktini bekliyordum. Hocam rüyamda "Oğlum Konya'da yetim kaldı. Git ve ona sahip çık. Okyanusu mana diyarlarına taşı." dedi.

- Babamın bıraktığı boşluğu tamamlayamıyorum. Henüz bu görev için hazır değilim.

İrfan sadece bilgi ve ders görme değildir. Bütün bilgilerin özüdür ve canın hatadan uzak olarak sonsuz aşk ile birlikteliğidir. Sen odana kapanıp, insanlardan uzaklaşarak büyük bir hata yaptın. Baban çok bilge bir insandı; üstelik sonsuz iyilik ve sevgisiyle her şeyi bilen anlayan bir ulemaydı. Sen onun yolunda ilerleyen bir evlatsın. Acımız büyük; ama bizler her şeyi olduğu gibi kabul etmeliyiz. İnsanlar senden babanın postunu devralmanı bekliyor.

- Tek başıma hiçbir şey yapamam.

- Ben sana yardım etmeye geldim. Tâlim ve terbiye tek başına olmaz. Mürebbiyeler ve muallimler çok mühimdir. Benim yetişmemde baban çok büyük bir yer tuttu. Ben de sana yardımcı olabilirsem çok mutlu olacağım.

- Ama gördüğün gibi ilmim çok fazla işime yaramıyor. Yarasaydı böyle boşluğa düşmezdim.

- Seni çocukluğundan tanıyorum, yaşıtlarından kat kat zekiydin. Öğrettiğim her şeyi çabucak öğrenmiştin. Üstelik alimler sultanından feyzler aldın. Boş değilsin. Sadece iç dünyan karma karışık. Baban söz ilminde, hem de hâl ilminde çok iyiydi. Sen de hâl ilmine giriş yapmalısın.

- Nasıl bir yol takip etmeliyim?

- Bana sufiliği baban öğretti. Sufilik ile giriş yapabilirsin.

Bu sözleri duyunca ellerinin üzerine kapandım ve yüzümü cüppesinin eteğine dayadım. Seyyid Burhaneddin beni ayağa kaldırdı ve babamın makamını işaret etti. Gittim ve babamın postuna oturdum. Uzun bir ilim hasbihali yaptık. Derin sorular soruyordu, uzun cevaplar veriyordum. Tebessüm ederek dinliyor ve tasdik edercesine başını sallıyordu. Seyyid Burhaneddin sonunda ayağa kalktı. Elimden tutarak beni dergâh avlusuna çıkarıp dolaştırmaya başladı.

- İşte bu oda medresedeki en uygun halvet odası olur. Hoşuna gitti mi?

- Evet.

- İçeride kırk gün kalacaksın. Her günün oruçlu geçecek. Az uyuyacaksın. Abdestsiz kalmayacaksın. İftarın ve sahurun kuru ekmek ve su olacak. Namazlarını hatim ile kılacaksın. Rabıta kuracaksın. Dayana bilir misin?

- Elbette... Allah'ın izni ile dayanacağım.

Bunun üzerine Seyyid Burhaneddin hemen odanın halvet için uygun hale getirilmesi işine girişti. Ateşbaz'ı ve dervişleri çağırıp onlardan odadaki eşyaların çıkarılması, bir tek kilim ve rahlenin kalmasını istedi.

- Şimdi git, ailenle helalleş, çocuklarınla hasret gider, halvete gireceğini anlat. Tan yeri ağarmadan önce bu odaya gel. Duygularını bu halvette iyice kontrol edecek seviyeye geleceksin. Kontrol sende olunca önündeki bütün engelleri kaldıran fırtına olacaksın. Unutma, şiddetli aşk insana dağları deldirir. Sen Allah aşkıyla tutuşan birisin.

Vakit geldi, içimde tarifsiz bir merak, ilk kez halveti, riyazeti yaşayacaktım. Odaya girdim. Seyyid Burhaneddin odayı son kez kontrol edip çıkacağı sırada küçük pencereye doğru yürüdü. Kapı önünde bekleyen dervişe seslendi:

- Buraya koyu bir perde örtün.

Sonra kapıyı üzerime kapatıp dışarıdan kilitledi. Tek başınaydım. Üzerimde hocamın hediye ettiği tennure vardı. Bembeyaz tennure. Tennure doğum ve ölüm demekti. Tennure bebeklerin sarıldığı kundak, ölünün sarıldığı kefendi. Dış dünyaya kapalıydım. Dış dünyaya kapanma insanın duygularına hâkimiyetini kolaylaştırır. Kendi duygularına hakim olan başkalarının duygularına da hükmeder.

Kırk gün sonra Seyyid Burhaneddin kapının kilidini açıp içeri girdi. Yere diz çökmüş, tam bir huzur içerisinde, huşu ile oturuyordum. Beni dışarı çıkarmak için koluma yapıştı; ancak dışarı çıkmayı kabul etmedim.

- Aşk insana dağları deldirir demiştin. Ama henüz ben dağa tırmanamadım. Bir kırk gün daha istiyorum.

Seyyid Burhaneddin dileğimi kabul etti ve hızlı adımlarla dışarı çıkıp merak içinde bekleyenlere bir kırk gün daha içeride kalacağımı söyledi. Çilehanemin kapısında bekleyen Gül Hatun,

- Bir kırk gün daha dayanabilir mi?

- Ben ona güveniyorum, gözlerinde ilahi aşkın açlığını gördüm. O öyle bir aşk ateşinde ki onu kimse kararından döndüremez. Bu yüzden beklemek zorundayız. Allah yardım edecektir. Meraklanma, için rahat olsun.

Böylece ikinci kırk günlük halvetim başladı.

Zaman hızla ilerledi. İkinci kırkıncı günün sabahında namaz kılarken kapı açıldı. Seyyid Burhaneddin odaya girdiğinde gözlerimin ışıdığını fark etti. Hafifçe yüzünü yüzüme yaklaştırdı ve dikkatlice baktı. Hayrete düşmüş gibiydi. Şaşkınlıktan ne diyeceğini bilemiyordu. Heyecandan yüreği gürp gürp atıyordu:

- Sen gizli sırları bulansın. Allah'a hamd olsun ki, bana, senin bu hâlini gösterdi.

- Hocam, şimdi mana alemine destur ile başlamak için hazır mıyım?

- Dahası da var: Sen benim bildiklerimin çok ötesine geçeceksin. Birlikte seyahat edip, senin daha önce kimsenin olmadığı kadar mutmain olman için başka gönüller aramalıyız.

Seyyid Burhaneddin yaşlanmış, gözleri kısılmış, ama içinde bir ışık büyümeye başlamıştı:

- Oğlum, sana bildiğim her şeyi öğrettim, Allah'ın yolunda sana rehber olup, sırları gösterip, hocalarımın bana aktardığı cümle hazineleri sana verdim. Şimdi sen bir irfan aslanısın. Baban seni âlim yaptı, ben ârif yaptım. Artık buralardan gitme vaktim geldi.

- Babam öldüğünde yapayalnız kaldım. Şimdi yine mi yalnız kalmam lazım!

- Yalnız olmayacaksın. Çok büyük bir dost sana ayna olmaya gelecek. Akislerinin karşısında hayrete düşeceksin ve aşkını bütün dünya saygıyla karşılayacak. Seni tasavvufun nehri hâline getirdim. Şimdi bu nehir okyanusunu bulmalı. Aşk okyanusun ile vuslata ermelisin.

- Karşılaşman gereken bir şeyh daha var. Kendisi ilahi aşk yolunda gönüldaşını arayan bir sufidir. İlmi ve derin irfânı olan bir zât. Aşk yolculuğundaki son yardımcın o olacak.

- Bundan sonraki kaderim nedir efendim?

- Oğul, gitmelisin.

- Nereye lalam, nefisten kaçış var mı?

- İmtihan her yerde oğul, doğrudur; lakin bir vesileye tutunmalı insan. Su yatağını bulmalı.

- Benim yatağım da menzilim de sensin lalam.

- Ben senin mâzinim, senin ikbalin bende değil.

- Nerde lalam, söyle akayım menzilime ama, de bana lalam, ben senin ellerini nasıl bırakırım, nasıl koparım eteğinden.

- Oğul, senin ellerini tutacaklar, eteğine sığınacaklar kime gitsin; suyunu bekleyen ırmak daha nice zaman beklesin?

- Hangi memlekete gitmem lazım hocam?

- Şam ve Halep...

- ...

- Git Celâleddin'im insandan insana dolaş, eğleşme buralarda, seni bulacak kişiyi önce sen bul. Demem o ki Çelebi'm, aşkta yakacak ateşte kal."

Lalamın beyaz sakallarından ihtiyar bir tebessüm döküldü. Hocamın kendi murakâbesini geciktirmek pahasına da olsa benim için yapmış olduğu fedakârlığı anladım. Seydâ'mın elini öpüp alnıma koydum:

- Seni kaybetmenin acısı büyüktür pîrim, ama ricanı reddetmenin acısı daha da büyük olacaktır. Şimdi ve sonsuza kadar sen benim Seydâ'msın.

- Sen dünyada evladım diye baktığım tek cevherimsin. Babanın bana yaptığı iyiliklerden bir tanesini sana yapmış isem ne mutlu! Hakkını helal eyle oğul!

Seyyid Burhaneddin atına bindi. Son kez onun ellerini öperek Kayseri'ye uğurladım. Ne var ki, lalam, hocam, ömrümün Seydâ'sını unutamıyordum. Üstadımın bütün kitaplarını ve ders notlarını topladım. Fîhi-Mâ Fîh adlı eserimi yazdım. Eserimde sık sık hocamdan alıntılar yaptım. Beş yıl boyunca medresede fıkıh ve hadis okuttum, vaaz ve irşatlarımı sürdürdüm.

AŞKIN KIVILCIMINA KANADIM DEĞİYOR

İnsanın toprağı aşk şebnemi ile yoğruldu.
Ruhun damarına aşkın neşteri vuruldu.
Ondan bir damla aktı. Ve ona da "gönül" adını verdiler.

Tam seksen gündür ailemden mahrumdum. Daha doğrusu onlar benden mahrumdu. Halvet sonrası eşimin koluna girip odama çekilirken Gül Hatunun suratı asık ve mahzun duruyordu.

- Benim adıma mutlu değil misin?

- Ârif bir adam olabilirsin ama bir baba ve eş olarak bizi ihmal ediyorsun. Şimdi de uzaklara ilim yolculuğuna çıkacağını söylediler. Tek başımıza nasıl yaşarız burada?

- Sultan Veled büyüdü, dergahta hayatınızı sürdürecek imkanlar var.

- Ben seni istiyorum yanı başımda.

- Beni o kadar seviyor musun?

- Senin uğruna gözümü kırpmadan canımı verecek kadar seviyorum!..

- Peki Hacer annemizi hatırlıyor musun? Hani İbrahim babamız onu ve henüz küçük yaştaki oğlu İsmail'i çölde yapayalnız bıraktığında annemiz isyan etmiş miydi?

- Ben o kadar güçlü kuvvetli değilim. Ne yapayım, senden ayrı kalmaya dayanamıyorum!..

- Haydi hazırlık yapın, iki oğlum ve Hüsameddin'i de alıp Şam'a gidelim. Bir ev kiralarız ve sen çocuklarla ilgilenirken ben medreselerde tahsilime devam ederim. Tıpkı buradaki gibi akşamlarımı aileme ayırırım.

Gül Hatun öyle sevindi ki, yanağımdan öptü:

- Allah'ım, sana binlerce kez hamd olsun.

Şam ve Halep'te yedi yıl kaldık. Oğullarım delikanlılık çağına geldiler. Hüsamettin yanımdan ayrılmıyordu, kendini yanımda mutlu hissediyordu. İlmi derinliğe erişmek için oğlum ve Hüsamettin de heyecanlıydılar. Gündüz medresede neleri öğrenmişsem akşam onlarla paylaşıyordum.

Bu yedi yıl içerisinde farklı olaylar da yaşadım. Hristiyan ve Yahudi bilginlerle arkadaşlık kurdum. Tartışmalar, sohbetler ile birçok kişinin İslâm dinine girmelerine vesile olmuştum.

Medresede dersim olmadığı günler hanım ve çocukları alıp kır gezisine çıkardım. Ayrıca Şam'daki türbeleri ziyaret ederdik. Ziyaret esnasında türbede medfun olan zatların hayat hikâyelerini çocuklarıma anlatırdım. Bunlardan birisi de Sahabe'den Ebû'd-Derdâ hazretlerinin türbesiydi.

Ebû'd-Derdâ, ailesi içinde en son Müslüman olandır. Onun örtüyle örttüğü bir putu vardı. Kendisini İslâm'a dâvet eden dostu İbn Revâha bir gün putunu o evde yokken parçaladı ve gitti. Ebû'd-Derdâ eve gelince önce çok kızmış, sonra şöyle demiştir: 'Eğer putta bir hüner olsaydı, kendini koruyabilecekti.' Ve sonra Peygamber Efendimize giderek Müslüman oldu.

Ebû'd-Derdâ önceleri ticaretle uğraşırken Müslüman olduktan sonra kendini tamamen zühd ve ibâdete vermiştir. "Şam Fakihi" diye meşhurdur. Kendisi bunu anlatırken şöyle der:

- Peygamber Efendimizin sayesinde hidâyete erdikten sonra hem ticaret, hem ibadet yapmak istedim. Fakat ikisinin bir arada olamayacağını anlayınca, ticareti bırakıp ibadete yöneldim.

Ebû'd-Derdâ, Rasûlullah'ın vefâtından sonra Hz. Ömer'in ona ısrarla bir memuriyet vermek istemesine rağmen o *"Bana müsaade et, gidip halka Rasûlullah'ın sünnetini öğreteyim, onlara namaz kıldırayım"* demiş, Hz. Ömer de ona müsaade etmişti. Hz. Ömer daha sonraları Şam'ı ziyaretinde Şam valisi Yezid b. Ebî Süfyân, Amr b. el-As, Ebû Musa el-Eş'ari'yi teftiş ettiğinde bu zatların kapılarının kilitli olduğunu, odalarının ipekle kaplı bulunduğunu, huzurlarına girenlerin kim olduklarını sorduklarını, müreffeh yaşadıklarını görmüş. Ebû'd-Derdâ'ya gittiğinde ise onun kapısında kilit bulunmadığı, odasında ışık olmadığı, elbisesi hafif, soğuktan muzdarip, gelenin selâmını alan, kim olduğunu sormadan içeri kabul eden, altında bir keçe parçası bulunan bir hâlde bulunduğunu görmüştü. Hz. Ömer, Ebû'd-Derdâ'ya, *"Ben seni Medine'de hoş tutmadım mı?"* deyince o, Rasûlullah'tan duyduğu şu hadisi hatırlatmıştır:

"Sizin dünyalığınız bir yolcunun azığı kadar olsun."

Şam'da yüzlerce hâfız yetiştirmiştir. Nerede bir kalabalık görse onlara sürekli olarak şu hadis-i şerifi okurdu:

"Size namazdan, oruçtan, sadakadan, faziletçe bir derece yüksek bir şey söyleyeyim mi? İnsanların arasını barıştırmak… Kıyâmet günü insanın mizânında en ağır basan şey iyi ahlâktır, yani güzel huydur."

Ebû'd-Derdâ hastalandığı bir sırada arkadaşları yanına gelerek "Ey Ebû'd-Derdâ, nerenden şikayetçisin?" demişler; Ebû'd-Derdâ, *"Günahlarımdan…"* diye cevap vermiş;

- Canın bir şey istemiyor mu? sorusuna,

- *Canım Cennet istiyor* demiş.

İlim hakkında Ebû'd-Derdâ şöyle demiştir:

- *İlim ancak arayıp öğrenmekle olur. İlim için sabah çıkıp akşam dönmenin cihad olmadığını sanan kimsenin aklı eksiktir.*

Yaşadığım en tuhaf hadise şuydu: Bir gün Hüsamettin ve medreseden arkadaşlarım ile kalabalık bir grup çarşıda dolaşıyorduk. Kalabalığın içinden bir adam üzerime üzerime geldi. Öyle bir bakışları vardı ki ben ömrümde bu kadar keskin ve tesirli bakan göz görmedim. Adamın hâli çok tuhaftı. Sanki beni tanıyormuş gibiydi. Gülümseyerek yanıma geldi. Kolumu tutarak, "Ey dünya sarrafı, beni bul." dedi. Sonra birden gözümün önünden kayboldu. Tıpkı bir hayal gibi… Bu hâli ben daha önce yaşadım yahut bu sözleri rüyamda görmüş gibiydim. Rengimin sarardığını fark eden Hüsamettin:

- Efendim, rahatsız mısınız? Dilerseniz eve dönelim, yorgun ve hasta gibisiniz.

- Hayır, rahatsız değilim. Az önceki adamı fark ettin mi çok tuhaf bir adamdı.

- Hangi adam?

- Hani az önce kolumdan tutan adam… Simsiyah saçları beline kadar sarkmış, siyah kıyafetli, meczup gibi gülerek yanıma yaklaşan adam…

- Ben, dediğiniz gibi bir adam görmedim.

- Peki kolumdan tutup bana söylediğini de mi işitmedin?

- Hayır. Hiçbirimiz görmedik…

- Neyse, yok bir şey; galiba sıcaktan olsa gerek, hayal gördüm.

O gece boyunca, çarşıda yaşadığım olayı düşündüm. Tesirini birkaç hafta atlatamadım. Sürekli aklımdaydı, kimdi bu adam? Derdi neydi? Ne anlatmak istedi? Seyyid Burhaneddin hocamın bahsettiği zat yoksa bu adam mıydı?

Artık Konya'ya dönüş vakti gelip çatmıştı. Yola çıktık. Yolumuzun üzerindeki şehirlerde çocukluk zamanımda edindiğim dostlarımın yanına da uğruyor, eski günleri yâd ediyordum. Konya'ya yaklaştıkça eşim ve çocuklarımın sevinçleri artıyordu.

GÜL HATUN'UN ÖLÜMÜ

Mezarlığa gelen sensin ey can! Orada ölü-ölgün yatan benim. Senin yokluğuna dayanmak zor olurdu. Eğer ölen ikimiz olmasaydık...

Konya'ya dönüş yolunda Malatya'ya geldiğimizde Gül Hatun rahatsızlandı. Hekimler sıtmaya yakalandığını ve bundan sonraki yolculuğun sağlığı için tehlikeli olacağını söyledi. Ne kadar ısrar etsem de Konya'ya bir an önce kavuşmak istediği belliydi: "Öleceksem de orada can vereyim" diyordu. Konya'ya gelişimizden on gün sonra hayat arkadaşım, sevdiceğim, çocuklarımın annesi, yüreğimin Gül Hatun'u Hakk'ın rahmetine kavuştu. Sevdiklerim tek tek benden önce yüce Allah'a varıyordu.

Gözümün sürmesiydi Gül Hatun'um. Arada onun hatıraları gözümün önüne geliyordu. Bir keresinde sormuştu:

- Bu kadar âşıksın Mevlâ'ya, şükürler olsun bu aşkı yaşayıp yaşatana! Peki bana ne kadar âşıksın?

- Sen benim Yaradan'dan ötürü yaradılanı sevişim, bir adım gelene on adım gidişim ve herkesi olduğu gibi kabul edişimsin. Sen benim bugünüme şükür ve yarınıma dua edişim, azla yetinişim, çoğa göz dikmeyişimsin ve kapanmayan avuç içimsin.

Bir kez daha yapayalnız kalmıştım. Dergâhta sohbetlerime katılanlar çoğalmıştı. Ayrıca diğer medreselerden de vaaz vermem için davetler geliyordu. İplikçi Câmii'nde imamlık vazifesine başladım.

Günümün diğer vakitlerinde çocuklarımla vakit geçiriyordum. Her geçen hafta müritlerim artmaya devam ediyordu. Ateşli vaazlarım ve müsâmahalı tavrım Konya'nın yoksul mahallelerinden bir sürü insanı dergâhıma çekiyordu. Çiftçiler, debbağlar ve sanatkârlar. Hepsi kabul görüyor, hiçbiri geri çevrilmiyordu.

Vaazlarımda açık konuşuyor, yoldan sapanları, her kim olursa olsun, Sultan veya onun vezirleri de olsa fark etmiyor, tenkid ediyordum. Medreselere bağış yaparak kurtuluşu garantilemeye çalışan varlıklı kimseler geri çevriliyordu. "Allah rüşvet kabul etmez, sessizliğim satın alınamaz!..." diye cevap veriyordum. Uyardığım bu insanlar yüzünden kısa zamanda düşman kitlem de büyüdü. Ama beni duymak ve tarafımdan irşad edilmek için gelen kalabalık çok daha büyüktü. İnsanların sosyal mevkilerinin çektiği perdeyi aşarak onların gönüllerine bakıyor, onları alenen yaptıkları dindarlıklar veya derin bilgileri için değil de, her birinin yüreğinde titreşen o minnacık ilahi ışıktan ötürü seviyordum.

Bazı takipçilerin gizli gizli karşı çıkmalarına rağmen, Musevilerin ve Hristiyanların da gelip beni medresede dinlemelerine izin veriyordum.

Her kim dergâha gelirse, çocuk da, dilenci de veya şehzâde de olsa fark etmiyor, anlatıyordum. İnsanların derdi ile dertlenmek tek gıdamdı. Geçmişte boşluğa düştüğüm demlerde insanlara kendimi ve kapımı kapamıştım. Ancak şimdi her şey farklıydı. Onlar için doldum taştım. Diyar diyar dolaşıp bal yapmak için çiçek çiçek beslendim. Şimdi paylaşmak zamanıydı.

Az zamanda talebelerimin sayısı babamınkini bile aştı. Bu kadarını beklemiyordum ve bu aşırı rağbet bir yandan da huzursuzluğumu büyütüyordu. Hüsameddin'e dergâhın defterini verdim. O da bu işlere şaşırıyordu.

- Efendim, bu alâka böyle devam ederse bütün Konya buraya gelmek isteyecek ve dergâhımızın yanına yeni dergâhlar açmak zorunda kalacağız. Sizi çok seviyorlar.

- Niçin bana o kadar büyük bir hasretle bakıyorlar? Sadece bir insan olduğumu bilmiyorlar mı? Ben peygamberimizin ayağının tozuyum ve Hz. Muhammed (s.a.v.) Efendimizin dediğini diyorum: "*Ben kuru ekmek yiyen bir kadının çocuğuyum.*" Beni neden bu kadar gözlerinde büyütüyorlar Hüsameddin yârenim?

Babamın bana gösterdiği özeni bende oğullarım Sultan Veled ve Alaeddin'e gösteriyordum. Annelerinin ölümünden sonra daha da fazla ilgi göstermeye başladım. Sağ olsun, Hüsamettin de bana yardım ediyor, benim olmadığım zamanlarda, kardeş gördüğü çocuklarımla yakından alakadar oluyor beni aratmıyordu. Yavrularımın ikisinin birden âlim olarak halefim olması en büyük dileğimdi. Ancak onların çocukluktan genç erkekliğe geçişlerinde bile, birbirlerinden ne kadar farklı olacakları belli oluyordu. Kardeşinden üç yaş büyük olan Sultan Veled, iyi bir talebeydi, yumuşak huyluydu ve gözlerinde daha şimdiden âlimlik kıvılcımı tutuşuyordu. Alaeddin ise ilmin dış kabuğunu öğrenmekte oldukça başarılı olmasına karşılık, manevi dünyayı hiçbir zaman bilemeyeceği açıktı. Dualarda sabırsız davranıyor, tasavvufi konuşmalar sırasında canı sıkılıyor, ofluyor, bunalıyordu... Sultan Veled kolayca yön verilebilen uysal bir huydaydı, ilim âşığıydı. Elinden lokması alınsa şikâyet etmezdi. Alaeddin ise her zaman inatçı, kanaatsiz, kavgacı ve gözü sokakta hırçın bir delikanlı olmuştu. Beni deliler gibi sevse de benim yolumdan asla gitmeyecekti.

İKİNCİ YUVAM: KERRA İLE EVLİLİK

Dünyada herkes sevgilisine can verir. Fakat birinin sevgilisi kan tulumundan ibarettir, öbürününki güneştir, ışıktır.

Konya eşrafından birçok kişi aracılıkta bulunup yeniden evlenmem için gayret sarfetti. Sadreddin Konevî ziyaretime geldi. Kocası vefat etmiş bir kadın varmış. Ona hem sahip çıkmam hem de bana bir hayat arkadaşı gereği beni onunla evlenmeye ikna etti. Ailesi aslen Bizans Rumlarından olan Kerra Hatun, Haçlı seferlerinin zulmünden Konya'ya kaçan ve Konya'da Müslümanlığı seçmiş olan bir babanın kızıdır. İlk eşi Şah Muhammed vefat edince oğlu Yakup ve kızı Kimya ile dul kalır.

Evlenme teklifinden önce kendisi ile konuşmak istemiştim. Sadreddin Konevî'nin evinde buluştuk. Yanında iki yetimi ile geldi.

Bir an, birbirimize bakıyoruz, güzel ve masum gözleri gözlerime açılmış, göz kırpmıyor, sanki bakışları özür dilemekle dolu. Her ikimiz de sessiz duruyoruz, birbirimizin bakışlarını okuyoruz. Sessizliği bozan ben oluyorum:

- Evlilikler bazen talak ile bazen ecel ile bitebiliyor. Biliyorum ki ölen eşim Gül Hatun'um gibi bana sâdık olursun. Ancak benim hayatım yorucudur. Evin dışında halkın dertleri ile meşguliyetim vardır. Günümü meseleleri çözmekle geçirir, sizleri ihmal edebilirim; bunu şimdiden bilmeni isterim.

- Efendim sizi öncelerden tanıyor ve müşkil halinizi biliyorum. Sizin gibi herkesçe hürmet gösterilen bir âlimin eşi olmak bana şeref verir. Çocuklara olan sevginiz benim çocuklarıma da çok iyi bir baba olacağınızın işaretidir. Bu hususta şüphem yoktur. Mazimi bir kalemde silmiştim. Sizin hayat arkadaşınız olma teklifi içimde tarifsiz bir ferahlık oluşturdu.

- Çocuklar Allah'ın emaneti olan cennet çiçekleridir, senin-benim çocuklar değil hepsi çocuğumdur.

- Çocukların koşuştuğu bir avludur kalbim, ağlayan-ağlamayan bütün çocukların.

- Yanındaki ve içindeki çocukları güldüreceğime emin ol!

İnce bir tebessüm yayıldı ay yüzünde:

- Ben, gülzârda yetişen bir gül değilim; kışın soğuğunu, yazın şiddetini yemiş bir gülüm. Beni sevdiğin için teşekkür ediyorum Mevlâna'm!..

Kerra Hatun, güzellik ve olgunlukta örnek bir kadındı. Kızım Melike Hatun, en küçük oğlum Emir Âlim Çelebi bu evlilikten dünyaya gelmişlerdir.

Sohbet meclislerime katılır, arka mahfilden benim dini sohbetlerimi dinlerdi. Diğer kadınlar gibi çarşı, pazar alış veriş işlerini sevmezdi. Neredeyse bana bir gölge gibiydi yanımdan ayrı kalmak istemezdi. Her kadın gibi ara sıra onu da kıskançlık tutuyordu. Kerra ile en çok tartışmamız Şems için olacaktı. Şemsli hayatım başlayınca herkes gibi başlangıçta Kerra da Şemsi anlayamayacaktı ama bana olan sevgisinden dolayı sessiz kalmayı yeğleyecekti. Arada sırada da bu konuda serzenişlerini bana iletecekti. Hatta bir keresinde bir gece yatağa girdim, hemen arkasını döndü:

- Vaktini sürekli Şems'e harcıyorsun. Senin bir ailen var, galiba aklından çıktık!..

- İlahi aşk yolundaki gönüldaşımı sen de mi kıskanıyorsun?

- Şems'ten ayrıl, dünyanı da ahiretini de batıracaksın.

- Dünya ile nikah kıymak isteyenden, dünya mehir olarak dinini ister. Dinini hiç bir paraya pula minnet etmeden satmayan, âşıklardır.

- Şems'i kendinden uzak tut ve ailene dön.

- Güzel eşim, bana bu kadar eziyet etme; bu kadar inleme, dertliyim deme, üzüntülüyüm deme, senin yanına gelmeme izin vermiyorlar deme, hayat zordur deme, beni susuz bırakıyorsun deme ve gündüz gece sıkıntı içinde yaşadığından dem vurma, yalnız kaldığını söyleme, saatlerce odanın bir köşesinde yapayalnız kaldığını deme, beni düşünmüyorlar, bana bakan yok deme, garip ve zayıf kaldığını deme… Deme.. Deme.. Beni daha fazla üzme, beni daha fazla yakma, yakınma bana, senin her sitemin yaralı kalbime vurulan kör bir bıçaktır. Her şikâyetin kemiklerimi eriten ateştir. Her tenkidin yüzüme inen acımasız bir tokattır. Sende gördüğüm her mahzun sessizlik, bana bir kınama yağmurudur. Ben, dostum, yarenim Şems olmadan bu çirkin gurbetin çileli yollarından nasıl geçerdim? Bana kim teselli verdi? Me'yus ve muhtaç kalbimi kim sevindirdi? Şems yetişmeseydi imdadıma, akıbetim nasıl olurdu? Şimdi diyeceksin ki "Ben de yapabilirim Şems'in verdiklerini." Sen benim kamerimsin, Şems olamazsın, Şemslik bambaşka bir keramet Kerra Hatun'um. Dostluk başka, zevcelik başka. Sana bile açamadığım, sende bile doyuramayacağım açlıklarım var. İlahi aşkın yollarında ateşlere sen dayanamazsın ki, sırtında beni taşıyasın... Tasavvufu bilmeden nasıl yola düşersin bir tanem. Bana teselli ver, dert yükleme yeter.

Yeni eşimin ve oğullarımın bütün şikâyetlerine rağmen hâlâ bana sunulan armağanların hiçbirini kabul etmiyor, yalnızca İplikçi Camisi'ndeki imamlık hizmet karşılığı aldığım cüzî maaşla geçiniyorduk. Dergâha bağlı olan tüccarların vermeye çalıştıkları altın paralara sanki ne işe yaradıklarını bilmiyormuş gibi bakıyordum. Bu hâl karşısında onlar şöyle soruyorlardı:

- Fakat sana borcumuzu nasıl öderiz? Bize öyle çok şey veriyorsun ki…

- Allah'ı sevin yeter…

Kerra Hatun benim sağlığım için endişeleniyor ve saraydan gümüş tabaklar içinde gelen lezzetli yiyecekleri reddedip, onları yoksullara gönderişime şaşırıyordu. Sadece yoğurt ve soğan yiyerek yaşıyordum. Arada sırada da Ateşbaz'ın yaptığı tiritten yediğim de oluyordu. Ateşbaz Veli çeşit çeşit çorba pişirip getiriyordu, ben de çorbaları dervişlere gönderiyordum. Beni doyurmak için ter döken sadece Ateşbaz değildi, Kerra Hatun da gayret ediyordu ancak nafile. Kerra Hatun yaptığı lezzetli yemeklerle aklımı çelmeye çalışsa da, ben oralı değildim.

- Sabahtan geceye kadar sohbet, medrese, cami, vaaz koşturman yetmiyormuş gibi dergâha gelen herkesin derdini dinlemekten takatın kesilecek. Lütfen beslenmene dikkat et.

- Peygamber Aleyhisselâm'ın gücü gıdâlardan gelmiyordu.

Yanaklarım çökmüş haldeki görünüşüm kendimi reddediş değil, unutuşumdu. Altın ile gümüşün parmaklarıma dokunmasını istememek bir gururdan değil, ona sahip olmanın ne demek olduğunu artık anlamıyor olmamdandı. Niçin herhangi bir şeye sahip olmaya çalışasın ki, her şey zaten seninken? Yiyecek ambarının anahtarı sendeyken niçin doldurmaya çalışasın ki kilerini?

Sultan bir gün bana saraydan muhteşem bir Arap atı gönderdi. Ata hayranlıkla baktım ve üzerine binmem istenince de çocuk gibi güldüm. Seyise,

- Onu saraya geri götür.

- Dur! diye bağırdı Kerra Hatun.

Diğerlerinin yanımızdan uzaklaşması için işaret ettim.

- Mevlâna, bu senin yaptığın tamamen kibir. Sen de herkes gibi bir insansın. Daha sözler ağzından dökülürken doğru olmadıklarını biliyordu ama çok kızgındı. Konuşmasına sesi çatallaşarak devam ediyordu.

- Sen artık bir şeyhsin; belli bir mevki ve itibarı olan bir zâtsın, bir dilenci değil!.. Makamına uygun olarak ata binmelisin.

Atı çağırdım ve yanağımı boynuna yaslayıp yumuşak sözler mırıldayarak onunla konuşmaya başladım. At, kulaklarını dikmiş bir halde sanki boynuna doğru eğilmiş adam görmemişçesine giriş kapısına doğru bakıyorsa da atların dilinden anlayan biri onun beni dinlediğini anlayabilirdi. Önce bir ayağımı üzengiye doğru kaldırdım ama sonra fikrimi değiştirdim. Kısrağın böğrüne bir şaplak vurup dilimi şaklatmak suretiyle, hayvanın ileri atılıp kapıdan sokağa çıkmasını sağladım. Seyis ardından koşup dizginlerinden yakaladı ama ona hayvanı bırakmasını söyledim. Olup bitenleri kızgınlık ve hayretle seyreden Kerra Hatun'a döndüm:

- Ait olduğum şu toprağın üzerinde yürüyeceğim. Başkalarının omuzlarının üzerinde yalnızca cenaze taşınır.

BEN DÜNYADA DEĞİL DÜNYA BENDE DÖNMELİ

Ey beni doğuran aşk, nerdesin? Yaksan da gel! Yıksan da!
Yeter ki gel! Ben de can var sanma, canımı canânıma sor...

Yalnızca camide veya medresedeyken gerçekte olduğum şahıs, yani her şeyden öteye bir Allah âşığı olabiliyordum. Cemaatin karşısına geçtiğimde, kendimde değil de daha öteye, cennet bahçesinin taç kapılarına bakan yüzleri gördüğümde dilim çözülüyor ve saatlerce sözler sözleri kovalıyordu. Buydu çağrım; evim, aşım, emeğim, suyum, insanları ilahi aşka götürecek sohbetlerdi. Cumaları camide vaaz verdiğimde Konya sokakları boşalıyordu. Artık bana "Mevlâna'mız" diyorlardı. Bu unvandan kurtulmaya çalışsam da artık bana yapışmıştı. Kendi kendime "Her şeyim var: bana sadakatle bağlı bir eş, civan oğullarım, kibar, lâtif kızlarım, Konya halkının saygısı, yeterli yemek ve giyecek... Uzaklara gittim, çok öğrendim. Bacaklarım, kollarım ve bir sesim var. Niçin, hâlâ tatmin olamıyorum? İçimdeki tarifsiz boşluğun sebebi nedir? Niye mutsuzum? Daha ne isteyebilirim? İlahi aşk için yeterince kitap okumadım mı? Memleket memleket, medrese medrese dolaşmadım mı? Yaşım kırka geldi dayandı, daha neyin derdindeyim?

Camide saatlerce dua ettiğim için de seccadenin üzerine koymaktan alnım kayış gibi olmuştu. Bir akşam medreseye bir haberci geldi: Seyyid Burhaneddin cennete uçmuştu. Gözyaşlarımı inci inci seccadeye dökerken. "İkinci kez öldü, o dünyada iken zaten dünyasını öldürmüştü, ölmeden önce ölenlerdendi." diye düşündüm.

Müritlerimi çağırıp o gece sabaha kadar hocamın ruhuna dua etmelerini istedim.

Seyyid Burhaneddin gideli üç yıl olmuştu ama yokluğunu, gittiği ilk günkü gibi hissediyordum. Sanki sıcaklığına alışılmış ve orada olduğu çoktan unutulmuş bir eşarbın çekilip alınmasıyla birlikte dünyevî işlerin buz gibi esintisi birden yüzüne çarpmıştı.

Karşımda saf saf duran iyi insanların yüzlerine bakarken, bana emek veren, yüreğini açan bir dostu ne kadar da özlediğimi fark ettim. Gözlerimi kapatıp sağa sola sallanırken yüreğim, bir yandan Seyyid Burhaneddin gibi bir hocayı ihsan ettiği için şükreden, diğer yandan onun yerine koyabileceği birini bana göndermesi için Allah'a yalvardım.

Gün doğumunun ilk işareti gökyüzünde belirmişti. Sessizce ayağa kalktım. Müezzin ezana başlarken ıssız sokaklardan geçerek şehri çeviren doğu duvarlarına doğru ilerledim. Bir iki kişinin evlerinden camiye gitmek üzere ayrılırken evlerindeki lambaların yandığını gördüm. Çoğununsa hâlâ uyumakta olduğunu, komşularına namazı evlerinde kıldıklarını söyleyeceklerini biliyordum. Bunlar Allah korkusu taşıyan, iyi yürekli insanlardı ama yine de günde beş kere Allah'a dua edecek kadar bağlılığa sahip değillerdi. Sonsuza kadar yalnız olmaya mı mahkum edilmişti? En yakın müritlerim bile basit bir gece ibadetinde onu terk ediyorlardı.

Durup yerden biraz toprak alıp göğe savurdum. Abdestimi aldım. Kıble'ye dönüp ellerimi kulaklarıma kaldırarak "Yüce Allah'ım bana senin aşkınla tanıştıracak dostumu gönder, Rabb'im, beni yalnız koyma!" dedim. İşte tam o sırada Seyyid Burhaneddin'in söylediği son sözleri hatırladım: *"Yalnız olmayacaksın. Çok büyük bir dost sana ayna olmaya gelecek. Akislerin karşısında hayrete düşeceksin ve aşkını bütün dünya huşuyla karşılayacak. Seni yakacak ateş mutlaka gelecek ve ben seni o ateşin kıvamına hazırladım... "*

- Yüce Allah'ım, bu sözler gerçek olsun!

ŞEMS'İM GELDİ

Senin sevgin yüzündendir ki, göz güneşten nur alır, bulut topraktan su içer.

Uzun yollardan geldim, sana geldim. Yoruldum, duruldum bir nehir bunca sene yatağını mı arar? Aradım. Aktım. Kimsesizim. Yalnızlığımda seni biriktirmişim meğerse. Alnım kırıştı. Her kırışıkta aradığımı sakladım, görmesin yaban gözler diye. Yabancı değilim. Kimsesizim ey Bahaddin'in oğlu. Aç sadrını, sana geldim. Beklediğin bendim. Aradığım sendin. Ben Şems'inim."

Hayat hamdır, hamlığı elbet bir pişiren vardır. Hayatın hamı, Konya'nın yalnızı bekleyedursun, bir güneş çölleri yararak, dağlar aşarak yüreği ateş topu yolcu, yolları tepeleyerek, tozları ardında sürükleyerek gelmektedir.

Allah, yalnızlığı, yalnızlığın ortağı olan dostluk olmaksızın yaratmazdı. Havva'yı Adem'in yalnızlığını bitirmek için yaratmıştı. Ne merhemi olmadan ağrı ne de doygunluk olmadan açlık var olamaz. Yalnızlığın ilacı beklemekten geçer, çünkü yalnızlık sadece zamanın bir oyunudur: Bir bütünün parçaları yalnızca anlarla birbirlerinden ayrılmışlardır. Konya ile Tebriz'i, bu iki parçaya acaba binlerce yıl mı yoksa göz açıp kapatıncaya kadar geçen an mı ayırmaktadır? İki göğüste çarpan aynı yürek, birbirlerinden sadece altmış günlük yol ötede: Mevlâna Celaleddin, Konya'nın Gülü, yüreğin bir yarısı; Şems, Tebriz'in İnsan-ı Kâmil'i, yüreğin diğer yarısı. Aynı havayı soluyan, aynı göğün altında dua edip birbirlerine doğru sürüklenen bu iki can, suları kabaran iki nehir gibi aynı denize akıyorlardı. Merace'l Bahreyn kaçınılmaz kaderdi.

Şems-i Tebrizî, her ilmin âlimi, simyacı; bütün mukaddes kitapları hatmetmiş bir derya... Başkalarının dergâhında hikmet aradıysa da bulamadı ve Tebriz'de daha fazla duramadı. Bir gün, elinde ney'inden başka bir şeyi olmadan, rahatlığın ve mantığın eşiğini aşıp, duyguları coşan bir selmişçesine, evini terk etti. O Tebriz'den ayrılalı üç beş ay olmuştu ki evleri yandı, annesi babası yanan evin içinde uykuya yakalanıp diri diri yandılar. Şems Isfahan'daydı. Duyar duymaz koştu. Artık kan bağından dünyada kimsesi kalmamıştı. Gönül bağını ise ilahi kader kördüğümleri açarak birleştirecekti.

Yüklüğünü boşaltıp, Allah aşkıyla yüreğini yaktı. Alevlerin göğe uzanışını, mesajını cennete ulaştırırcasına izledi. *"Aramak benim hayatım, kendimi Sana adıyorum." dedi.* Kendini bırakıp dünyanın üzerinde uçmasına izin vermekten ve kendi iradesinin çok üstünde bir şeye kapılıp yol almasından başka çare yoktu.

Günlerini düşünerek ve dua ederek geçirdi. Üzerindeki paçavralar ve darmadağınık görünüşüyle insanlar onu dilenci sanıyorlardı. Ama o asla cuma namazlarında caminin önünde birikmiş diğer dilenciler ordusuyla beraber el açmamıştı. Bir sûfi olmasına rağmen, dervişlerin ve tekkenin bütün bilgilerini, onların yoluna girmeyi reddediyordu. Şems'den başka adı, dünyadan başka da yeri yoktu. Allah'ın rahmetiyle yaşıyor, incirlerle, çöl meyveleriyle besleniyor, açlığa daha fazla dayanamadığından da Şam'ın su değirmenlerinde yevmiyesi bir iki kuruşa çalışıyordu. Bazen de sanatı olan sepetçilikten istifade sepet örerek günlük ihtiyacını karşılıyordu. Sırtındaki siyah feracesi, elindeki üflediği neyden başka dünyalık malı yoktu. Sanki bu dünyanın adamı değilmiş, başka âlemlerden gelmiş gibiydi. Ömründe hiç kimseden değil hediye, ödünç bir kuruş dahi almamıştı. Sert mizacı, sivri dili ile keskin bakışlı bir şahin gibiydi. Hayvanları çok severdi. Kuşlardan şahine bayılırdı. Kurdun serâzatlığına ve gururuna hayrandı, "bir kemik için hürriyetini satan zavallıcıklar" tasmalı köpeklerden nefret ederdi.

Yıllar boyu yolculuklarını yaya yaptı. Bir tek Konya'dan kendini sürgüne attığında bir eşeğe binmişti, bir kez da Sultan Veled ile Şam'dan Konya'ya dönerken bir ata binmek zorunda kalmıştı. Artık yaşlanmıştı, bacakları vücudunu çekemiyordu. Yorulmuştu bedeni. Çünkü Şems kendini bedenli bir insanın bu dünyaya ait olabileceği en alt seviyeye indirmişti.

Her ne kadar ismini, cismini insanlardan saklamaya da çalışsa, böylesine yanan bir ateş gizlenemez. Şems adı çarşıda ve camide sık sık duyulur olmuştu. İnsanlar onun, nâmını *Şems-i Perende* olarak mırıldanıyorlardı. Müzik ve semayla kendinden geçmiş bir meczup olduğunu düşünüyorlardı; tabii tehlikeliydi de! Ondaki yanışın kokusu geliyor, insanlar çekinerek yanından uzaklaşıyorlardı. Öyle bir ateşle yanıyordu ki, çevresindeki hava sanki çatırdıyordu.

İşte o gece, elmastan yıldızlarla bezeli gökyüzünün altındaki o soğuk ormanda, yanan odunların çıkardığı dumanın güzel kokusu etrafa yayılırken, Şems, Allah'a yakardı: "*Sonsuza kadar yalnız olmaya mı, kâfir Moğolların toprağında bir seyyah olarak mı kalmalıyım? Seni sevenlerden birine götür beni. Seni sadece umut ve korkuyla değil, güzelliğin için sevecek birine. Böylelikle sesim diğerlerininkiyle birleşir. İzin ver de diğerlerinin anlamadığı bir dili konuşayım.*"

Şems'in sıradışı huylarından birisi de cami gasilhanesinde sabahlamak, mümkünse tabutun içine girip kapağı örtüp içinde uyuklamaktı. Yine bir gece böyle yaparak yattı. Rüyasında çölün ortasında kum fırtınasına yakalanmış, sağa sola nereye gideceğini bilmez bir haldeydi. Yere düşer, kumlar üzerini kapatmaktadır, boğulmak üzeredir, elini semaya kaldırıp: "Al canımı Allah'ım, ama lütfen önce dostumun yüzünü bana göster." diye duaya başlar. Gaibden bir ses:

- Karşılığında Allah'a ne vereceksin? Diye seslenir. Şems tereddüt etmeden:

- Canımı, kanlara boyanacak başımı.

- Anadolu'ya git, Belhli Baha Veled'in oğlunu bul...

Uyanır. Kan ter içindedir. Tabutun kapağını kaldırır. Abdestini alır ve Anadolu'ya doğru yola düşer. Uğradığı her yerde:

- Bahaeddin Veled hangi şehirdedir, yaşar mı, ölü müdür? diye sorar.

- Konya'dadır, ölmüştür. Yerini oğlu Celaleddin almıştır, cevabını alır.

Ömür boyu arayış insana sabırlı olmayı öğretir. Şems de bekleyip doğru zamanda hareket etmeyi bilecek kadar iyi tanıyordu sabrı.

Konya kışa hazırlanıyordu. Hava soğumaya başlamıştı, şehir sabahları sislere teslim oluyordu. Ancak o gün bambaşka bir hava vardı. Neredeyse güneşli bir günü görmeyeli günler olmuştu. O gün hava günlük güneşlikti. Dervişlerim, müritlerimle ve kalabalık bir cemaatle İplikçi Câmi'sine geçiyordum. Yorgun ve halsiz olduğum için bana binek olarak katır hazırlamışlar ve beni iki derviş, katıra bindirmişti.

Camiye yaklaşırken esnaf ve yoldaki halk hal hatır sormak için etrafıma toplandılar. Kalabalığımız iyice artmış, ben de camiye yaklaşmak üzereydim. Yaşlı bir yabancı kalabalığı yarıp katırın yanına yaklaştı. Gözlerim onu bir yerden tanıyacak gibiydi ama nereden? Meçhul yabancı aniden elimdeki yulara uzanıp katırın önüne geçerek bizi durdurdu. Ben şaşırmış ne yapmaya çalıştığını anlamaya çalışırken bazı dervişlerim onun yakasına yapışmaya niyetlenmişlerdi. Onlara mâni oldum.

- Durun bakalım, derdi neymiş, öğrenelim. Söyle ey yabancı, dilenci misin? Yardım istiyorsan namazdan sonra dergâha gel, ihtiyacın karşılansın. Şimdi ezan okunacak, namaza yetişeceğim, önümüzden çekil!

- Evet. Dilenciyim. Ama dünyalık değil ahiretlik istiyorum.

- Nasıl bir ahiretlik?

- Aşk istiyorum, var mıdır bana vereceğin aşk?

Bu sesler?.. Aman Allah'ım, bu sesler yabancı değil. Daha önce duyduğum bir ses... Nedir bütün bu olanlar? Diye düşünerek katırı cami avlusuna doğru sürdüm. Arkamdan gür bir ses ile:

- Sen, Baha Veled'in oğlu Mevlâna Celaleddin misin?

- Evet, benim.

- Senin için Rum diyarının, bütün İslâm topraklarının en büyük âlimi diyorlar. Doğru mu?

- Hayır, ben kuru ekmek yiyen bir adamım, kimseden fazla bildiğim yoktur. Babamın makamını boş bırakmıyorum o kadar.

- Bir sualim var. Bunun cevabını bulmak için dolaşmadığım memleket kalmadı. Semerkant'tan tut da Necef çölüne kadar İslâm topraklarında cevabını aradım.

- Neymiş sualin?

- Söyle bana, içlerinden hangisi daha büyüktü; ermiş Bâyezid-i Bistâmî mi yoksa Hz. Muhammed mi?

"Bu ne biçim sualdir? Ulu orta herkesin içinde sorulacak soru mudur? Benim olduğuma şükret be adam, yoksa bu halk sualinden dolayı linç ederdi seni!" diye düşünerek soru karşısında değil de halkın yabancıya tavrından çekindiğim için afalladım.

- Nasıl bir sual bu? Hiç şüphe yok ki Hz. Muhammed büyüktür.

- Peki, Hz. Muhammed daha büyükse neden "*Seni daha bilmem gerektiği gibi bilemedim*" dedi de, Bâyezid "*Zafer benimdir! İtibarım ne büyüktür; çünkü sadece Allah'la doluyum!..* " dedi?

- Hz. Muhammed hâlâ Allah'ı arıyordu. Ve bildikleri durmak için ona yeterli gelmiyordu. Bâyezid ise Allah'ın içinde kaybolmuştu. O vardığını sandı ama *varmak* diye bir şey yoktur.

Yabancı, kafasını bir aşağı bir yukarı salladı:

- Babanın oğluymuşsun...

Her zaman yaptığım üzere namazdan sonra vaaza başladım. Cami tıklım tıklım yine doluydu.

Vaaz mevzuu olarak Kuran'dan bir ayet seçtim: "*Söz, esasında onların karşısında doğruluğunu ispatladı ama onlar inanmıyorlar.* "

Münafık gerçekte iman etmediği halde, kendini mümin gösteren kimsedir. Bu yönüyle, münafıklık, bir inanç sahtekârlığıdır. Mü'min kişi, inkârcı olmadığından dolayı; inkârcı ise münafık olmadığı için şükretmelidir. Çünkü münafıklık inkârcılıktan beterdir. Kur'an-ı Kerim'de Aşkın Mâliki şöyle buyurmaktadır: *"Şüphe yok ki münafıklar, cehennemin en alt tabakasındadırlar." dediğimde arka taraftan "Allahhhhhhh, Aşk Allahtır." diye bir feryat yükseldi. Sesin geldiği tarafa baktığımda o meçhul yabancıydı. Ayakta, durmadan elini havaya kaldırarak bağırıyordu. Birden "Aşkkkk" diye inleyerek olduğu yere bayıldı.*

Kürsüden hemen inip yanına vardım. Halının üzerine yüz üstü yığılmıştı. Dervişlerim de yanıma gelmişti.

- Misafirimizdir, kucaklayın dergaha taşıyın, matbahın yanındaki odaya yatırın. Ben birazdan ardınızdan yetişeceğim.

Dergâha geldim, dervişlere sordum:

- Tembihlediğim gibi yaptınız mı?

- Evet efendim, dediğiniz gibi matbahın hemen yanı başındaki odaya döşeği serdik ve yatırdık, şimdi uyuyor. Belli ki çok uzun yollardan dinlenmeksizin gelmişçesine yorgun ve bîtâb...

- Ateşbaz'a söyleyin, çorbayı erken pişirsin bu akşam. Bu odada misafirim ile sofrada olacağız. Üzeyir Hekim de gelsin, belki muayene ettiririz konuğumuzu.

Kapıyı hafifçe araladım, uyanmasın diye çekinerek usulca girdim içeri. Üzerinde ince bir şilte örtülü, uyuyordu. Ayaktaydım, umulmadık zamanda, ulu orta meydanda ateşi üşüten, suyu terleten suali soran yabancıyı seyre dalmıştım. Söyle bana yabancı, in misin, cin misin? Nereden gelirsin, nereye gidersin? Ay mısın, yıldız mısın, güneş misin? Alnında parlayan nurları nereden biriktirdin ey yabancı? Ne güzel uyuyorsun. Sessiz çığlıkları biriktirmiş gibi şakağın, her kıvrımı ayrı uçurumları taşımışçasına. Ne güzel sordun, bu sualleri çok mu derinlerden çekip aldın? Bunca yıl bu sorularda mı kıvrandın? Senelerce beklediğim sır mısın? Ey yabancı, hangi denizleri yuttun da geldin? Beni de tufanına götürmeye mi geldin? Uykusuz gecelerin yorgunluğu saçlarına düşmüş, saçları ağartan o güne beni hazırlamaya mı geldin? Bir bebek gibi uyuyan koca adam, nedir ismin, dağların yüklenmediğini taşıyor gibi yorgun cismin. Hele bir uyan bakalım, görelim Mevla'm hayır eylemiş mi?

Dünyamı sarsmaya mı geldin ey yolcu? Yolunu mu kaybettin ey yabancı? İsmini henüz bilmiyorum. Sana nasıl, ne diye sesleneyim? Sen gelmeden önce kurulu bir düzenim vardı. Sen bu düzenimi dağıtmaya mı geldin? Ta uzaklardan, çölleri kavurdun da mı geliyorsun?

Belli ki yalnız bir adamsın. Yüzün güneşte yanmış, dudakların susuzluktan çatlamış, gözlerin göğün rengini kendisine almış ve alnın seni üzenleri perişan etmiş.

Bakışların tanıdık geldi. Sesini önceden de duymuştum. Neydi o soru öyle? Benimle nasıl konuştun? Daha önceki bir konuşmanın devamıymış gibi konuştun benimle. Nasıl bir yoldan geldin? Öyle bir yoldan gelmişsin ki korkunç çöllere uzanan bir yol dikenli ve kayalıklarla dolu bir yol. Tufan seli, kurtların şimşek bakışı, çakalların uluması ile yankılanan ve haramilerin tuzak kurduğu bir yol bu.

Uyan yolcu. Bana geldiğin yolları anlat. Uyan yabancı. Bana getirdiğin sırrı üfle. Yoksa beklediğim değil misin?

- Evet hatırlıyorum. Sen Şam'da aniden ortaya çıkıp, kolumdan yakalayıp "Ey dünya sarrafı beni bul" diyen o adamdın. İyi de ben seni bulacakken, sen beni buldun!

Kendine gelen adam, çorbasını içtikten sonra yıkandı, ona kıyafetlerimden verildi. Kendisinin mazisini sorduğumda:

- Yavaş yavaş beni tanıyacaksın, feracem de kurur kurumaz getirilsin, onsuz kendimi çıplak hissederim.

- Neden hep siyah giyinmişsin? Tek elbisen bunlar mı?

- Libas bedendeki tendir. Senin çok mu tenin var? Siyahı severim. Ömrümde siyahın dışında libas giyinmedim. Dışım gece olsun ki içimin güneşi belli olsun.

- İsmin üzere yani.

- Mevlanâ mı diyeyim sana Celaleddin mi?

- Hangisini dilersen söyle. Celaleddin ya da Mevlâna…

- Bak sen dedin, hangisini istersen söyle diye, sen kelimecilik, şekilcilikten uzaksın. İnsanların makamına, nişanına göre değerlendirmeyensin öyle değil mi?

- Elbette.

- O zaman sana ne elbisemin renginden, feracemden? Bunlara takılırsan daha çok beklersin. Geç kılık, kıyafeti. Öze bak, seninle yolculuğumuz işte orada başlayacak.

- Derûnî yolculuk mu?

- Evet.

- Ben gençliğimde derûnî yolculuğa çıktım. Tekrar yapmamın ne gereği var.

- Peki aşkın dağında bir tünel kazıp, ışığı ucundan bile olsa görebildin mi?

- Hayır.

- Sen yolu seyretmişsin, yolda yürümemişsin. Gidenleri seyre dalmak senin de aynı yolculuğu yaptığın manasına gelmez.

- Halvetim olmamış yani?..

- Senin yaptığın halvet değil, uzlet. Uzleti peygamberler yapar. Hz. Yusuf kuyuda, Hz. Musa çölde, Hz. İsa ağacın üzerinde ve âlemlerin efendisi mağarada uzlet yapardı. Çünkü uzlet tek kişilik yalnızlıkta yanmak, ermektir. Bizimkisi halvet, iki kişilik yalnızlıkta az yemek, mümkünse visal orucu tutmak, az konuşmak, çok zikretmek, secdeden miraca çıkmaktır.

- Şimdilik hazır değilim.

- Ben sana bir ateş atayım da yapar mısın, yapmaz mısın, sen bilirsin...

HAVUZ MU BENİ İÇTİ, BEN Mİ HAVUZU İÇTİM, BİLEMEDİM!

Herkesin bir hikâyesi vardır. Hüzünlü veya mutlu…
Benim hikâyem bambaşkadır.
Başlangıcı da sonu da Şems'dedir hikâyemin.

Dergâhın avlusundaki havuzun kenarında oturup su şırıltıları altında kitap okumayı çok severdim. Koltuğumun altında kitapları taşımayı da severdim. Kitaplarıma kimsenin dokunmasını istemezdim. Hepsinin haritası vardı. Bilhassa Hakim Senai, babam, Ferîdüddîn Attar ve Ahmet Mütenebbi'nin kitapları manevi bakımdan çok kıymetliydi. Aslında senelerdir birçok kez tekrar tekrar okuduğum için yazılanlar ezberimdeydi. Ancak kitapların kokusu manevi mihmandarlarımın kokusunu taşıyordu. O gün yine kucağıma birkaç kitap aldım, havuzun kenarına geçtim. Kitaplara dalmıştım. Şems çıkageldi. Yanı başıma oturdu:

- Bu kitaplar nelerden bahsediyor?

- Dağınık ilimlerden bahsediyor, sen bilemezsin.

- Haklısın ben bilmem, ancak bildiğim bir şey var ki, onu da bu kitaplar bilmez. Versene şu kitapları bana.

Eline verdiğim kitapları hiç açmadan ayağa kalktı, havuza doğru bütün kitapları uzattı.

- Ne yapıyorsun? Suya düşerse mahvolurum maazallah!..

- Mahvolur musun?

- Evet.

- O halde mahvol!

Kitapların hepsini havuzun sularına fırlattı. Etraftaki dervişler olup bitene üzüldüğümü görünce Şems'in başına toplandılar. Hepsi onun üzerine çullanmak için benden işaret bekler gibiydiler. Onlara bağırmak zorunda kaldım:

- İşinize gücünüze bakın. Karışmayın siz. Dağılın! Çabuk!

Sonra Şems'e yöneldim:

- Ne yaptın? Bunlar tek nüsha yazma eserler. Sen onları bozdun!

- Senin için çok mu değerli onlar?

- Elbette!

- Sen öyle sanıyorsun. Sen bunlara esir düşmüş, hayatı sayfalarda arayan birisi olmuşsun. Hayat bizzat hayatın içindedir. Kitaplar sadece ışığa yaklaştırır. Işığın kendisi değildir.

O konuşurken ben havuzda yüzen kitaplara bakarak ağlıyordum. Şems sözü bitince feracesini diz kapağına kadar topladı, havuza girdi. Kitapları tek tek aldı. Havuzdan çıktı. Kitapları teker teker bana uzattı. O da ne?.. Az önce havuza atılmış kitaplar daha yeni raflarından alınmış gibi kupkuruydu. Gördüklerime inanamıyordum; bizi merakla takip eden dervişler de şaşırmıştı.

- Bütün bunlar nasıl oldu?

- Bu kalp ilmidir. Onu sen bilmiyorsun.

- Öğretir misin?

- Kitap okumakla öğrenilmez.

- Ya nasıl olacak?

- Kalbini aç, gerisini bana bırak.

- Celaleddin, beni anlamak için kendini fazla yorma. Zaman ver yüreğine. Ben üçüncü çeşit bir yazıyım.

- Nasıl yani?

- Bir hattatın üç çeşit yazısı vardır. Birincisini kendisi okur, başkaları okuyamaz; ikincisini kendisi okumaz başkası okur, üçüncüsü ne ona ne de başkalarına okunur. İşte ben o üçüncü yazıya aidim.

Öyle kuru lafla muttakıy olunmaz. Önce dilimizi gıybetten koruyacağız. Az yiyip, az konuşup, az uyuyacağız. Tasavvuf ehline, abdestsiz yatmak yakışmaz.

Aşkın ışığı, kerametle bilinmez. O nur, âşıklığın takvası ve sadakati ile bilinir.

- Bu zahitliklerin ve dini pratiklerin hedefi nedir?

- Delillere ve peygambere gelene saygılı olmaktır.

- Bu dışla alâkalıdır.

- Peki madem dışla alâkalı, bunun ötesinde ne vardır?

- Mârifet var. Yani meçhulden bilinene geçiş var. Senin çok beğendiğin, elinden düşürmediğin belli ki çokça okumana rağmen öğrenemediğin kitaptan bir söz söylememi ister misin?

- Buyur.

- Şayet marifet benliğini kendin için kaybettirmezse; cehalet, böyle bir bilgiden daha iyidir.

- Bu Senai'inin cümlesi. Oysa okumuştum. Nasıl fark edemedim manayı.

- Dedim ya, kitaplar kalbe inmedikçe kumdaki yazılardır. Aşk kitap okumakla öğrenilmez, aşkı kâğıtlar da bildirmez.

- Bana mârifeti öğret. Bana aşkı öğret.

- Sabret. Önce sabretmesini becer. Halveti duyunca ayağın titremişti. Şimdi halvetin meyvelerine talipsin. Hele biraz bekle bakalım, her şeyin vakti var. Beklemenin vakti takvimlerde kayıtlı değildir. Ben bunca sene seni beklemişim. Sen üç güne benim altmış yılımı sığdırmamı istiyorsun. Çok uyanıksın Mevlâna, çoook...

AŞKIN SİMURGU ATEŞE RÜZGAR OLUYOR

Mürşid mi arıyorsun? Etrafındaki ette kemikte arama!
Yüreğini bir yokla hele, ıssız mı, sessiz mi haykırışları.
İşte ben soluğun olacağım, tâ içinin içinden seni
çıkartacağım Celaleddin. Oyalandın. Oyaladı gölgeler seni.
Gel gör bendeki senleşen seni. Ben senelerdir
sendeydim de senin haberin yoktu...

Halvet, dış dünyadan uzak kalıp, olup bitenden kopup, sıradan hayatın gürültüsüne kulağı tıkayıp iç sesi dinlemeye çekilmektir. Tasavvufta "Kendini bilen, Rabb'ini bilebilirdi." Kendini bilmenin yolu, yalın ve yalnız kalıp yanıp tutuşarak yürek aynanda iç yürüyüşünü yapmaktır. İki kişi birbirine ayna olmalıdır. Aynîleşmelidir. Allah'ın kelamını duymak için yüreğini kabartmaktır.

Nihayet içimdeki sesi, yüreğimdeki fırtınayı dindiremedim. Şems'e vardım:

- Ben halvete hazırım.

- Halvet heyecan aramak işi değildir, aşk işidir, biliyorsun değil mi?

- Evet. Biliyorum.

- Dört duvar arasında haftalarca kalacağız. Ailen, arkadaşların ve ulema tabakasından çekinmiyorsun değil mi?

- Asla.

- İlk zamanlarda herkesin dudağına bakıyordun. Çıkan sese göre yön alıyordun. Başkalarının ağzı ile konuşuyordun. Şimdi değişen ne?

- Ben de bilmiyorum.

- Halvetin öncesi kolaydır. Halvetin sonrası mahşer gibi ter attırır bilesin.

- Nasıl? Halvette öğreneceğim hikmetler, elde edeceğim marifetler, aşkın yolunda işimi kolaylaştırmayacak mı?

- Aksine, daha da zorlaştıracak.

- Yani?

- Halvet sonrası sen bile seni tanıyamayacaksın. Gökte mi, yerde misin bilemeyeceksin.

- İnsanların bakışı çok mu kötü olacak?

- Her Allah aşkı hizmetkârının kaderi seni de bulacak.

- Nasıl yani?

- Sana deli diyecekler.

- Olsun…

- Sapık diyecekler. Geçmişi ile kavgalı diyecekler.

- Olsun…

- Büyü yapılmış diyecekler.

- Desinler…

- Fitneci, bozguncu, huzuru kirleten diyecekler.

- Desinler.

- Uzaktan daha çok yakından, dışarıdan, elalemden çok ailenden konuşan olacak.

- Konuşsunlar.

- Sırrı öğrenmede bu kadar iştahlısın öyle mi?

- Evet...

- Ciddîsin, değil mi?

- Hiç olmadığım kadar...

- Emin misin?

- Özümle de sözümle de eminim...

Biz, geceyle gündüzün ortasında, dört duvar arasında, koştururuz duyan olmaz. Bilmezsiniz, sabahtan akşama kadar miskin miskin oturduğumuzu sanırsınız. Görmezsiniz, siz gökkubbe altında yaşarken, biz kubbelerin gölgesinin altından âlemlere kanat çırparız. Halvet aşk muhabbetinin rahlesidir. Halvet aşk niyazının yönsüz kıblesidir.

"Dönmektir sanırsın marifet; arş dönüyor, yıldızlar dönüyor dersin.

Zahirdir gördüğün, zahirde dönersin. Marifet dönmek değil, bulmaktır; bilesin. "

Halvet günlerimiz başladı. Odaya sadece bir rahle, iki seccade, Kur'an-ı Kerim ve Şems'in çocukluğundan beri elinden düşürmediği neyi aldık. Ateşbaz üç günde bir bize bir tas çorba, iki bardak su ve bir tane tandır ekmeği bırakacaktı. Üç günde bir iftar açacaktık. Sahur da ona göreydi.

Şems söze âyet ile başladı: ***" İçinizden hayra çağıran, iyiliği emredip kötülükten meneden bir topluluk bulunsun."*** **(Âl-i İmrân, 104)**

- Görüyorsun ya Mevlâna, emr-i bi'l-maruf nahy-i ani'l-münker farzdır.

- Herkes şimdi şerde yarışıyor ve insanlar kötülüğe teşvik ediliyor.

- Güzel konuştun. Sen bu şer kapılarını kıracak kelamı duyuracaksın işte. Senin dergâhının diğer dergâhlarda farkı burada, herkese kucak açıyor, kaybetme değil kazanma peşinde insanlara ümit dağıtıyorsun. Aşk seni sevmeyeni de sevmeye çalışmaktır.

- Zalim kimdir Mevlâna?

- Aşka isyan ile yetinmeyerek insanları aşktan soğutandır. Allah'ın aşk kapısını insanların suratına çarpanlardır. *"Doğrusu Allah, pişmanlıkla kendisine yönelenleri ve özlerini (aşklarını) temiz tutanları sever. "* (Bakara/222)

- Yani inabete ihanet edenler zulüm işleyenlerdir demek istedin.

- Elbette. Benliğinin kölesi olan, dini tüccarlığının sermayesi sanır ve insanları günahlarla korkutur. Bu korku insanların iliklerine kadar işler ve insanlar azap titreyişi ile bağışlanmanın bahçesinden ürkerler. Aşkın mayası aftır, aftan mahrum etmek, aşka hainlik yapmak, tevbe yolunu tıkamak, şeytan hamaratlığıdır. Şeytana hamal olanlar da zalimdir.

- Benliğinin günahkârı olan en tehlikeli zalimdir. İşte bundan dolayı peygamberimiz her gün yüz kere istiğfar ediyordu. Benliğin tuzağına kapılmamak için âlemlerin efendisi istiğfar ederken enaniyet gösterenlere şaşırıyorum. Benliğine köle olmayan, Allah'a döner ve kimseye zulmetmez. Peygamberimiz inabet sahiplerini şöyle müjdeler: *"Allah'ın öyle kıymetli dostları, velileri vardır ki, onların bedenleri dünyada, kalpleri ise arşın altındadır."*

- Tıpkı Hz. Ömer'in söylediği gibi: *"Kalbim, Rabb'imi gördü."*

Halvetimizde ayrıca tasavvufun deryasında yüzerek hasbihalimize renk katıyorduk. Tasavvuf, Taif'te taşlanırken başını, alnını yarıp kanatan taşı yerden alıp "Yâ Aşk" diye öpüp güle dönüştürerek, sana taş atana gül uzatmaktır. Tasavvufta kadınlarla erkekler ya da farklı ırklar veya milliyetler arasında katiyen hiçbir manevi ayrım yapılmaz. Tasavvuf, Allah'a güvenmektir. Seni her şey terk eder, hatta seni en başta sen terk edersin. Seni terk etmeyen Yüce Aşk'tır. Allah ile kul arasında hiçbir perde yoktur ancak kul ile Allah arasında yetmiş bin perde vardır. Nefis perde örücüdür, tasavvuf bu perdeleri kaldırandır. Tasavvuf, dünyayı terk et demez. Aksine elin dünya ile yüreğin Allah ile meşgul olsun ister. Tasavvuf, bulunduğumuz yerden bizi alarak, fenâfillâh makamına götüren yoldur, yoldaki çamura batmadan, nura ulaşmak yüreği aşk ile doldurmakla mümkündür. İçimizdeki hazineleri tasavvuf aynasında görürüz.

- Mevlâna'm, insanlar neden içlerinde med-cezir yaşarlar?

- İçimizde bir Musa yaşarken bir de firavun besleriz de ondan. Hz. Musa ve firavun kıssasında alacağımız bir çok hikmetli dersler vardır. Mesela Hz. Musa, kavmini hür bırakmasını istemek için firavuna tekrar tekrar gitmek zorundaydı. Firavun, Hz. Musa'daki ilahi gücü tanımış ve isteğini kabul etmişti. Ancak sonra, tam Hz. Musa oradan ayrılmak üzereyken fikrini değiştirirdi. Sürekli böyle yapıyordu. Biz de manevi nimetler ve nusretlerin hakikatini kabul ediyoruz ve hayatımızı farklı yaşayacağımıza söz veriyoruz. Ancak daha neredeyse verdiğimiz kararın mürekkebi kurumadan, eski huylarımıza geri dönüyoruz. Med-cezir yaşamak istemeyen, içindeki Musa'yı büyütmeli, o vakit firavun zaten ölmüş olur…

Halvet halinde ibadetlere doymak ne mümkün! Namaz kılmak, kıyamda aşkın makamına saygıda bulunmak, rükû da zikrullah kokusu ile mest olmak ve secdelerde halden hale geçerek mekânsız-zamansız kalmak. Her namaz sonrası şöyle dua ediyorduk:

"Rabb'im, sanırlar mı ki, biz secde ederken, taşa, toprağa baş koyarız? Hayır, eğilen başımız, o kaskatı yerde senin aşkının yumuşak dalgalarına karışır. "

Namazdan sonra zikir yapıyorduk kendi hâlimizce. Sonra tasavvuf sohbetlerimiz, soru cevap hasbıhalimiz devam ediyordu.

- Benim Şems'imin zikir anlayışı nasıldır?

- Zikir, Allah'ı anmaktır. Zikir sadece dil ile yapılır diyenler, Allah'ı tanımamış demektir. Zikir, yüreğin tesbihidir. İlk sufi Hz. Âdem'dir. Allah, ona bütün Esmâ'yı öğretti. Esmâ kâinata yayılmıştır. Dağa bakmak da zikirdir. Taş da zikreder, bakıra vuran çekiç de zikreder. Bir yetimin başını okşamak, yerdeki taşı kimseye zarar dokunmasın niyeti ile kaldırmak, bir hayvanın susuzluğuna çare bulmak da zikirdir. Birisini Allah için sevmek, eline tesbih alıp bin kez Allah demekten daha tatminkâr zikirdir.

- Evet, haklısın Şems'im. İnsan sevdiğinin adını çok anar. Tasavvuftaki zikrullahın da ana sebebi budur: Sevdiğinin adını anarsın. 'aşk aşk' diye kıvrananlar, bedenlerinin arzularını aşk zannedenlerdir. Aşk, kemalin sebebidir. Kulun, adam olmasının birinci basamağıdır. Zikir için sayı, boncuk, seccade şart değil. Kâinat, yer gök zikir ile taşıp coşuyor.

- Çok güzel konuştun Mevlâna'm. Şuura yükselmenin yoludur aşk. Sana şah damarından daha yakın olan Allah'ın o yakınlığının şuuruna yükselmeye Allah'a ulaşmak denir. Bu yolculuğun en hızlı vasıtası aşktır.

- Biz insanları Allah'tan alan her şey nefsindendir. Nefsi bırak, gönüle tabi ol. Aşk, iki beden arasındaki değil, iki gönül arasındaki temastır, gönülde cinsiyet yoktur. Cinsiyet sadece dünyada lazımdır, ahirette yoktur. Kabre konulduğumuz zaman Münker-Nekir "Dişi misin, erkek misin?" diye soracak mı?

- Mevlâna sence zikir esnasında musiki caiz midir?

- Zikrin musikisi yaratılışın musikisini temsil eder. Bu musiki Cennet'ül Adn'da düşen yaprakların sesidir.

- Âferin inan seni dinledikçe yanında kendimi çömez hissettiğim oluyor. Sen mürşidsin ben dervişim. Oh, ne güzel dervişliktir bu.

- Dervişlik dedin de Şems'im, dervişliğin yasası, asâsı var mıdır?

- Dervişlik eline asâ, sırtına aba alıp dolaşmak değildir. Üzerine hem doğrunun hem de günahkârın bastığı toprak gibi olmadıkça, her şeyi içinde gizleyen bulut gibi olmadıkça ve sevsin sevmesin her şeye hayat sunan yağmur gibi olmadıkça, derviş olunamaz.

Halvetlerimiz kimi zaman sual-cevap, kimi zaman benim konuşup Şems'in dinlediği, kimi zaman onun konuşup benim huşu ile dinlediğim, kimi zaman da her ikimizin sustuğu hâllerde devam ediyordu. Âleme dair ne varsa konuşuyorduk. Aşka ait ne varsa yudumluyorduk. Alev alev, her bir alevi dev yalımlar taşıyan ateşli sorularına verdiğim cevaplar Şems'i memnun ediyordu. Kendi kendine şöyle mırıldanıyordu: "Boşuna beklememişim, boşuna gelmemişim. " Halvetlerimizde odanın duvarlarında sözler yankılanıyordu. Kim söyledi, ne zaman söyledi, belli olmuyordu. Aynı anda zikredercesine konuştuğumuz da oluyordu. Aklına, aşkının hafızasına ne düşmüşse dudaktan duvarlara aksediyordu.

HALVET Mİ KIYAMET Mİ BELLİ DEĞİL

İnsanın kalbi Allah'ın yarattıklarının arasında en üstünüdür, çünkü ilahi bir aynadır. Esas vazifesi Allah'ın nurunun güzelliğini aksettirmektir.

Tam iki ay boyunca dünyadan ve Konya'dan kopmuş bir halde, Şems ile inzivaya çekilerek, karşılıklı akisler gösteren yüz yüze iki ayna misali çile çektik. Müritlerim, hocalarının daha önce de sık sık bir iki hafta süren inzivalara çekilip ama daha sonra gözleri dalgın, adımları belirsiz bir şekilde ortaya çıktığını bilirlerdi. Bu halvete alışık değillerdi, geçmeyen zaman da onları meraktan çatlatmıştı. Üstelik bu sefer ne kapıyı çalışlarına bir cevap alabiliyorlar, ne de içeriden, ney üfleyişinden çıkardığı seslerden, yani Allah'a yakarıştan başka bir şey duyabiliyorlardı. Kepenkleri örtülü pencerelere bıraktıkları yemekler tembihe rağmen fazla konuyordu ve yemeklerin çoğuna el değmediğini görüyorlardı. Oruç tutmanın inceliklerini biliyorduk; başka insanları öldürebilecek olan bu sıkıntılar bize dokunmuyordu bile. Ancak biz içeride manevi iklimlerde soluk alırken, dışarıda bekleyen müritlerinin de, eşim Kerra ve Konya ulemasının da endişeleri artmaya başladı.

Kerra Hatun bir gün bu birlikteliğin gizliliğine daha fazla dayanamaz olur. Eline bahane olsun diye bir tepsi tatlı alıp, odanın kapısındaki anahtar deliğinden içeri göz atmaya gelir. Bir müddet sonra tam karşıdaki duvarın açıldığını görür. Duvardan birbiri ardına altı gölgenin içeri süzüldüğünü görünce çığlık atar.

Gölgeler in midir, cin midir diye merakla tekrar odanın içini delikten gözetlemeye koyulur. Gölgelerin bizi çevreleyip hepsinin Şems ve bana sarıldığını gördüğünde düşüp bayılmamak için kapı pervazına tutunur.

Gördüğü manzara müthişti: Eşi imam, Şems sağında, diğer altı gayb gölgesi arka safta namaz kılıyorlardı. Sekiz cân Kıble'ye yönelip secde ettiler. Eşinin güzelim sesi duayı başlattı, diğerleri de onu takip ettiler. Dualar bittikten sonra siluetler tek bir varlıkmışçasına ayağa kalkıp önce Şems'i, sonra Mevlâna'yı selamlayıp, sanki açık bir kapıymışçasına duvardan geçip geldikleri yere döndüler.

Kerra Hatun bir derin uyku hâlinden çıkarmış gibi şaşkın bir halde kemerinin tokasını yanlışlıkla kapıya çarpar. Yüzümün kendisine doğru döndüğünü fark edince hemen kapıdan uzaklaşmak istedi. Kapının altından uzatılan bir şey fark eder: bir çiçek sapı. Sunulan şeyi almak için yere diz çöküp çiçeğin kendisi belirinceye kadar sapı nazikçe çeker. Kerra Hatun daha önce hiç görmediği yaprakları kar beyaz ve ışığa çevrildiklerinde parıldayan, kokusu çok farklı büyüleyici güzellikteki çiçeği alıp, hizmetçisi ile Kimya'yı çiçek pazarına gönderip, çiçeğin nerede yetiştiğini, isminin ne olduğunu öğrenmek ister.

Hizmetçi ile akşama kadar çiçekçi çiçekçi dolaşan Kimya, annesine gelir:

- Konya'da hiç kimse böyle bir çiçeği daha önce görmemiş, kışın ortasında bu çiçeği nereden bulduğumuzu merak ediyorlar. Hintli bir baharat satıcısı çiçeği elimizde görünce yanımıza koştu:

Yüksek fiyat vereyim, bana satın, bu benim memleketimin çiçeği, burada ne geziyor? Soğuk iklime bir gün dayanamaz ve Hindistan'ın dışına çıkarılamaz, hemen solar. Bu ise taptaze, toprağından az önce koparılmış gibi...

Kapılar açıldı, şaşkın bakışlar üzerimize çevrildi. Şems ile el ele halvet odasından avluya doğru yürürken ikimizin de gözü normal zamanlardaki gibiydi; ne yanma vardı, ne de kamaşma. Bizim odadan çıktığımızı ilk gören oğlum Sultan Veled oldu. Bize doğru koştu; sarıldık, koklaştık. Her ikimizin de elini öperek annesine müjdeyi vermek için hızlıca odaya gitti.

Bize göre "halvet odası", müritlerime göre "çilehâne"den çıktığımız haberi hızla yayılır ve dergahın önünde büyük bir kalabalık toplanır.

Beni ziyaret ettiklerinde kafaları karışıyordu. Neredeydi Bahaeddin Veled'in evladının o güzel sözleri? Neydi bu sessizlik? Hiçbir söz söylenmeden, hiçbir şey yapılmadan dökülüveren bu gözyaşları nedendi? Bazıları başlarını sallayarak çıkıyor, bazılarıysa, sessizliğini Allah'ın sesi olarak kabulleniyor ve hocalarını bu mertebeye ulaştıran Şems'in önünde saygıyla eğiliyorlardı. En yakın müridi olan Hüsameddin, Şems ile bâtınî meselelerde konuşmaya kalkışsa da, Şems, kendisiyle konuşulduğunda tıpkı sağır bir adam gibi başını belli bir ritimle sağa sola sallayıp duruyordu. Daha cesur müritler bizim yanımıza gelip birlikte oturmaya kalktıklarında ise, Şems'in derin bir vecd içinde saatlerce sıradan bir şeye; bir tüye, feracesinin kıvrımlarına, yere vurmuş güneş ışığına gözünü kırpmadan bakışını seyrediyorlardı.

Benim Şems'im sıradan insanların asla ulaşamayacakları biriydi; farklı bir fırtınaydı, ani patlamaların ve önceden kestirilemeyen ruh hallerinin insanıydı. Bir gün dergaha arada sırada bağış yapan zengin biri beni ziyarete geldi. O esnada avluda Şems ile oturup sohbet ediyorduk. Şems, adamın bana yaklaştığını görür görmez oturmasına fırsat vermeden, avazı çıktığı kadar bağırmaya başladı. Kendine zor hâkim oluyormuşçasına ellerini adama vurmamak için titriyordu. Tüccarı hemen dışarıya çıkarıp sinirden titreyen dostumu sakinleştirmeye çalıştım.

- O mahlûk bir daha ben olduğum müddet senin yanına gelmeyecek. Daha önceden dergaha ne bağışlamışsa gönderin gitsin.

- Bu adamı nereden tanıyorsun? Konya'da pek durmaz ki, kervan işiyle uğraşır.

- Handa kalacak param olmadığında ve yatacak cami bulamadığımda kabristana gider, orada uyumaya çalışırdım. Seneler önce Bağdat yakınlarında bir kasabanın kabristanlığına uyumak için gidip uzanmıştım. Dalmışım. Tuhaf seslere uyandım. Karanlıktı. Bir adamın yeni gömülmüş bir kabri kazdığını gördüm. Adam eline bir taş alıp cesedin çenesine vurmaya başladı. Olduğum yerden birden kalkıp yanına koştum, benim geldiğimi görünce "Sen nerden çıktın?" diye beni iterek kaçtı. Kadının altın dişlerini almakmış amacı. Kadını tekrar kefenine sardım. Toprağını örttüm, duasını okudum ve sabaha kadar kabrin başında nöbet tuttum. İşte gelen adam oydu.

Bütün Konya halkı sesine hasret kaldıkları, yüreklerine hoş gelen vaazları veren adamı arar olmuşlardı. Sesimi, sohbetimi dinlemek için sabırsızlanmalar boşunaydı. Şems artık vaaz vermemi istemiyordu. Medresedekiler ise hâlâ doyamamışlardı. Vaazlarıma yeniden kaldığım yerden başlamam için Hüsameddin'i araya koyarak rica ediyorlardı. Baktılar ki umut yok, halk saraya giderek sultana müracaat ettiler. Sultan, dergâha kadar bizzat bizi ziyarete geldi ama kendi zengin kaftanından utanarak sessizlik içinde yanımızdan ayrıldı. Konya halkına,

- Bu iki adam maneviyat dünyasının sultanları, orada benim hiçbir selâhiyetim yok.

Tebrizli Şems, bir ney'den başka silahı olmayan bir derviş, bir hükümdarlığın başşehrini ele geçirmiş, sultanın yüreğinin ortasından fethetmişti. Halk Şems'ten artık sakınır oldu. Hayranlıkla fesatlık arasında neyin Şems'e yakışacağında çaresiz kaldılar. Artık kıyametin suru üflenmişti benim için. Halvetten sonra yaşayacaklarım hususunda Şems'in ikazları teker teker gerçekleşiyordu. Hayranım olanlar dedikodu kazanlarının altına odunlarını atıp ateşi tutuşturmaya başlamışlardı. Umurumda değildi...

Halvetten sonra üzerimde Şam dönüşü giydiğim baba yadigârı şeyh cüppesini çıkarıp başıma keçeden yapılma sade bir derviş külahı giydim. Bu sikke, tıpkı bir mezar taşına benziyordu ve bunu giyenin ölmeden önce öldüğünü temsil ediyordu.

ŞEMS SEVDAMDIR

Aşka âşık olduğumu nerden bildin sultanım
Eğer âşık olmasaydın, ne bilirdin a canım,
Gerçek o ki: "Aşk imiş her ne varsa âlemde!"
Yaşadığım mucizeyi anlatamaz lisanım..

Hayatım boyunca böyle bir mutluluk tatmamıştım. Ruhumu gece gündüz yakıp duran fırını 'aşk' olarak adlandırmak, bu fırının gücünü anlatmaya yeterli gelmiyordu. Daha önceden de sevmiştim; babam Baha Veled'i, mürşidim Seyyid Burhaneddin'i, bir erkeğin eşini sevdiği gibi Gevher Hatun'u ve Kerra Hatun'u, bir baba gibi de çocuklarımı sevmiştim. Ama bu alev alev yanan duygu yepyeni bir şeydi. Müritlerim kendimden konuşmamı istediklerinde Şems'in güzelliğinden başka konuşacak bir şey bulamıyordum.

Ne yaparlarsa yapsınlar, insanlar Şems'i anlamıyor, ona nasıl davranacaklarını bilemiyorlardı. O, yalnızca bir tek insanın, yani sadece benim dilinden anladığım aykırı bir dosttu.

Bir gün Şems yalnız başına dergâhın arka sokağına çıkmıştı. Hareketsiz bir şekilde sokağın ortasında durup, gözlerini önündeki bir noktaya dikmiş bakmaktadır. Gelip geçenler ne yaptığına, nereye baktığına mana veremezler. Gözlerini nereye dikmişti? Hasta mıydı yoksa? Aklını kaçırmış olabilir miydi? Saatler geçer ve yağmur yağmaya başlar. Hava soğuktur. Şems yerinden kıpırdamamaktadır. Meraklı kalabalık yağmur ile evlerine, dükkânlarına kaçışır. Bir kişi vardır yerinden ayrılmadan Şems'i izlemeyi sürdüren:

Hüsameddin. Mürşidine derin bir aşkla bağlı olduğu için mürşidinin dostuna da aynı sadakatle bağlıydı ve onun başına bir şey gelmesinden korkuyordu.

Yağmur hızlanmaya başlar. Hüsameddin, Şems'e seslenir:

- Efendim, ne olur dergaha girelim!

Şems'ten en ufak bir hareket belirtisi gelmez. Hüsameddin, dikkatlice baktığında Şems'in bu muhteşem tefekkürüne sebep olan şeyi görür: Hiçbir çekiciliği olmayan, sıradan, bir çakıl taşı. Şems'in yağmur altında, soğuktan titremeden, saatlerce baktığı, bir çakıl taşıdır.

Hüsameddin sonunda dayanamayarak saçak altından fırlar ve Şems'in dirseğini dürtmeye cesaret eder:

- Lütfen içeriye gelin; ıslandınız ve üşüteceksiniz.

Çarşafına bürünmüş bir kadın ara sokaktan koşarak evine gidiyordu. Hüsameddin ona seslendi:

- Komşu! Ne olur yardım et!

- Mesele ne? Meczup mu adam, can verecekmiş gibi bir hâli var.

Koş! Dergaha git, Mevlâna Efendimizi buraya çağır!

Koşarak oraya geldiğim esnada çevrelerinde küçük bir kalabalık toplanmıştı. Hemen Şems'e sarıldım, hırkamı üzerine sardım, saçlarını kurulamaya çalışırken bir yandan da gözlerini siliyordum, çünkü Şems ağlıyordu. Sırtıma aldım Şems'i, dergaha yöneldik. Hüsameddin:

- Efendim, ben taşısaydım…

- Benden başkasına sarılmaz, gitmez.

Hüsameddin yolda giderken olup biteni anlattı.

Şems'i odasına getirdim. Artık sakinleşen Şems, ıslak elbiselerini değiştirmelerine izin verdi. Ben Şems'i iyice kurulayıp üzerine kuru elbiseler giydirirken Hüsameddin de ocağı yaktı. Maşuğum, Perendemin sakalını taradım ve saçlarına gülyağı sürdüm.

Hüsameddin, elindeki çakıl taşını bana uzatarak:

- Bunun bu kadar değerli olduğunu bilmiyordum, dedi.

Şems'in saatlerce dalıp baktığı çakıl taşı sıradan bir taş değildi. Annesi ve babasının yanarak vefat ettiğini duyduğunda Hoyi köyüne gelmiş, anne babasının küllerinin defnedildiği mezarı ziyaret etmiş ve dua okumuştu. Sonra doğduğu, yanıp kül olan eve uğramış, enkaz içerisinde gözüne bir taş ilişmişti. Çocukluğunda uyurken avucuna alıp yattığı o çakıl taşıydı yerde duran. O gündür bugündür cebinde taşıyor ve yatarken avucuna alıyordu çakıl taşını.

KÖKSÜZ DAL NEREDEN BİLSİN Kİ GÜNEŞ SOLMUŞTUR

Allah, seni yarattıklarından uzaklaştırdığı zaman bil ki sana dostluğunun kapısını aralıyordur. Allah'a güvenmeyen birisinin "Ben Allah'ı seviyorum." demesinden daha büyük yalan var mıdır?

Konya soğuk. Gece ıssız. Bir adam yalınayak yürümektedir gecenin karanlığını yara yara. Gözlerinde hicran, gönlünde figan. Geriye döner, son kez bakar şehre. Dudaklarından söz, gözlerinden yaş döker:

- Elveda hamuşum, Rabb'ime emanetsin. Elvedâ Mevlâna'm.

Yıldızların altında üşüyor zaman. Gören gözlerim, insanı arar. Sevgim insanı aşar. Sevgi, bu dünyanın yitiğidir. Yalnızım. Kapanır kapılar. Hiç eleğe dökülmemiş, topraktır ruhum. Ruhumda sızım var. Sızlayan ruhumda kan çiçekleri açar, gözlerimde ise şafaklar. Yalnızlığım gözlerimden yaş yaş damlıyor. Kuruluk çiğ ruhlarda olur. Yalnızım. Yalnızlığımla dostum. Yalnızlığın dostu olamayan, kimselerin dostu olamaz. Ey yüreğim, sevgiliye önce sor: Yalnız mı? Değilse ona yalnızlığı öğret. Yalnızlığımı çöller anladı, insanlar anlamadı. Olsun. Çöller ortasındayım. Üşüyorum. Düşünen yalnızdır. Düşünce kuyularına düşmüşüm. Çıkmak istemiyorum düştüğüm kuyulardan. Nazlı Züleyha'mı bekliyorum. Nazarım var âsumâna, gecenin damarından yalnızlığıma şiirler sağıyorum. Yalnızım. Gelinciğim ben. Yalnızlar gül yahut nilüfer olamazlar. Gelinciktir onlar ve yüreklerinin tam ortasındaki karanlık, onlardaki derin ruh kuyusunun girişidir.

Ömrümü üç kelime ile anlatmam gerekse, "Hüzün ördü ömrümü." derim. Hüzün beni beklemiyordu, ben hüzne aşinaydım. Etrafımdakilere baktığımda, herkes öteki olmaya çalışıyor, kimse kendi değildi. Beni bana getiren Tebriz'den gelen dostumdu. Beklediğimdi.

Gelmişti gelişi güzelce. Şimdi gitti sebepsizce. Kim bilir, kendince sebepleri vardı, ama yine de gitti. Bana kalan hüzündü. Yüzümü her sabah hüzün ile yıkar, her gece başımı hüzün yastığına koyarken aklımdaki, fikrimdeki Şems'ti. Hüzün yağmurları dolan gözlerimle, gecenin karanlığına kaçıyorum, ağlıyorum. Sarılıp Şems'sizliğin boynuna, aşkım hüznün hıçkırığından içiyorum. Allah sevdamızı ve hüznümüzü eksik etmesin ey dost.

Şems'in sırlara karışıp gidişinden sonra, dervişlerimi Konya'nın camilerine ve ara sokaklarına yollayıp Şems'i arattım ama kimse onun varlığına dair en küçük bir ize rastlamadı. Durmaksızın Şems'in odasında dolanıp duruyordum. Şems şimdi çıkar gelir diye umuyordum. Şems'in kullanmış olduğu döşeğin içine kadar her yerde onu aradım. Hatta altına bakıp sanki orada saklanmış olabilecek Şems'i bulmaya çalıştım.

Eve koşup Kerra'ya sordum:

- Onu nereye sakladınız? Onu kendi rızası olmadan aldınız. Yüklüğe, abdesthaneye, matbaha ve kilere baktım. O nerede?

Dergâhın dış kapısına çıktım. Olup bitenleri görmek için dışarıda toplanan meraklı kalabalığa bağırdım:

- Söyleyin bana, ona ne yaptınız? Ondan nefret ettiniz ve gitmesini istediniz. O, nerede?

Gelecek cevabı beklemeden arkamı dönüp uzaklaştım. Hüsameddin peşimden koştu.

- Efendim, ne olur kendinize hâkim olun. Eğer Şems gittiyse, bunu kendi arzusuyla yapmıştır.

- Ayrılığımızın beni nasıl bir acıya boğduğunu anlayamazsın. Onu bana geri getir.

- Eğer geriye getirebilseydim getirirdim ama Şems ortadan kayboldu.

Giden Şems'tir. Buruk yüreğini susturarak çekip gider. Ertesi sabah kendimi dağlara, taşlara vurdum. Yollara anlattım ağlamaklı hâlimi. Dağlara seslendim: "Söyleyin ey dağlar, Şems'im buradan geçti mi?" Eğildim toprağa avuçladım, kokladım, Şems'imin kokusu sinmiş midir diye. Tebrizlimin bir nebzecik de olsa kokusunu estirin diye rüzgârlara yakardım. Ağladım, olmadı. Yalvardım olmadı...

Kendimi halvet odasına kapadım. Kerra Hatun'un getirdiği yatıştırıcı ot çaylarına dönüp bakmadım bile... Müritlerim, oğullarım beni yatıştırmaya geldiklerinde onlarla konuşmayı reddettim. Konya halkı, "Kendini hepten kaybetti." diyordu. "Şems ona büyü yaptı." diye söylenti yayıyorlardı.

Gerçekten de büyü yapmıştı: sevgi büyüsü. Ama ortalıkta bir kara büyü yoktu, bu tutkulu bir zihnin marifeti değildi.

Kerra Hatun bu acıya ancak üç gün dayanabildi; ardından iki güçlü adam getirip kapıyı kırdırdı. Odanın bir köşesine sinmiştim; oğullarım beni odama taşıyıp yıkadılar, sakalımı taradılar ve parçaladığım elbiselerimi değiştirdiler. Şeyh cübbesini getirdiklerinde giymeyi reddettim.

İnsan yapısı tıpkı sırça bir bardağa benziyordu; ani bir çarpma ya da yüksek bir ses onu parçalayacak gibiydi. Az konuşuyor, konuştuğum zaman da sesim son derece zayıf çıkıyordu. Hareketlerim temkinliydi, duygularım körelmişti.

Teselli edilmenin ötesinde bir ruh hâlindeydim. Beni şafakta, peşine sokak köpekleri takılmış bir halde bulup, evime getiriyorlardı. Hüsameddin beni Kayseri'deki Şifâhaneye götürdü. Belki Seyyid Burhaneddin'in kabrinde teskin olurum diye oraya da uğradık. Dönüş yolunda Kızılırmak kenarında konakladık. Burada ruhları huzura kavuşturacak şekilde biçimlendirilmiş ırmağın kenarına oturdum, ama ırmağın içindeki su çarkı azap çeker gibi inliyordu.

- Bu inleme, benim sesim. Bu akan su, benim gözyaşlarım. Her damla "Şems... Şems..." diyor, duyuyor musun Hüsameddin?

Tebdil-i mekân da ferahlık vermemişti. Konya'ya döndük. Şehir bıraktığımız gibi hâlâ dedikoducu, sokak ağzı ile Şems'i konuşuyorlardı.

ŞEMS UNUTULUR MU?

Ey Şems! Senin zikrin olmazsa gönlümde, huzurum yoktur. Bilesin ki senden gayrı dert ortağım yoktur. Aşkımdan değil, aklımdan bıktım usandım. Sana âşık olmuşun akıl ile ne işi var?

Şehrin mollaları bana hediye etmek üzere Hint kumaşından yapılmış yeşil şeyh cüppesini ellerine alıp yanıma geldiklerinde Şems'in yokluğundan duydukları memnuniyeti gizlemediler. Belki bu matem biraz daha devam edecek ama sonunda yeniden bize dönecek, diye tahmin yürütüyorlardı. Sanki sözlerini tasvip edermiş gibi bana cüppeyi giydirmelerine ses etmedim. Benden, yeniden medresedeki makamıma dönmemi istediklerinde buna itiraz etmedim. Bütün müritlerim bu dönüşü sevinç içinde kutladılar:

- Sonunda Efendimiz bize geri döndü!

- Konya'nın gelmiş geçmiş en yüce insanı!

- Muhyiddin-i Arabi'den bile büyük!

İlk cuma vaazım için Altunapa Medresesi tıklım tıklım doluydu. Civar beldelerden mollalar ve şeyhler dönüşüme tanıklık etmek için Konya'ya gelmişlerdi. Bütün Konya merak içindeydi. Söylentiler almış başını yürümüştü.

- Her şeyi kara adam gitti, başımızdan da kara bulutlar dağıldı.

- Şems'in Mevlâna'mıza yaptığı büyüyü bozdurmak için onu tâ Kayseri'ye götürmüşler.

-Mevlâna'nın Şems'i kınadığı söyleniyor.

- Zaten böyle de yapması gerekirdi; o tam bir baş belasıydı.

- Adam resmen bozgunculuk yapmaya gelmiş; baksana kırk yıllık âlimi ne hâle getirdi…

Söylenen sözlerin hiçbirisine karşılık vermeden kürsüye yürüdüm. Kürsü minderine oturup cemaate döndüğümde, fısıldanmalar kesildi ve insanlar, söyleyeceklerimi büyük bir merakla beklemeye başladılar. İki kolumu kürsünün kenarına dayamış, sağa sola bakmadan başımı öne düşürmüş bekliyordum. Cemaatteki herkes birbirine baktı:

- Ne oluyor?

- Hâlâ büyünün tesiri devam ediyor, baksanıza takati kalmamış, düştü düşecek.

- Hasta mı?

- Ne kadar yaşlanmış olduğunu görüyor musun?

- Şu saçlarındaki beyazlıklara bak.

- Konuşamayacak kadar zayıf görünüyor.

Onlar kafalarınca teviller yapa dursun, sağ elimi havaya kaldırdım, herkes susmuştu. Tekrar bir sessizlik oldu… Hem de ne biçim bir sessizlik, o anda orada tek bir sinek uçsa kanadından çıkan ses duyulacak kadar derin bir sessizlik…

- Benden konuşmamı istiyorsunuz, öyle mi?"

- Evet. Seni özledik.

- Peki, benim ne söylememi istiyorsunuz?

- Sen anlat da, sana, sesine doyalım da ne anlatırsan anlat. Söz senin, biz köleniz.

- O halde size Şems'ten bahsedeceğim. Oy benim dillerim Şems'imi anmıyorsa lâl olup kökünden kopsun! Siz benim Şems'imi unuttuğumu mu sandınız, yazıklar olsun size! Siz yalancı yıldızların peşinde oynaşır, gözünüz kamaşınca da kaçınırsınız. Ben Şems'ime canımın canını adamışken nasıl olur da ismini anmam. Onu anmadığın bir ânım varsa Rabb'im kahretsin ömrümü!

Ne cemaatin içindeki rahatsız kıpırdanmalar ne de itiraz dolu fısıldamalar umurumda değildi.

- Şems, üzerinde yürüdüğüm zemindir. Nefes aldığım havadır. Onun gözleri bana bakan bütün gözler, dudakları her sözü sarf eden bütün dudaklardır.

- Eğer her birinizin yüzünde onun yüzünü görmeseydim, burada durmazdım. Eğer hayat kaynağımdan koparılıp alınsaydım, anasının rahminden koparılmış, doğmamış bebek gibi olurdum. Bu vaziyette nasıl yaşayabilirdim ki?

Sonra ağlamaya başladım. Acımda kaybolmuş, artık daha fazla konuşmaya mecalim yoktu.

- Sen kendi işini yap! Ne Şems'miş be!

- Bize o şahıstan değil de dinî meselelerden bahset.

Sultan Veled oradaydı ve bana bakıyordu gözleri buğulu, ağladı ağlayacaktı. Bense olduğum yerde dona kalmış, arka tarafta oturan bir yabancıya takılmıştım.

Nevşehir'den gelmiş olan bir şeyh ayağa kalktı; müritleri de onu izlediler.

- Konya'nın gülü solmuş. Bu düpedüz delilik. Uzak yollardan bu adamın mecnun laflarını dinlemek için mi geldik?

İnsanlar birer ikişer dışarıya çıkmaya başladılar; bazıları kapıda kararsızlıkla durmuştu. Cemaatin büyük bir kısmı hâlâ oturmaktaydı. Bazıları vaziyetim karşısında gözyaşlarını tutamıyorlardı.

Sultan Veled ve Hüsameddin, kolumu tutup beni minberden indirmek istediler. Direndim. Oğlum bir koluma, Hüsameddin diğer koluma girdiler ve medrese bahçesine çıkardılar. Başını çevirmiş, yalnızca benim görebildiğim siyahlar içindeki yabancıya bakmaya devam ediyordum. Aniden:

- Şems! Bu Şems!.. diye bağırdım.

Sultan Veled, beni dışarıya çıkarırken,

- Babacığım neden donup kaldın? Bakışın sabit bir yerde durdu. Ne olduysa ondan sonra oldu.

- Ah oğlum! Tebrizli Şems'i gördüm! Onu gördüm.

Medreseden erken çıkan bir derviş olup bitenleri hemen dergaha koşarak Kerra Hatun'a anlatmıştı. Kadıncağız oraya kadar yalın ayak koşarak gelmişti. Kerra Hatun, hemen beni Sultan Veled'in elinden almak için koştu. Sarıldı, alnımı öptü:

- Ah, bütün Konya'yı affetmesen de Şems hususunda beni bağışla. Rabb'im size ne büyük, ne güzel bir aşk bahşetmiş. Şemsi de, seni de anlıyorum. Onun geri dönmesi için, kanım akacaksa helal hoş olsun. Yeter ki senin gözlerinin içinin güldüğünü göreyim...

BEN ŞEMS'E VURGUN, ŞEMS SÜRGÜNLERE MAHKÛM

Sustuğum şiirlerde seni dilşâd etmek ne güzel, susamışım. Serabında umut çıkınlarımı yitirmek ne güzel. Soluklanmak hercai gecelerde âh edip aşk olsun ile sabahlamak ne güzel…

Şems'im gitti gideli gecelerim derbeder geçiyordu. Uyku uyumak bir yana odamda boğulacak gibi içim daralıyordu. Yine bir gece yatağımdan fırladım ve kendimi dışarı attım. Kerra Hatun, beni odada göremeyince telaşla aramaya çıkar. Gece boyunca Sultan Veled, Alaeddin Çelebi ve Hüsameddin Çelebi ile birlikte telaş içerisinde arayıp durmuştu. Baktıkları her sokakta bulamayınca endişesi daha da artar. Şehrin dört kapısının hepsindeki asesbaşlarına Mevlâna'yı görüp görmediklerini sorar. Nihayet, beni küçük bir tepenin üzerinde, oturmuş, kendince mırıldanır, şiirler okurken buldular. Kerra Hatun:

- Ne yapıyorsun dünya ve ahiret yiğidim?

- Şems'i arıyorum.

- ……..

- *Bana ne yaptınız?*

- ……

Dünyadan elini eteğini çekmiş bir münzevî idim; şimdi bu ayaklar irademe karşı çıkıyor Bu beden kendine başkaldırıp dönüyor. Parmakla-

rımla kulaklarımı tıkasam. Yalnızca müziğin sesi daha da artıyor. Yüreğimi gizlemeye çalıştım. Ama sen onu bulup çaldın. Dönüp duran bir kukla: İşte benden geride kalan...

- Haydi evimize gidelim. Bak çoluk çocuk sokak sokak seni aramaktan telef olduk. Biraz uyusan. Toparla artık kendini. Rengin benzin solmuş...

- Çok bitkinim Kerra, çok bitkin. Bana Şems'ten müjdeli haber gelene kadar uyku haramdır.

- Babanızı sırtınıza alıp dergâha getirin, ben su kaynatayım onu iyice bir yıkayalım, hafiflesin, uyusun, dinlensin.

Odama geldiğimde her yanım titreyerek beni yatağa yatırdılar.

-Beni örtün, üşüyorum.

-Yüce Rabb'im, ne olur bana bu adamın refikası olmak için gereken gücü ver. Ve eğer bu senin takdirinse, Şems'in ona geri dönmesini nasip et.

Şiirler yazıyordum, şiirler haykırıyordum sokaklarda.

Muhafızlar, gözetleme kulelerinize gidin. Her yabancıdan beni haberdar edin. Bakarsınız geçen yabancı Şems-i Tebrizî'dir. Güneşin göründüğünü bana söylemeyen, insan evladı değildir!

Şiirler, şehirde elden ele dolaşıyordu. Şiirlerimi "Hamuş" diye imzalıyordum ama herkes bunları yazan eli tanıyor ve bunları yazan kişideki tahavvüle hayret ediyorlardı.

Şems'ten ilk haber alınıncaya kadar altı aya yakın bir zaman geçmişti. Sultan Veled dergaha bir tüccar getirdi.

- Bana söylediklerini babama da anlat.

- Tebrizli Şems'i gördüm.

İşittiklerim karşısında sevinçten ne yapacağımı bilemedim, yutkundum, derin bir nefes aldım. Bu söylenenler kendi sayıklamamın sonuncu hayali miydi, hakikat miydi inanamıyordum. Kendimi toparladım. Tüccara sordum:

- Nerede?

- Şam'da, efendim.

- Ne zaman gördün?

- İki ay önce...

- Allah'a şükürler olsun, güneş tutulması sonunda bitti.

Ayaklarımın üzerine kalkmaya davranırken bir yandan da hırkamı çıkarmaya çalıştım.

- Ne yapıyorsun baba?

- Bu habere, hırkamdan başka verilecek bir şeyim yok. Hüsameddin bana kağıt getirin. Perende'me mektup yazacağım.

AŞK RUHUNU KALEMİN UCUNDAN İÇİYOR

Suskunluğum ateşleri içmekti, içtim.
Yalnızlığım boynuma çöken hükümsüzlüktü, hükümsüzüm.
Hafızamdaki bütün harfleri döktüm, alfabesizim.

İlk mektubum, biraz da yüreğimin acı ateşinden olsa gerek sitem ve efkâr tütüyordu.

Dil kalbin aynası derler. Çöl ve kum misali. Dalgalanıyor kalbim, dağılıyor kelimelerim. Dilim suskun. Yüreğim seni bana getirmeyen yollara küskün. Ey benim canım! Ey benim ay yüzlü sevgilim! Senden gelen belâ bana candan tatlıdır. Bu yüzden ben, tatlı canı bıraktım. Varsın senin için yansın, yakılsın.

Ey gönül yâri; yazıklar olsun! Birçok dertlerle, hasretlerle bizi bıraktın gittin!

Biliyorum; bizden ayrılmayı istemedin! Sızlandın, şikâyetler ettin; ama faydası olmadı! İnsaf etmeyen, aman vermeyen hükme, emre uydun, geçtin gittin!

Her tarafa koştun; yanımızda kalmak için çareler aradın, bahaneler düşündün! Fakat bir çare bulamadın, çaresiz bir halde gittin!

Güllerle dolu olan kucağın, ay gibi nurlu yüzün ne oldu? Nasıl oldu da hor ve hakir bir halde bir altına gittin?

Dostların meclisinden ayrıldın, seninle düşüp kalkanların arasından çıktın da, toprak altına, karıncalarla yılanlar arasına gittin!

O nükteli sözler, o güzel konuşmalar ne oldu? O ilahi sırlara aşina olan akıl ne oldu? O elimizden tutan mübarek eller ne oldu? Meram bağlarına, o gül bahçelerine giden ayaklar ne oldu?

Nazik idin, latif idin; insanların gönüllerini kazanmasını, insanları sevmesini bilirdin! Şimdi tuttun, insanları sevmeyen, insanları yiyen toprak içine gittin!

Ne oldu? Nasıl bir fikre kapıldın da uzun, sapa, bozuk bir yola düştün gittin?

Sen, ağlaya ağlaya o yola düşünce, gökyüzü gözyaşı döktü; ay da, yüzünü tırmaladı, yırttı! Gönlüm, kanlarla doldu; ne bileyim de, ne sorayım? Bari sen söyle; acep; uyanık mı gittin?

Mademki bizi bırakıp gittin, acaba, Hakk âşıklarının, ermişlerin sohbetini mi seçtin; yoksa aşktan mahrum mu kaldın?

İnkâr ederek mi gittin? Sana sordukları suallere verdiğin o güzel, o tatlı cevapların ne oldu? Artık sustun, söylemekten vazgeçtin?

Bu, ne biçim ateştir; bu, ne biçim hasrettir? Ansızın yola düşen misafir gibi hiç haber vermeden çıktın gittin!

Nereye gittin ki, izin tozu bile belirmiyor? Bu sefer gittiğin yol, ne de kanlarla dolu yol ki, kin güderek çektin gittin.

Can, seni görünce kendinden utanır. Gönlüm şaşırır, ayağı balçığa saplanır. Benim gönülle alâkam kalmadı. Çünkü o, gönülde yaşamaktadır. Gönül onun yeri yurdu oldu. Sen bir güneşsin, gönül ise bir kuyuya düşmüştür. Arada sırada ışığını kuyuya düşür. Çünkü gönül, cana canlar katan aşkınla eriyip gitmededir.

İlk mektubun cevabını beklemeden, sabırsızlığımla ard arda diğer mektupları kağıda yüreğimi akıtırcasına yazıp yolladım:

Bütün sözlerde ustayım. Bir senin güzelliğini anlatmakta âcizim. Kalem, gönülden aldığı su ile yaşayan bir güldür. Kalemim kırıldı, gel can suyum dirilt kalemlerimi. Ben ömrümü gözyaşları, riyâzetler, yalnızlıklar, gamlar ve hüzünlerle mi büyüteceğim? Sensizim, anlasana. Gel sevgili gel... Aşk hânem ışık saçar... Gel sevgili gel... Yüreğim ateşler saçar... Gel sevgili gel... Gözlerim seni arar... Gel sevgili gel... Hasretin beni yakar... Gel sevgili gel... Yetmedi mi bu ayrılık? Gel sevgili gel... Gel de dinsin bu azab...

Geri dön, ey yol sevdalısı! Buradan başka yere çıkış yok Âh, ne kadar da susadım sana. Tıpkı bir çocuk gibi oldum. Ağlayan ve okşanmak isteyen bir çocuk gibi. Hicret her âşığın kaderi midir? Ben nereye hicret edeyim peki? Benimki düpedüz kaçış olur. Ciğerimi ısırmak ve kaçmak... Gel de gecenin kara çarşafını yak! Buz tutmuş zirveleri ve üzgün nehirleri ateşe ver. Dünyayı ateşle yak. İbrahim'in ateşini, İbrahim'e tamamen kırmızı gül olan ateşi getir soluğunda.

Ey yüreğimi zebun eden Şems! Çok iyi biliyorsun ki ben asla kendimi düşünmüyorum. Herkes biliyor ki kalbim sana olan aşk ve inançla doludur. Ben kendimi sana feda ettim. İnancım sensin, ümidim sensin, aşkım sensin. Sen de biliyorsun ki, hayat dudaklarıma bir tebessüm kondurmaktan, bakışıma ümit ışıkları vermekten ve yüreğimde neşe dalgaları salmaktan acizdir. Güzel yazamıyorum, bu sade kelimeler, zayıf cümleler ve düşük ifadeler altına gizlediğim gücü keşfet, beni bul.

Hayatımın tüm günleri ve geceleri, her anım bu dostluğun şahididir. Gelme umudun yegâne arzumdur. Ne diyeyim? Ağlamak sadece zayıf insanın işidir? Ben ise oldukça zayıfım. Ben beni bilirim, gel gör anlatamam. Gir bak içerden, hem bahar hem güz...

İlk mektupların üzerinden haftalar geçti, ne cevap vardı ne de bir haber. Derken bir mektup daha yazdım:

Aşkın esiri olmuşum, bu rütbe padişahta bile yok. Sana vurgunum Şems, böyle bir makam şahta bile yok. Cemâlini aynada görürsen dersin ki benim aşkıma kul köle olanın günahı yok. Gönlüme inersen görürsün, aşk sancağını öyle bir yere diktim ki indirmenin yolu yok. Aşkıma yemin olsun ki her âşık senin esirindir. Onu bu kapıdan kovarsan gidecek yeri yok.

Ne güzel! Derin bir "ah" ile yâd etmek seni. Her güne seni düşünerek uyanmak, her gece seni hayal ederek uyumak... Ne güzel! Gelişinle çocuklaşmak, gidişinle ağlamak. Sen ne güzel bir yârsın Şems... Yanmaktan usanmadığım, yanarken seni susadığım. İçtikçe daha fazla susadığım...

Benim gurbetimin adı ne Şems? Hâlime bir isim koy. Yalnız mıyım? Hasta mıyım? Garip miyim? Ben nerdeyim? Ben neyim Şems? Harf bir manadır, manası kendindedir. Benim harflerimi hangi rüzgârda savurdular Şems? Nefsine mağlup olmayan aşkta galip olur demiştin ya, şimdi sen söyle: Mağlup muyum, mağdur mu?

Sende sevginin yollarını aştım. Sekizinci ve son mertebede varlığımı unuttum. Varlık da yokluk da sade bir hayal imiş. Aşkı senden öğrendim. Bir bakışınla yandı yüreğim. Ab-ı hayat oldu yüreğime yüreğin. Sensiz adı yok aşkın. Bildiklerimi unuttum. Unuttuklarımı hatırladım. Ruhumun padişahısın, nefesimin prangasısın. Sen benim içime dolan ilahi bir nursun. Seninle kanatlandım ilahi aşka şimdi ise kanadım kırık dipsiz uçurumlara yuvarlanıyorum.

Ey gönlümün tabibi, talibim sana; senden uzak olmanın acısı ile gönlüm Hz. Eyüp gibi hastadır. Bende ne gezer Eyüp sabrı? Gel, yeter ki gel. Yakub'a Yusuf gibi gel. Gönlümün perdelerini yırt gözümü aç. Gözlerini tekrar bahşet gözlerime. Gözlerin kudret huzmesi. Gözlerin miraç sürmesi. Gözlerin Kevser çeşmesi. Gelsin artık ciğerimi püryan eden gözlerin. Aşk illetine müptelayım, ayrılığın esiri olmuşum. Bu yüzden şaşkın, bu yüzden ne yapacağımı bilmez haldeyim.

Yüreğimden sana doğru koşan coşkun ırmaklar var. Dindiremediğim gözyaşlarım var akıp duran. Hasret mektupları yolluyorum gönülden. Senin saçlarında parlayan yıldızların peşindeyim.

Perendem...

Bugün ruhum, hüznün düğününe davet etti yine yüreğimi... Hiç itiraz etmeden duvak ettim bulutların buğulu bakışlarını tenime... Göğümde gürültüler koptuğu an senin fazilet mabedine sığınışım onarıyor eksik yanlarımı... Şimdi yine kıyılarıma yanaştı üşüyen ruhumun ateş doğuran yağmurları... Yürek toprağıma ektiğim her mana beni yaşamın salıncağından düşürüyor... Ben dudaklarıma huzur kelebeğini kondurdukça hücrelerimden hüzün çiçekleri firar ediyor yüreğime...

Ah Perendem...

Sol yanıma saklayamadığım kemâlimin ıslak kaldırımlarında yanıyor şimdi düşlerim Perendem... Korkularım, ruhumun arka sokaklarında umudumu istila etti ne yana dönsem prangalı sessizliklerim... Seninle hayat yolculuğu ruhumun rüzgârlarla yarışındaki coşku tablosuydu hep... Ve seninle hayat yolculuğu yıldızlara mehtabın masalını anlatırken sabahlar doğurmaktı hep...

Dizlerimdeki derman, yapayalnız bir kelebeğin mutluluğa ödediği kanatlarının bedeline eş oldu... Ne zaman gamzelerime gülüşler değse gecenin teni yakıyor güneşe soyunan saçlarımı Perendem...

Ellerini saçlarımdan çekme, sıcaklığını yüreğimin duvarlarından alma, şefkatini yüreğimin sen köşesinde büyüt büyüt ki alamadığım nefesim, susturamadığım hıçkırığımda doğursun içimdeki küskün mehtabı...

Nereye gittinse gel beni de taşı kanatlarında Perendem. Şemsim. Şemsim.

Ay tutuk bu gece. Tutuklu güneşe. Kaç seyredeni var, göreni, bileni gecenin bu sabaha el verdiği saatlerinde. Ben tutuklu sana, bilinse ne bilinmese ne?.. Pırıl pırıldı ay gecenin ilk saatlerine en dolu haliyle ve odamın tam orta yerinde. Gittikçe ufaldı, gittikçe karardı morardı bu gece.

Sen gibi tıpkı. Tıpkı sen gibi eridi, sen gibi geçti güneşimin önüne. Kararttı ben gibi bendeki her şeyi de.

En güzel mevsimi bitiyor ömrün, görmüyor musun, görmüyor musun bir aşk bitiyor. Göçüyor bütün kuşlarım, kanat çırpışlarını, yürek kıpırtılarını da takıp peşlerine, görmüyor musun? Görmüyor musun, sevgili gidiyor...

Ağla gözlerim, zamanıdır; sırasıdır sağanakların, yeşerir mi bilmem kurumaya yüz tutmuş dallarım? Buharlaşan acıların kalan tortularıydı şimdi yüreğimi acıtan, hatta yakan. Onca gözyaşı bile dindirememişti ki bu yangının ateşini.

Yağmur değil de sen yağardı bu şehrin üzerine, sokağa atardım her defasında kendimi, ıslanmak güzeldi sende, sırılsıklam olmak sen yağdıkça üzerime...

Yağmur değil de sen yağsan yine şehrin üzerine, ıslanmak kim bilir nasıl da güzel olurdu bu sensiz gecede... Yine yağmur dövüyor camları bu korkunç gecede... Yoksun, yağmıyorsun artık sen bu şehre.

ben
hiçbir aşk şiirimi sana yazmadım zaten,
say ki;
bir yaz günü
ürkek bir bulutun kalbiydi
gözbebeklerimde titreyen...
kurumuş bir dal gibi
kırılmaya meyilliydi kirpiklerim
ve yeminliydi geceler
düşlerimi deşmeye...

Kaç mektup yazdım bilmiyorum. Aylardan sonra mektuplarıma nihayet bir cevap geldi, can geldi çöller ötesinden, soluk geldi aşk ülkesinden:

Uzun bir ayrılıktır insan, kalbi kendi yalnızlığına gömülü. Baştan başa koca bir ayrılık dünya... Yalnızca biz değiliz ayrılıklarla sınanan... Ayrılıklar üzerine kurulu bir dünyadır üzerinde yaşadığımız... Baktığımız her yerde bir ayrılık masalı yaşanır yeni baştan ve aralıksız... Her şey az gider uz gider... Ağaçlar yapraklardan ayrılır, yağmur bulutundan tohumlar bitkilerin gövdesinden uzaklara savrulur hep, bahardan yazdan ayrılır dünya, geceden gündüzünden ayrılır, aynı hikâyeyi yaşadığımız bir ney'den kalbimize üflediğimiz hüzündür ve tamamı aynı redifle yazılmış bir şiir gibi okutur kendi ömrümüzün deminde... Kalbine tutunarak yaşayan herkes için beşiğin ardından başlar ayrılıklar... Bu ilk ayrılıktan sonra gelen her yeni ayrılık yalnızca ilkinin acısının yani insanlığımızın, sürgünlüğümüzün tekrar tekrar yaşanmasından başka bir şey değil ve her ayrılığa tahammül gücü veren bir de umut vardır yüreğin kıvrımlarında sessizce gizlenmiş...

Ben uzaktan hayali bir gölge gibi gözüken, belirsiz bir yolu bulunan, gözlerini ufuğa diken, yorgun ve yaralı yürüyen, yurtsuz bir yolcuyum. Yazgım yol üzerine konulmuş. Duramam. Kalamam. Ancak ecelin nefesi enseme değince olduğum yerde can verecek kadar kalabilirim. Ben sadece bir ümitle sesleniyorum: Yürümeni istediğim dayanılmaz, taşlıklarla dolu yolda yürüyebilecek misin? Şimdiye kadar bütün öğütlerim, öğrettiklerim benim olarak kalabilmen içindi, benim misin? Ben buğdayımın harmanını rüzgâra savurmak istemiyorum. Ben senin gözünde fedakârlığa değerim, bunu biliyorsun.

Seven gönül maşuk kıymeti bilmez mi sanırsın? Hiç gitmeyecekmiş gibi sevdim seni, hiç sevmemiş gibi gitmiş değilim, bilesin... Gidişim sevgidendi. İncitmedin, örselemedin, yaralamadın bir an dahi. Eğer gidişimin yazgısına ayak direseydim, ilk gelişimin ne manası kalırdı?

Mektubu kaç kez tekrar tekrar okuduğumu hatırlamıyorum. Bir annenin bebeğine sarıldığı gibi safran sarısı kağıda sarılıp dolanıyorum. Doyamıyorum okudukça. Her bir harfinde onun ruhu var, her bir hecesinde kalp atışı, her bir kelimesinde cennet nefesi var. Elime divit kağıt alıp alelacele, sabırsız çocukların bir an önce varmak istediği oyun yerine koşar gibi tatlı heyecan ile yazıyorum:

Mektubunu ömrümde en çok teselliye muhtaç olduğum günlerde aldım. Evet, şimdiye kadar bütün öğütlerin hep bana, kalmam içindi, böylece ben hep kalacaktım. Sen benim havam olacaktın, görünmeyen, her yerde olan, hayat veren hava, varlığımın boş ve sonsuz fezasını dolduran hava... Ama... Ama şimdi sana kendin için kal diye sesleniyorum, benim için değil. Ben artık yokum, hava olman için değil, artık ben nefes almayacağım... Yeniden o boğucu günlerimin geldiğini hissediyorum. Yaşadığım anları tasavvur etmekte kelimeler aciz kalıyor. Dertperestlik hastalığının pençesindeyim.

Boğulmak üzereyim, mâşuğunun sesini duymuyor musun? Ha? Duymuyor musun? O halde neden bir şey demiyorsun? Bir cümle! Bir kelime! Bir harf, bir hayır de, bir şey söyle, istediğin şeyi söyle, saygı istemiyorum, sevgi istemiyorum, seni istemiyorum Mevlâna de, sadece bir laf et, sesini duyayım Senden mahrum kaldım, soluğundan yok-

sun kaldım. Bari sesinden, yazından mahrum kılma beni. Konuş! Yaz! Sen bu kadar mutaassıp değilsin, sen merhametsiz hiç değilsin. Kalbim dağılıyor, her bir parçasını ayrı ayrı dağlardan toplamaya gelmez misin? Ne zamana kadar bana suskunsun? Bir yıl mı, bir ay mı, bir akşam mı? Şimdi bir şey söyle, sonra dilediğin kadar sus, ya da suratını as. Beni de düşün, ben ne yapayım? Yarın bana ses verecek misin? Kim nazar etti bize Şems'im, kim üfürdü bize? Kim beddua etti?

Belki her şey iyileşir, ilk zamanki gibi olur, belki şehrimizi, Konya'mızı, göklerimizi, yalnızlık halvetimizi, yüreğimizi, ruhumuzu, hayatımızı, hatıralarımızı, ahdimizi, yakınlığımızı, cümle varlığımızı aniden sarsan fırtına diner, belki, Allah'ın izni ile. Ne yapacağımı bilemiyorum, söyle Şems, nereye sığınsın bu acuze yürek?

Dünyayı yok saymak, görmemezlikten gelmektir; geldiği ve tekrar gideceği âlemi düşünmek; kendini anlamaya, bilmeye çalışmaktır! Söyle; neyi istersen yak yık! Yalnız, ayrılıktan bahsetme! Ben ayrılık sitemini hak etmedim; bu, bana layık değil! Bana ayrılığı reva görme de, ne yaparsan yap!

Günlerden sükût... Yüreğim yaslanacak bir dağ bulana kadar suskunum... Issız ve hecesiz kalmayı tercih ettim. Bir ikindi ağırlığında tutuldum ölüm kokusuna... Ölümü anmaktan korkmuyor ruhum... Ölümle aralanıyor hayatın kapıları... Ölmek ne güzel şeydir... Hele ki sükûtla...

Mevsimlerden uzlet... Serap var serap içinde, dünya benim için bir çilehâne. Vuslat! Kim bilir, belki toprakta... Hasret, hasret içinde... Zamanı hiçe saymaktan bütün zamanların sahibine sığınırım... Uzun ve sıkıntılı bir günün sonunda ancak duayla sükûnet bulur metruk sevdam. Haydi yüreğim sükûta!

Vakitlerden kimsesizlik... Geçmiyor... Hiçbir şey geçmiyor... Geçen zaman kalan acı. Gökyüzünde değil, yeryüzünde değil kalp yüzünde kalanlardır... Mevla'm! Sen, mâliksin... Her şeyin sahibi olan ancak sensin... Bana kendimi geri verir misin?

Günlerden Şems... Çöl gibi ıssızım. Birazdan fırtına kopar. Terk edilmişliğin kokusu gelir kumlardan. Kuşlar üşür titreyen sesimde! Şems gitti ve gelmez oldu. Hasretinden kara toprak içti gözlerim.

Şems'imden mektup yerine sadece bir şiir geldi:

Öyle gezdim ki dünya kazan ben kepçe,
İçemedim doyacağım bir yâren,
Ne zaman ki geldim Rumi diyarına,
Vardım aşka yanışımın tadına…

Beni sende gördüm can Mevlâna'm,
Yanarken sende söndüm yâ Mevlâna'm;
Kuyuda boğulmak değil amma,
Seni yakacağıma öldüm Gül Mevlâna'm…

Onca mektuplarıma karşı kısa ve az mektup yazıyordu. Olsun! Yazıyordu ya, bir de hiç yazmamış olsaydı. Yüreğimi kağıttan okursa ki okuyacaktır, duramaz, kalkar gelir umudu ile yazdıkça yazıyordum:

Bir ben gitti sende, sen giderken,
bir gül gitti sende, veda ederken!
cananım can feda aşkın yoluna,
bir ben yitti sende, sen giderken!
çok bekledim gelmedin,
galiba gitmeye karar verdin
yine ve bana sormadan,
ama beni de alarak…
pas tuttu yüreğim sensizlikten,
küf tuttu ciğerim kokunun yoksunluğundan,
Bahar gelmesin mi sineme?
Açmasın mı mavi güller?
Bana sen lazım,
…Vermesin mi kader?

Gözlerin, beni kaybettiğim günlerime döndürdü. Senin gözlerini görmeden, benim gözlerimin gördüğü her şey boşa geçmiş bir zamandı. Hayatımın bu kısmını nasıl kabul ettiler? Nurunla hayatımın gündo-

ğumu başladı. Senden önce hayatımın ne kadar fazlası kaybedilmiş? O boşa giden bir geçmişti Şems! Kalbim, senden önce mutluluk görmedi. Kalbim, hayatta acı ve ıstırabın tadından başka asla bir şey görmemişti. Aşkı seninle sevmeye başladım Şems! Ve hayatımın benden kaçmakta olduğundan kaygılanmaya başladım.

Senden önce, her mutluluk için acı çekerdim. Gözlerinin ışığında onlar benim rüyalarımı buldular. Ey benim kalbimin güneşi! Sen benim hayatımdan daha değerlisin. Neden senin aşkınla çok önce karşılaşmadım? Uzun zaman önce kalbim seni özlemekteydi. Aşkı seninle yudum yudum tadayım, zehrini şerbetin bileyim. Kalbimin merhameti, senin kalbinin merhametini özlüyor. Gözlerini bana o kadar yaklaştır ki, gözlerim senin gözlerindeki hayatta kaybolsun.

Şems'im gel, yeter! Kaybettiğimiz şey az değil, ruhumun güneşi! Işığınla hayatımın sabahı başladı. Sen, bütün günlerimden daha değerlisin. Senin sayende gündüzlerle barıştım. Senin yüzünden zamanı unuttum. Seninle acılarımı unuttum ve seninle sefaletimi unuttum. Aşk duasına çıktım sevenler ayrılmasın diye. Yokluğuna ağladım ya, sen yoktun gözyaşlarımı silmeye.

Ellerimde gözlerinden düşürdüğün ateşini saklıyorum, çöllerin kavurucu ateşlerini serpmiştin ya, bir zemheri ikliminde. İşte o ateşleri avucumda taşıyorum senden yadigâr kaldı diye, kudsî emanet görerek. Çaresizliğimin yangını giderken hiç mi üzülmedin? Bilmek istiyorum, acaba üzgün müsün? Umutsuzluğumdan bana şöyle söyletiyorsun:

Yokluğun sonsuza kadar sürecek, Kendi kendime sorarım: "Ben ne yaptım?" diye. Benim hatam; sen sadece benim meselemsin.

Ateşin en alevli yerinden yara aldım. Aklım hiçbir şeye ermiyor. Her nefesle adımlarını sayıyorum. Her bir harfte bile seninle muhabbetimizi hatırlarım. Ben hep bu haldeyim. Sabah ve akşam... Beni görenler delirdiğimi söylüyor.

Geldin, elimi tuttun ve hemen gittin. Sen olmadan yaşamamın ne manası var ki Şems'im? Sana nasıl anlatayım nasıl? Seni sevmeden önce nasıldım? Dünü hatırlamıyorum. Yarını da bekleyemem. Sanki bu günümü bile yaşamıyorum. Göz açıp kapayıncaya kadar beni sevgiyle kucakladın... Tatlı günlerin nerede olduğunu gösterdin... Gece, gurbette garip bir şekildeyken ona güven verdin... Çöl olan hayat, bahçe hâline geldi... İnsanların kendilerine ait bir dünyası var. Bizim de kendimize ait bir dünyamız var. Dünyanın âşıkları için... Hasret ateşiyle eridiklerini söyleseler de bu onların ateşi, bizim de cennetimizdir, sevgi hiçbir zaman yaralamamıştır... Onun bahçesi hiç kimseyi kovmamıştır. Neşeden başka... Sevinçten başka... Şems'im! Kuşa söyle... Ağaca... İnsanlara... Bütün dünyaya... Söyle... Sevgi bir nimettir, bir lütuftur... Sevgi günah değildir... Allah sevgidir... İyilik sevgidir... Nur sevgidir...

Ey Rabbim! Acı ve ayrılık tası bizi hiçbir zaman sulamasın... Ayrılık ne yerimizi bilsin ne de yanımıza gelsin. Gecemizi sevinç kandillerinden başkası görmesin.

Ey Şems'im! Uzaklığına dayanamam. Ben kimim ki sevgilim olmadan, beni arzulayan gözlerle karşıladı, bana selam verdi ve elimi elinin içine aldı, kulağıma haklı olduğumu söylediğinde, o anda uzak kaldığımız yılları unutuverdim. Nerede, o nice geceler uyumayan yaşlı gözlerim?

Gözlerindeki bir gülümseme yüzünden, nice kahırlı dillerin dedikodusuna güldüm geçtim.

En güzel ve en tatlı acılar, sevgiliye duyulan aşk acısıdır.

Bundandır ki, senden bir gün dahi uzak kalmaya dayanamam Şems! Bu kadar acıyı kaldırabilmek için ikinci bir sabra daha ihtiyacım var.

Beni çok sevdiklerini söyleyenler
Sana nasıl kıydılar ey ateş gözlüm?
Beni sevselerdi benim gözümle yanmazlar mıydı?
Benim gönlümle yanmazlar mıydı?

Senle ne kadar bildiğimi öğrendim,
Elbette aşka âşinâydım amma,
Senle aşka ağlamayı öğrendim...
Seni tanıyamadılar ey Perende'm!

Ben gözüyle göremediler seni;
İnce yüreğini, naif aşkını,
Cananda can, canda canan oluşunu…

Gün sayıyordum. Acaba son yazdığım mektup da eline ulaşmış mıdır, ulağı sıkı sık tembihlemem yeter mi? Yetmez! Ya mektubu düşürüp kaybetmişse?..

SÛRU ÜFLEYEN MEKTUP GELDİ

Gerçeğin tadını alan er, ne altına aldırış eder, ne kalenderin tacına bakar. Peki, gerçeğin tadı nedir? Ölümden korkmamak... Ölüm benim rengime âşık. Söz olsun diye güzel diyorum sana, yoksa yüzün, güzelden daha güzel...

En son mektubu gönderdim göndereli uzun bir zaman geçmesine rağmen, ne cevap geldi, ne de geleceğine dair bir umut ışığı... Beklememi istiyordu. Sabrımı ölçüyordu. Elim tutuldu, yüreğim lâl oldu. Yazamadım. Beklemenin sancısında kıvranırken, Şems'imden uzun bir mektup geldi. Kelimelerde ateş, kelimelerde gözyaşı vardı. Mektup başta kıyameti tattırıyordu, sonunda vuslat umudunu taşıyordu:

Ben neyim Mevlâna? Haydi, sen söyle! Ben neyim Mevlâna? Ben neyim? Yüz deniz dalgasında sessiz efsane, karanlık gecelerin bağrında gizli bir sır. Bir deliliğin nöbetine ha yaklaştı ha yaklaşan hatıra bir bakış... Binlerce ümit gözünün dibinden damlayan kan... Ben neyim? Dillendirilmemiş name, zikredilmemiş sır. Maşuku ararken, hayat gecesinin avucuna düşmüş şebnem... Ölüm güneşinin doğuş arzusunda, isimsiz, yurtsuz bir yolcuyum. Evet, ben buyum! Bir semender. Ben ne ev tavuğuyum, ne kafesteki kanarya ve ne de gam güvercini. Benim kardeşlerim Anka, Hüdhüd ve turnalardır. Semender, nasıl toprağa konabilir? Ateş kuşuyum ben, benim yiyeceğim arpa ve darı değil, ateştir. Bu âlem arpa, darı âlemidir. Benim yurdum ise göklerdir, güneşin de yurdu olan ateş ülkesi. Yeryüzüne göz dikmedim. Göklere doğru, felekler yolunda ve her an Allah aşkına daha yakın. Ben, hayat pençesinde değil, sufinin gül tomurcuğunda bir şebnemim. Tasavvuf... Bu yegâne emelim, mektebim ve memleketim oldu. İsyancı düşüncelerim siyaseti, inanç ayırımlarını besleyen akımları ve ekolleri aştı. İnsan için uçtum, kanatlandım. Sufilik bir iman mektebidir. İnsanlığa hizmet etmeyen her akım ise kuru laflarla yük taşıyan merkeptir.

Ben, çöl, güneş, yalnızlık, sıkıntı, çile ve ızdırap adamıyım. Hayat tarzım, terbiyem, fikir ve inançlarım, hele de hâlet-i rûhiyem, beni çocuk yaşımda ihtiyarlattı. Hiç bir zaman çocukluğun sevinç ve eğlence dolu tadını yaşayamadım. Şikâyetçi miyim? Asla! Bir tek sende yaşadım ilahi aşka götürecek dostluğu, bunu da halk çok gördü. Umurumda mı? Elbette hayır. Aya öfkelenmiş ruh, cılız mum ışıklarından mı çekinir? Duamın kefaretiydin, aşk ile amenna demişim sana. Senin uğruna değil Konya'yı, dünyayı hallaç pamuğu gibi savururum soluğumla. Halkın dedikodusu, hasedi beni yıldırdı mı sanırsın? Senin yolunda idam edileceksem eğer, halkın galeyanını mukaddes çarmıhım yaparım bilesin. Bırak o eyyamcı bencilleri! Eğer onlara "Gözlerinizi mi yoksa bencilliğinizi mi alayım?" diye sorsan, "Gözlerimizi al!" diyeceklerdir.

Eğer beni istiyorsan, ben'i yitirmen gerek, çünkü ben'i yitirmen, beni bulmana yardımcı olur... Gözlerimi kör eden sen şimdi benden aşkına gözyaşımı istersin... Aşk bana olsun ama senden başkasına değil... Aşk edemezsem seni bitsin bu ömür.

Bana aşkı mı soruyorsun? Uç, yırt, kurtar, yan ve çek! Aşk; her an kanatsızca göklere uçmaktır: Yüzlerce perdeyi dişlerinle yırtmaktır. Aşkı talep etmeden önce, nefsini kör isteklerden bir kurtar hele, yan dumansız ateşlerde. Aşk heva boşluğundan yokluk hoşluğuna doğru el ayak çekmektir.

Zamana yenik düşmeyen bir dostluk bizimkisi. Sitem ettiğimi sanma. Yürek yanar, göz buğulanır, sine dağlanır ve aşk vurur her zerremi. Dinmeyen sancılarımın iniltisidir, yazdığım kelimeler. Tarih, Cengiz Han'ın yaktığı şehirlerin kül kokusunu silip süpürdü. Benim yanıklığımın tütsüsünü sûr'un üfleneceği vakte dek kim silebilir?

Söyle; neyi istersen yak yık! Yalnız, ayrılıktan bahsetme! Ben, ayrılık sitemini hak etmedim; bu, bana layık değil! Bana ayrılığı reva görme de ne yazarsan yaz!

Ağzımızdaki dil, gönül halkasının halkasıdır; hep konuşup durarak neden kapı halkası olup kalıyorsun? Sus, konuşma! Cana kavuşmak için kapıyı kır da içeri gir. Bak içeriye, içimin içindesin, gör hâlini.

Ey benim Mevlâna'm!

Senden uzak diyarlarda, sensizliğin gurbetinde senin ismini anmadığımı sanma. Senin hasretindeyken tutup da canın adını mı anayım, ne yüzle? Sen varken gönlümde, başka başka güzelliklerin sözünü mü açayım? Sözlerimden utanmaz mıyım? Senden gitmekten çok mu hoşnudum? Sevgiliden uçup giden cânı, her cansıza yaşıyor gibi görünen ölmüş kişilere anlatır mıyım? Yakışır mı? Ben giderken ay yüzünü yırtıyordu, gök yaşını döküyordu. Gittim ki, senin yolun kanlarla dolup taşmasın diye. Senden gittiğimi sanıyorsan, yanmış ama pişmemişsin. Ben Konya sokaklarına gelmedim Mevlâna'm, sana geldim! Beni sokak sokak arama! İçindeysem, ayaklarını adım adım orada burada yorma!

Ben aşka geldim ve başımı aşka vermek için dönüş haktır. Desturunu beklemekteyim. Başım dedim de, aşk bana geldiğinde "Benim yolumda can verir misin?" diye sordu. Afalladım. Hemen arkasından "Neden 'Evet, evet; can veririm!' demiyorsun?" dedi. Ben, aşkı, bir nur burcu olarak gördüm ve canımı vermeyi bir borç olarak kabul ettim. Aşk yolunda yüzlerce yürek bir pula satılır iken ben bu yüreği sana adadım. Çağırmasını bil de icap ederse sürüne sürüne geleyim.

Sana hep sade ve susuz gelmek isterim. Gönlümün derinliklerine dal, ne onarılmaz yaralarım var. Âh bir görsen... Görüp de tel tel sarsan hicranımı…

Bana ardı ardına mektuplar yazıp, şiirler düzme. Benim seni yaktığım gibi, yaktığım ateşlerden daha büyük bir ateşte yak beni. Beni yazıp durma! Bir kelime yaz, bam telime mızrap vur! Bir söz söyle, hasret çuvalına mızrak vur. Deş içimi, yar sadrımı, gör içimdeki kıya-

metini bekleyen mahşeri. Söz kalabalığı yapma. Bir kelime yaz. Sadece bir kelime…

Yaz ki yollara düşeyim! Dağları sırtımda, çölleri göğsümde taşıyarak sana koşayım. Cehennemleri söndürsün yazacağın tek kelimen. Şems'in, yoluna kurban olsun. Kanat vursun Perende'n, gelsin sadrına konsun. Durma yaz! Yaz bir kelime, saçlarım ağarsın, sabahlarım gecelerime kafa tutsun. Haydi, durma yaz! Yaz ki güneşi yakala, indir gök kubbeden. Sadece bir kelime istiyorum. Yazabilecek misin?

Mektubu okurken dizlerimin bağı çözülüyordu, hem sevinç hem "acaba"ların sancısından... Acaba onu getirecek o kelimeyi yazmaya güç yetiremezsem?.. Ne olabilirdi istediği söz? Neydi o kelime? Kelimelerim göklere uçtu, aklım buharlaştı. Bütün düşünceler yavan, bütün sözler yalın kalırdı Şems'in dilediği kelimenin yanında. Odasına girdim, ufak bir işaret arıyordum o esrarengiz, o tılsım kokulu kelimeyi bulmak için. Koynuma soktuğum mektubu çıkarıp, tekrar tekrar okudum. Derin bir âh çekerek okudum. Oturdum Acem kilimin üzerine. Hatıralar içinde bir başka hatıraya geçiyordum. Her bir hatıra, gözyaşımı pınarından sökerek kilime düşürüyordu. Kimsenin söylemediği, sadece Şems'imin bana hitap ettiği kelimeyi bulmuştum. Onun bana en çok söylediği kelimeyi bulmuştum. Duydukça yüreğimi hoplatan Şems'in bal ağzından düşen damlayı bulmuştum. Nihayet, gece boyu aradığım kelime gözyaşlarım ile yanağımdan dudağıma düşmüştü. Gözyaşlarımdan bir damlayı, divitin ucuna sürerek boş bir kâğıda tek bir kelime yazdım:

"HÂMÛŞ"…

O GELİYOR, O!

Aşk, düştüğü yeri yakıp kül eden ateşse;
Gönül, küllerinden yeniden doğan "mâbed" dir…

Şems'ten bir haber geldi. Şam'dan Konya'ya döneceğini yazıyordu. *Elhamdülillah!..* Hemen yola çıkmak istedim ama oğlum Sultan Veled ve Hüsameddin, gitmemem için yalvardılar. Onlara göre, üzüntüyle bu kadar yıpranmış bir insan için bu, uzun ve tehlikeli bir yoldu. Alaeddin:

- Ben de ağabeyimle birlikte gideceğim Onu geri getireceğiz; gerekirse zor kullanacağız!

- Şems, tatlı sözlerle ikna edilmeli. Sen burada kal. Sultan Veled gidecek.

Alaeddin kaşlarını çatmıştı. Kızgınlıkla aldığı nefes, burun deliklerini her defasında daha da genişletiyordu. Bir evladın, babasına bu kadar sitemkâr bakması, bir babayı nasıl üzerse, işte ben de öyle üzülmekteydim. Şimdi göz göze olsak da öfkesini sesinden fark edebiliyordum.

- Niçin ağabeyim gidiyor? Niye her zaman onu kayırıyorsun?

Elimi, omzuna koydum. Sinirli halinin yavaş yavaş geçmeye başladığını hissedebiliyordum. Bir babaydım ve karşımdaki genç, benim evladımdı. Gençliğinden gelen ateşi anlayabiliyordum.

- O senden daha büyük ve daha bilgili de ondan…

Alâeddin sakinleşmişti. Bu kez daha yumuşak bir ses tonuyla,

- Eğer haydutlarla karşılaşırsa kitaplar ne işine yarar? dedi.

- O seçildi, sen değil. Ağabeyin, Şems'in huyunu suyunu içinizde en iyi bilenlerden olduğundan, getirmeye o gidecek.

Sultan Veled, yanında yirmi dervişten oluşan bir kervanla birlikte, Şam'a doğru yola çıktı. Sultan Veled, Tebriz Güneşi'ni kendileriyle birlikte geri dönmeye ikna etmek için yanına armağan olarak iki kese gümüş akçe, pahalı halılar ve pirinçten süslemeler alır.

Kervan yalnızca su kuyularının yanında duraklar ve üç gecenin ikisini eyerleri üzerinde uyuyarak geçirir. Güneşin yaktığı tepeler boyunca Toros Dağları'nı geçer. Geceleri kervansarayların yanından duraklamadan geçerler. Atları, kanat takmışçasına sürerler. Neredeyse rüzgârla yarışacak hızdadırlar.

Nihayet Şam'a girerler. Hemen hanı bulurlar. Sultan Veled, beraberindekilere avluda beklemelerini, kendisinin yalnız başına odaya çıkmasının daha uygun olacağını tembihler. Besmele çekerek odanın kapısını vurur. Ses yoktur. İkinci kez vurur. Yine ses yoktur. Üçüncü kez vurur. Sessizce bekleyiştedir.

- Kapımıza değil kalbimize vuran buyursun!

Girer usulca içeriye. Şems'i, bir sedire bağdaş kurup oturmuş ve karşısındaki bir genç ile satranç oynarken bulur. Şems, Sultan Veled'i gördüğünde görmemezlikten gelerek satranç oynamasına devam eder. Bekler. Bekler. Tam bir saate yakın ayakta olduğu yerde bekler Sultan Veled. Aldığı terbiyenin gereği, destur verilmeden hareket edilmez. Babasının yetiştirdiği, erdemli delikanlıdır Sultan Veled. Şems:

- Mevlâna oğlunun burada ne işi var?

- Efendim, size bir emanet getirdim.

- Neymiş getirdiğin emanet?

- Babamdan bir mektup...

Şems, Sultan Veled'in kendine uzattığı mektubu alır ama okumadan masanın üzerine bırakır. Sultan Veled, mektupta yazılan mesajı tekrarlayarak,

- Konya halkı, kendilerini affetmenizi diliyorlar. Tıpkı babam gibi onlar da geri dönüşünüzü bekliyorlar.

Şems başını sallar ama bir şey söylemez. Kısa süren sessizliğe, yine Sultan Veled son verir.

- Konya'ya dönecek misiniz?

- Babanın yazdığı bereketli tek kelimeye bağlı.

- Yazdığına inanıyorum.

Şems zarfı açarken, Sultan Veled sedir önünde çıkarılmış bir çift pabucu eline alır ve pabucun ucunu Konya yönüne doğru çevirir. Şems gördüğü manzara karşısında gülümser:

- Tam babanın oğlusun. Aferin sana, mesajını güzel iletiyorsun. Eh, bana düşen de yola düşmek ve Mevlâna'ma dönmektir.

Bu, yeni bir Şems'ti. Artık hiddet ve sabırsızlıkla kıvılcımlar saçmıyordu; adeta bütün sesler, bedeni tarafından emilmiş gibi sessizliğe bürünmüştür.

Sultan Veled, yolculuğunun boşa geçtiğinden ve geriye tek başına dönmek zorunda kalacağından korkarak, beraberinde getirdiği hediyeleri koymak dileği ile aşağı iner, dervişlerle getirdikleri hediyeleri Şems'in önüne serer.

Şems omzunu silker:

- Bu oyuncaklara ne ihtiyacım var? Bunları civardaki yoksullara dağıt da kendilerine yiyecek bir şeyler alsınlar. Yanımda Mevlâna olduktan sonra hiçbir yiyeceğe ihtiyacım olmaz.

Sultan Veled, Allah'a şükrederek:

- O halde hemen yola çıkmalıyız.

- Manevi yolda yürümek üç şeyi gerektirir. İlki Allah'ı zikreden bir dil. İkincisi Allah'a hamd eden bir yürek. Üçüncüsü ise sabırla bekleyen bir beden.

Sultan Veled, kendine sunulan bilgelik hediyesi için teşekkür eder. Babasını bu kadar mutlu edecek bir müjde olamaz. O anda kendisinden mutlu insan yoktur, başarmıştır. Dervişin birini, kendilerinden önce Konya'ya yetişmesi ve müjdeli haberi iletmesi için hemen yola salar.

İki saat sonra yola çıkarlar. Şems, dostunun oğlundan o kadar memnun kalmıştır ki yol boyunca birçok sırrı onunla paylaşır. Şems ona Kuran'dan ve tasavvufun hikmetli mesajlarından bahseder. İlerledikleri derunî yolculukta önlerinde manevi manzaralar serilirken Sultan Veled'in gözlerinden yaşlar boşanır. Geceleri konaklayıp uykuya daldıklarında, Sultan Veled diğer âlemlere geçer, geri döndüğünde ise, sabah gördüğü rüyaları Şems'e anlatır. Üç hikmet umdesini unutmamaya çalışmaktadır: Allah'ın adını sessizce zikretmek, hem hayır hem şer için şükretmek ve hızını yavaşlatıp kendini Şems'e ayarlamak. Uzun yolculuk bitiyordu; Tebriz Güneşi, Konya'ya yeniden doğmak için şafağı beklemektedir.

Yollara sular dökün,
Bahçelere müjdeler edin,
Bahar kokuları geliyor,
O geliyor, o...
Ay parçamız, sevgilimiz, yârimiz geliyor.

Yol verin, açılın, savulun.
Beri durun, beri...
Yüzü apaydınlık, ak pak,
Bastığı yeri ardında gündüzler gibi bırakarak
O geliyor, o...
Ay parçamız, sevgilimiz, yârimiz geliyor...

Gökler yeryüzünü kapladı, örttü bir anda.
Bir anda dört yanı misk gibi bir koku sardı.
Bir anda bir velvele, bir kıyamet koptu cihanda.
O geliyor, o.
Ay parçamız, sevgilimiz, yârimiz geliyor.

Bir anda can geldi bağlara, bağlar ışıdı.
Bir anda açıldı baktı bağlara gözler.
Bir anda bizde ne gam kaldı, ne dert kaldı, ne keder.
O geliyor, o...
Ay parçamız, sevgilimiz, yârimiz geliyor...

Yayından fırladı ok.
Hedefe ha vardı, ha varacak.
Bahçeler selama durdu.
Selviler ayağa kalktı.
Çayır çimen yollara düştü.
İşte konca, ata binmiş geliyor.
Biz ne duruyoruz?..
O geliyor, o...
Ay parçamız, sevgilimiz, yârimiz geliyor...

Sen bizim yöremize gelirsen göreceksin, ey Şems,
Huyumuz sadece susmak olmuş bizim, susmak...
Senin güzel gözlerin için işte canım pusuda.
Rahatım kaçtı benim,
Geceleri uykum kalmadı gitti ama,
Bak işte o güzel günler yola çıkmış geliyor.

Hiç bitmeyecekmiş gibi gelen o uzun gece sona ermişti ve güneş gökyüzünü, yıldızlardan emanetini alıyordu. Bu gün, Şems'in yuvasına döndüğü gündü. Şems'in gelmekte olduğu haberi her yana yayılmaya başladı ve insanlar şehir surlarının üzerinde bana eşlik etmeye koştular. Güneş tepeye yükseldiğinde surların üzerinde yüzlerce insan toplanmıştı. Ulema ve tüccarlar, zanaatkârlar ve köylüler, Müslümanlar, Hristiyanlar ve Museviler, hepsi de yolcuları bekliyorlardı.

Perende'mi dualarla karşılamak istiyorum. Ellerimi açmışım semaya, dudaklarımdan şebnem şebnem dualar okuyorum:

"Ey Allah'ım! Şems'in ikinci gelişine hazır kıl beni, ilk kez buluşuyormuşçasına selamımıza tatlılık bahşet. Etrafında kuru gövdeler dizilmiş ilk buluşmamızı sevince dönüştür!..

Ey Allah'ım! Bize ne ayrılığın acı kadehiyle sulanmış bir ömür, ne nerede olduğumuzu bilmeyen, bize uğramayan bir sevgi, ne de sevinç dışında yakılmış mumların olduğu bir gece nasip eyle!"

Uzaktaki toz bulutunu ilk gören Hüsameddin oldu:

- Bakın! Efendim geliyorlar! Müjdeler olsun, sağ salim döndüler işte!

En öndeki atın üzerinde Şems vardı ve yanında bir genç koşuyordu. Koşan oğlumdu, Sultan Veled'imdi. Çocukken bana sarılmak için koştuğu gibi koşuyordu. Hayırlı evladım benim!..

Yaklaştılar. Yaklaştılar. Daha da yaklaştılar... Kalbim yerinden fırlayacak gibi atıyordu. Titreyen ayaklarıma inat, dayanamadım koştum. Koştum. Şems'ime koşmak şanım olsun diye koştum. Atının yanında soluk soluğa durdu. Atından aşağıya inmesine yardım edilirken gözlerinde tebessümler vardı.

- Özlemişim gülüşünü güneşim. Hoş geldin Perende'm!..

- Hoş buldum Hamuş'um!..

Bir hafız yanımızda Kuran okurken iki dost birbirlerimize sarıldık. Koklaştık. Bayılacak kadar sevinçteydim. Sonra maşuğumun eline kapandım:

- Bir daha bu acıyı yaşatma!

BU SEFER AŞK AĞLADI

Âşıkların gönüllerinin yanışlarında kıvılcımlar vardır. Gönüllerini, sevgiliye vermiş olanların gönüllerindeki derdin belirtileri vardır. Sen, hiç duymadın mı? Yanıp yakılanların gönüllerinden çıkan, ateşli bir "ah" da Allah'ın rahmet huzuruna geçer, gider.

Güneşin son ışıkları gökyüzünden süzülüp, yerini kızıllığa bıraktığında ikimiz Şems'in odasında hasbıhal edip hasret gidermeye çalışıyorduk. Şems'in dönüşüne hâla inanamıyordum. Bir yandan gelişinin mutluluğuyla sarhoş bir halde, diğer yandan da içimde adını koyamadığım bir sıkıntı vardı.

-Sormak istediğim bir şey var.

Şems zikir yapıyordu. Zikrini bitirdi. Sustu. Odanın içindeki sessizlik uzadı. Konuşmak istemez bir hâli vardı. Duramadım, "Sor!" demesini beklemeden:

- Beni niye terk ettin?

- Buradan uzaklaştırıldım.

- Ama niçin benden uzak kaldın, sensizliğin cehennemden beter olduğunu bilmez miydin?

- Seni asla terk etmedim. Seni nasıl terk edebilirim ki? Biz ikimiz biriz.

- Peki niye senden hiçbir haber çıkmadı? Çok acımasızdın.

- Sessizliğim senin için bir ders, yokluğum ise bir imtihandı. Piştiğini anlamanın yolu yokluğumdu.

- O vakit, sınavı geçtim mi?

- Hem evet, hem de hayır...

- Neye evet ve neye hayır, açıklar mısın?

- Sen bul cevabı.

- Ben senden duymak istiyorum.

Şems olduğu yerden ayağa kalktı. Öylece bir şey demeden durdu. Tekrar oturdu. Bana dönerek:

- Evet, sınavı geçtiğinin cevabıdır.

- Ya hayır?

- Beni aramaya başladın ama hâlâ bulabilmiş değilsin. Bulduklarının yalnızca benden geriye kalanlar.

- Seni nasıl bulacağım, yetmedi mi sabrım, bitmedi mi sınavlarım?

- Daha pişmen gerek. Bundan sonraki hasbıhallerimle, sınavlarınla tam pişecek ve beni bulacaksın.

- Tekrar mı sır olup, ardına bakmadan mı gideceksin?

- Bir daha seni asla terk etmeyeceğim ve ardından kefaretimi ödeyeceğim.

- Neyin kefareti?

- Vakti gelince öğreneceksin.

Şems, benim düşüncelerimi okuyarak,

- Senin özlemini arttırmak benim görevim, bütün arzunu bir tek noktaya yönlendirmelisin. Öyle ki, bana duyduğun sevgi bir sonraki nefesine duyduğun sevgiden daha fazla olacak. Mürşide duyulan sevgi gerçek sevgi olmasına rağmen bu yalnızca bir başlangıç. Bir

başka insana teslim olmak büyük bir başarı değil, bu yalnızca bir köpeğin sahibine duyduğu bağlılıktan biraz fazlası...

- Peki, ilâhi aşk nasıl? Beşeri aşktan farkı ne?

- Allah'ı sevmek başka bir şeydir. Mürit, Allah'ı, mürşidini sevdiği gibi severse ilerleme kaçınılmazdır. Bütün arzular bir tek arzuda toplandığında, bütün hasretler bir tek hasret olduğunda, yani insan Allah'ın huzurunda olmak için yanıp tutuştuğunda, bir başarıdır bu. O yüzden sana demek istediğim şu:

- Ben senin son engelinim. Yalnızca Allah'a yaklaşmalısın!

- O zaman, kalabildiğin kadar uzun kal.

- Ne kadar kalacağıma Allah karar verecek.

Şems, bir kez daha medresenin kapanmasını emretti. Kapıları kapalı bulan müritler bana geldiler ama yanımda ellerini göğsüne kavuşturmuş bir halde Şems'i görünce, gelme niyetlerini saklı tutarak geri gittiler.

Şems ile birlikte, karanlık bir odaya kapandık yeniden. Her şey eski günlerdeki gibi güzelleşmeye başladı. Derûni sohbetler, efsûni yolculuklar, enfûsi hasbıhaller tadılmayı bekliyordu. Şems'in varlığıyla daha da kendimden geçiyordum. Uçuyordum; bilincim artık bedenimin kafesinde değildi.

Bir gün Şems bana sordu:

- Ömer Hayyam "Kimse aşkın sırlarına ulaşamadı. Ulaşanın da başı döndü, düştü oracığa." diyor, sen ne dersin Mevlâna?

- Hayyam, kendi çaresizliğini ifade etmiş. Onun başı dönmüştü. Sırra ermeyi beceremedi, daha ilk basamakta ayağı titremiş, başı bulanmış olacak ki, kimi zaman feleği, kaderi ve bazı anlarda da ilahi iradeyi suçlar. Bu başı dönmüşlükten dolayı, bazen sırrı inkâr eder, bazen de aşkı feryat etmeye yeltenir. Dağınık, anlaşılmaz sözler söyler. Sabaha imana uyanır, gece münkirliğe yatar. Hayyam bu, ermek bir yana, ermenin kıyısına yaklaşmaya cesaret edemeyecek kadar ürkektir. Önüne şarabı koy, karşısına kadınları diz, zevkten coşsun dursun. Keyfinden taviz vermeyen, ilahi sırra ulaşma yolunda karıncadan bile geridir.

Şems sözlerime öyle güldü ki, odanın dışındaki dervişler bile bu gülme sesi kime ait diye şaşırdılar.

- Helal olsun seni doğuran anaya, rahmet duaları gönderiyorum seni yetiştiren babana! Ne yiğit bir evlat getirmişler. Boşuna gelememişim, bu soruyu kime sordumsa zülf-i yâre dokunur diye kemküm terleyip cevap veremedi. Beklediğim cevap buydu. Pişiyorsun. Senin için bin çile dağını un ufak etmem gerek olsa değersin! Vallahi değersin! Tallahi değersin!

Kalktı, sarıldı boynuma. Girdi koluma ve namaz kılmak için mescide geçtik.

Namazı Şems kıldırdı, ben tesbih duası okudum. Şems'e sordum:

- Onca insan arasında niye beni buldun?

- Ben kul arar idim, gördüm ki herkes Allahlık peşinde koşuyor, bir tek kul seni buldum ya Mevlâna. Kalpleri hırs mezarında çürürken, gözlerini cennete çevirip birbiri ile çekişen din adamlarını gördüm. Dilinde aşkı konuşup, tembelliği sabır sanıp, maneviyattan dem vurarak aşkı, makam için, şöhret için satan riyakârları gördüm.

- Evet, bilmeden Allah adına hüküm verir olmuşuz. Şu cennetlik, şu cehennemlik der olmuşuz. Bâtıni bilmeden sırf zâhire bakarak ve onun hakkında Allah'ın ne takdir ettiğini bilmeksizin hüküm verir olmuşuz. Kendi taşıdığımız kalpten bihaber iken kimin cennete veya cehenneme gideceğine karar verir olmuşuz.

- Evet, Mevlâna'm. Tüccarlar yanında çalışana serzenişte bulunur "Rızkını ben veriyorum daha ne nankörlük ediyorsun! "diye. Hakiki Rezzak'ı unutur da kendini "Rezzak" sanır.

- Dünya hırsını terk edip mâna hırsına dönmüşüz de gerçek maksadın her dem hakiki kulluk ve Allah rızası olduğunu unutmuşuz.

- Mevlâna'm sana Süfyan-ı Sevrî'yi anlatayım. Süfyân-ı Sevrî hazretlerinin gençliğinde sırtı kamburlaşmıştı. Sebebini sorduklarında; "Üç üstada talebelik yaptım. Hepsi de zamanının en âlimleriydi. Ölüm zamanında üçü de dünyadan imansız gittiler. Ben onların hâlini görünce korkudan omurga kemiğim eğrildi buyurmuştur.

- Sen ve ben keşküllü derviş gibiyiz. Eski devirlerde bazı dervişler, kenarlarında halkalar bulunan oval bir kabın, yan tarafındaki halkalarına ip geçirerek boyunlarına asar, kalabalık yerlerde nefsi terbiye amacıyla sadaka toplarlarmış. Sadaka vermek isteyen kişiler de dervişin boynunda asılı olan ve adına keşkül denilen bu kaba usulü gereğince niyazlarını bırakırlarmış.

- Harikasın Mevlâna'm! Elbette keşkül, bir himmet kabıdır. "**Gâni olan Allah'tır. Sizler fakirlersiniz**" (Muhammed suresi/38) âyetinde işaret edildiği üzere şu bir gerçek ki; sadece biz değil, herkes Yaratan'a muhtaç boynunda bir keşkül ile dolaşmalı.

Şems, benimle beraberken dergâhtaki herkes dahil olmak üzere yanımıza gelmesini yasaklamıştı. Kerra Hatun buna boyun eğdi ama Şems'e karşı itaatkâr olduğu için değil, benim üzülmemi istemediği için...

KİMYÂ ŞEMS'E ÂŞIK, ŞEMS KİMYASIZLIĞA

Bir duru bakışınla doğurmalısın beni, sen, ey kanımda aşkı arşınlayan hüzün! Öyle bir sükûtla ateşlerde yürümeliyim ki; hem gecenin dili çözülsün, hem de gündüzün.

Şemsi kaç kez hane soframa davet ettiysem hiçbirini kabul etmemişti. Ben onu ailem ile aynı sofrada görmekten mutlu olacaktım. Oysa o bu çeşit oturmalardan rahatsız oluyordu. Dışarıda hırçın bir şahin gibi gözüken öyle görülen Şems, dergâhta odasında bir serçe gibiydi. Bazen üşürdü, titrerdi, üzerini örtmeye kalkıştığımda "İlişme, iliklerime kadar üşümeliyim, soğuktan üşümüş garibanları hatırlayayım!" derdi. Kerra Hatun ile Şems hakkında sohbet ederken, kızım Kimyâ pürdikkat anlattıklarımı dinlerdi gizli gizli. Dikkatimi çekti ve ona sordum:

- Şems'ten sakınıyor, korkuyor musun?

- Hayır, ama çok ketum birisi, sanki bu dünyanın adamı değilmiş gibi, hiçbir davranışı sıradan halk adamlarına benzemiyor. Bir şey sorsam uygun mudur?

- Sorabilirsin.

- Şems için şiir okurken mısralarına " Ey sevgilisi bile olmayan sevgili!" diye başlıyorsun ya babacığım.

- Evet, ne var bunda?

- Şems gibi birisini seven bir kadın neden olmamış ki, bunu anlayamıyorum.

- İlahi Kimyâ'm, güldürdün beni! Mesele Şems'i seven kadınların olup olmaması değil. Çoğu kadınlardan uzaktan uzağa Şems'e âşık olan vardır.

- Neden uzaktan uzağa sevmişlerdir?

- Yakınına kadınların yaklaşmasına izin vermez de ondan.

- Kadınlardan nefret mi ediyor?

- Elbette hayır.

- Bağlı kalmaktan mı hayatında hiç kadın istemiyor?

- Biraz öyle, biraz da çocukluğunda nefsi arzulardan, dünya isteklerinden nefsini terbiye etmiş. Bizlerin haz duyduğu hiçbir şeyden haz almıyor varsa yoksa Allah aşkı ve Allah âşıklarına gönüldaşlık etmek...

- Babacığım ailesi yok mudur, neden yaban ellerde dolanmış durmuş?

- Küçük yaşlarda bütün ailesini kaybetmiş. Kan bağı olarak kimi kimsesi yok. Diyar diyar beni aramış.

- Gerçekten mi?

- Evet kızım.

- İlahi aşka ermek kolay mıdır babacığım?

- Aramak gerekir, adamak gerekir, çok uzun ve derin bir konu bu; gece gündüz konuşsak zaman yetmez.

- Peki, kadınlar da ilahi aşka erebilir mi?

- Elbette, ilâhi aşka vasıl olmada cinsiyet şartı yoktur. Sahabeden birçok hanım, Peygamber eşleri ve başta Hz. Hatice olmak üzere ismi geçen bütün annelerimiz ilahi aşka vasıl olmuşlardır.

- Dilinden düşürmediğin Rabiatü'l- Adeviyye de mi?

- Evet, çöl aslanı Rabia da Allah dostlarından olan bir hanım velidir.

- Ben de onun gibi olabilir miyim?

- İstemek ermenin yarısıdır.

- Kalan yarısı ne?

- İlahi aşka götürecek gönüldaşın gelmesi.

- Şimdi ben bu bilinmeyen gönüldaşımı mı bekleyeceğim?

- Nasip...

Kimyâ kızımın Şems'e karşı başlangıçta merak ile başlayan bu ilgisinin, sonradan gittikçe derinleşen bir aşka dönüştüğünü bilmiyordum. Ancak zaman geçtikçe, gönlünün Şems'e aktığını anlamıştım. Buradaki müşkil Şems tarafındandı. Aksi bir tavır gösterip Kimyâ'nın hayalleri başlangıçta kırılırsa ne yapardım? Ya Şems Kimyâ'yı tersler, çeker giderse nasıl dayanırdım? Bir yanda Şems, diğer yanda ciğerparem Kimyâ. Meseleyi Kerra ile konuşsam ne Kimyânın sevdasını anlardı, ne de onu Şems'e yakıştırırdı. Meseleyi Sultan Veled ve Hüsamettin Çelebi'ye açtığımda ikisi de olumlu buldu. Onlara göre de bu hususta Şems'in yaklaşımı önemliydi. Şems'in ne diyeceği tam bir meçhuldü. Nihayet mevzuyu Şems'e usulünce aktardım. Düşündü. Sustu. Uzunca düşündü.

- Bu fikrin esası, benim bir daha Konya'dan gitmeme karşı tedbir mi?

- Hayır.

- O senin kızın Mevlâna!

- Ne olmuş?

- Konya çalkalanır, Kerra köpürür. Haydi, bunları geçelim; benim kadınlara karşı tavrımı biliyorsun sanıyordum. Bu yaşıma kadar hayatıma hiçbir kadını almadım. Evlilik düşünseydim, Arab'ın, Acem'in, Hind'in kızlarından birini alırdım.

- Kimyâ sıradan bir kadın değildir, ilahi aşk için çırpınıştadır.

- Kadına ayıracak vaktim yok benim. Ben senin için gelmişim. İlahi aşk yolunda kızına vereceğim bir şey yok. Nem varsa seninle paylaştım. Başka bir gönüldaş ara Kimyâ'ya.

- O seni istiyor.

- Ben istemiyorum! Seni üzerler, başta ev halkın tepki gösterir. Benim kimseden çekindiğim yok ama senin üzülmeni de seyretmeye dayanamam. Ben buraya evlenmeye gelmedim. Allah'tan sırrıma eş istedim, yatağıma eş değil. Ben şehvet, kadın, daha ne kadar dünyalık güzel nimetler varsa gönülden mahrum kıldım kendime. Çok seneler oldu içimde dünyayı boğalı. Rabbimden Hak aşkı yolunda dost istedim. Seni nasip etti. Geldim, senin için. Gittim, yine senin için. Yandım. Yakıldım. Dayandım. Allah kısmet etti döndüm, senin için. Şimdi sen "Evlen, evlen" diye tutturuyorsun.

- Ama ben, senin de sırtın açık kalmasın istiyorum.

- Otur, sana bir hikaye anlatayım:

- Şeyhin birisi, dervişinden birini evlendirmeye niyetlenir. Şeyh ve dervişler, kızın evine giderler, dünür olurlar. Eve gitmeden önce şeyh, dervişini uyarır:

- Evlat, bir ömür boyu hayat arkadaşın olacak, iyi karar ver.

Neyse kız, kahve, çay getirir. Derviş pek beğenmez kızı. Dergâha dönüşte şeyh dervişlerinden yüz metre önden gitmekte, dervişler arkadan gelmektedir. Dervişler kendi aralarında durum değerlendirmesi yaparlar.

- İhvanım, ne yaptın? Kızı beğendin mi?

- Yok sofim, beğenmedim.

- Niye, nesi vardı da beğenmedin kızı?

- Bir bacağı var, çöp gibi. Zayıf, sıska, kara kuru bir kız. Kadın dediğin, etli butlu olmalı.

O esnada yüz metre uzaktan geriye dönen şeyh bağırarak dervişe seslenir:

- Evlat biz kız almaya geldik, kasaptan et almaya gelmedik!

Şimdi Hamuş'um ben buraya kız almaya gelmedim, naz almaya geldim. Közden öz almaya geldim.

- Benim mutlu olmam, seni çok sevindirmez mi Şems?

- Elbette…

- O zaman mutlu olmam için Kimyâ ile evlen, odanda yanı başında olsun, manevi yolculuklarda eşlik et, abdest suyunu döksün, gece üşüdüğünde sırtını örtsün. Benim hatırım için evet desen…

- Onunla bu hususu konuşmadan cevap veremem.

- Oldu o vakit ben onu sana göndereyim.

- Gül bahçesine gelsin. Senin kızın da olsa yalnız başına odama gelmesi uygun değildir.

- Ben de öyle düşünmüştüm. Birazdan onunla gül bahçesine geliriz.

ŞEMS'SİZ NASIL GÜLSÜN GÖNÜL GÖZÜM

Biliyorum sözlerini sözlerimden alacaksın,
Zaten sözlerin bitimi değil midir ömür denen şey. Anladım,
gözlerini gözlerimden düşüreceksin, gözlerin düştüğü zemin
değil midir kara toprak? Ateşlere verdim günleri,
seneleri, dumansız efkârımı şakaklarıma
alıp da gidiyorum güneşi öpen şafaklara.

Şems'i tanımadan önce ben, acıkınca bir kap çorba içer, doyardım. Üşüyünce de ocağıma iki odun atıp ısınırdım. Fakat şimdi, dünyanın bütün çorbalarını içsem doyamam... Çünkü biliyorum ki, dünyada açlar var. Dünyanın bütün odunları yansa ocağımda, artık beni ısıtmıyor. Zira biliyorum ki, yeryüzünde üşüyenler var. Hiçbir şey yemiyor, hiçbir şey içmiyordum. Herhangi bir insan bu şartlarda tükenip giderdi; oysa ben yalnızca bir tek kaynaktan gelebilecek olan bir güçle sema yapıyor, ağlıyor ve şiir okuyordum. Beni ayakta tutan tek şey Allah'ın inayetiydi; yere yığılıp kalmamı engelleyen Rabb'ime duyduğum tevekküldü.

Yanıma eşim, Alaeddin hariç bütün çocuklarım ve iki yarenim Selahaddin Zerkûbi ve Hüsamettin Çelebi'nin girmesine izin veriyordum.

Kâh oğluma dönüyor:

- *Bana onun bir rüyadan başka bir şey olduğunu, tıpkı diğer insanlar gibi, bir bedene bürünüp yürüdüğünü söyle .*

Kâh dostlarıma:

- *Öğrenin bakalım böyle bir insan var olmuş mu? Kuşağı burada duruyor, ayakkabılarının önü yıpranmış. Ayakları şuraya basmıştı, Beli bu kuşakla sarılmıştı. O yaşadı dostlarım, öyle değil mi?*

Kâh da eşime yalvar yakar bir ses tonu ile:

- Şems var iken kadir kıymet bilmeyenler, onun yokluğunda beni teselli etmesinler.

Artık Şems olmadığına göre, Konya'nın ileri gelenleri kendime gelmemi dört gözle bekliyorlardı. Uzun bir zamandır ortalıkta görülmüyordum. Hüsameddin'e sağlığım hakkında sorular soruluyordu ama ne söyleyebilirdi ki? Daha önceden kim böyle bir derde şahit olmuştu? Hüsamettin, yanıma gelip insanlara söyleyecek bir şeyi olup olmadığımı sordu ve geriye şu sözlerle döndü:

- Şems ile tanışmadan önce ham idim. Ardından piştim. Şimdi ise yanıyorum.

Şems'in şehadetinden haftalar sonra ilk kez insanların arasına çıkıyordum. Eğer Konya halkı daha önceleri beni hiç görmemiş olsaydı, şimdi çarşıda divanece yürüyen adamı Konya'ya gelmiş bir yabancı sanacaklardı.

- Aman ya Rabbi! Bir yüz bir iki haftada bu kadar mı soluklaşır? Mum gibi erimiş bir vücudu titrek bacakları nasıl oluyor da taşıyabiliyor?..

- Sakalında ağarmamış bir tek kıl kalmamış. Gözlerinin feri sönmüş, alnındaki kırışıklıklar, yanağındaki kıvrımlar uçurumlaşmış adeta.

Halk merak ve hayret içerisinde beni süzedursun, bense gözlerimde yaşlarla pazaryerine gidip bağırmaya başladım. İnsanlar önce mürşitlerini görmenin heyecanıyla toplanmaya başladı ama hemen ardından duydukları karşısında dehşete kapıldılar.

Birisi,

- Kendine hâkim ol! dedi.

- Hayatım boyunca kendime hâkim oldum. Artık sel suları beni nereye istiyorsa oraya sürükleyebilir.

İnsanların ne düşündüğüne aldıracak halde değildim. Tozun toprağın arasına düşüp bir meczup gibi yerlerde yuvarlandım.

ŞEMSİN ŞEHADETİ SONRASI GELEN ÖZÜRLER

Ey Şems'i anlamayanlar, ey yüreğimi okuyamayanlar! Sanmayın ki gözyaşım tükenir. Şems için deryaları yutmuşum ben. Hüseyin efendim misali vefasızların kahkaha çınlattığı çöllerde susuz kalsam da. Sizden bir damla su alırsam nâmerdim.

Şems'i ve beni anlamadılar. Şems'e bakar bakar doymaya çalışırdım, ona nazar eder naz hakkımı kullanırdım. Kâinat başlı başına nazar ve naz tılsımını yayar.

Şems'i seyretmek benim naz hakkımdı. Sahabeden Enes b. Malik sık sık peygamberimizin (s. a. v.) evine gidiyor, onu seyre dalıyordu. Çoğu zaman da kapıyı aralıyor oradan bakıyordu. Sordular:

- Neden böyle yapıyorsun?

- Rasulullah'a doymak için. Ona baktıkça doyuyorum. Naz hakkımı kullanıyorum.

Beni tenkit edenler yanıldıklarını zaman içinde anladıklarında özürlerini sunmaya fırsat kolluyorlardı. Şems'ten sonra halkın arasına pek sık çıkmıyordum. Benim Şems ile dostluğumu çekemeyenler, aramızdaki hoca-mürşid irtibatını kendi kafalarına göre bir kalıba oturtuyorlardı. Çocuklarla sokakta oyun oynamamı bir ilim adamına yakışmıyor diye tenkit ediyorlardı. Halkın bu husustaki tenkitleri belli bir ölçüde makul görebilirim, ancak Peygamberimizi anladıklarını iddia eden sözde molla kısmını anlamış değilim. Peygamberimizin torunları, kendi kızları ve ashabın çocukları ile nasıl oyunlar oynadığını okumamışlar mı?

Benim dergâhıma gelenlerin ve bana mürid olanların meslek, konum ve seviyeleri düşük insanlarla hasbıhal ediyor diye beni ayıplamaları ayrı bir yaradır. Hatta bir keresinde, Şeyh Kirameddin bana yolda rastladığında:

- Mevlâna, neden sarayda yapılan ziyafetlere katılmıyorsun, etrafına geçmişte suç işlemiş, tahsili olmayan ve işsiz güçsüz düşkünleri toplamışsın. Ne işin olabilir onlarla, gel senin müridlerin de, seçkin insanlardan olsun. Kötülerle ne uğraşıp yorarsın kendini?

- İyilerle herkes iyi olur, mesele kötüyü iyileştirmektir. Siz saraylarda seçkin, asil dediğiniz zengin tabakanızla sohbetlerinize devam edin. Çeşit çeşit yemeklerin ziyafetinde sahabenin çektiği açlığı anlatın durun. Sorarım şimdi, peygamberimizin yolunda olduğunuzu söylersiniz, peki peygamberimizin ne zaman ümmet kayırmıştır. O, "Ben kuru ekmek yiyen bir kadının oğluyum" dememiş midir? Halka kucak açmazsan Hakk'a kul olduğunu nasıl söylersin?

Konya'da ulemadan arkadaşlarım çoktu. Şems geldikten sonra azalır, benden kaçar oldular. Bir tek Sadreddin Konevî ahde vefa gösterenlerdi. O da benim misalim, gösteriş ve zenginlikten uzak dururdu. Ne de olsa Muhiddin Arabi Hazretlerinin desturunu almıştı. Babalığı büyük kutupdu. Sade ve mütevazı bir hayatı öğretmişti üvey oğluna. Tasavvufun gıdaları ile beslemişti onu.

Sadreddin Konevî ile hadis dersleri mülahaza ederdik. Felsefe ve kelam sahaları dışında pek ayrı düştüğümüz olmazdı. Beni çekemeyenler ona gidip ikimizi mukayese ederek bizi karşı karşıya getirmeye çalışsalar da, nafile, o bu tür dedikodu oyunlarına önem göstermezdi. Oldum olası şöhretten ve zenginlikten uzak, sade yaşamaya gayret ettim. Zenginlik isteği en beter hastalıktır. Fakirdim, dergâha gelen bağışlarla dervişlerin iaşesini sağlıyordum, imamlık ve vaizlik hizmetimden aldığım düşük bir maaşla evimi geçindiriyordum. Bana hediye edilenlerin hepsini insanlara dağıtıyordum. Saraydan gelen erzakları, gece kimseler görmesin, muhtaçların onuru zedelenmesin diye karanlıkta dervişlerimle evlerine götürüp teslim ediyordum. Eşim Kerra bazen dergâhtan sırtıma çuvalı alıp çıktığımı gördüğünde:

- Biz açlık çekip zar zor karnımızı doyururken, sen gelen erzakları ona buna mı dağıtırsın? Bu nasıl bir iş anlamış değilim, dediğin de,

- Cennet nimetleri ile gıdalanmak istiyorsan geleni dağıtacak, fakiri sevindirip dualarını alacaksın, diyordum.

Fakirdim, insanları zenginlikleri ile değerlendirenlerden uzak durmaya başladım. Bazen insanlara hayret ediyorum; afetlerden korku ve ürperti ile şikâyet ediyorlar, sonra da büyük yoksulluklara sebep olan İskender ve Cengiz Han gibi talancılardan sınırsız övgü ve saygı ile bahsediyorlar.

Şems'in şehadetinden sonra günlerim, halkın özürnâmeleri ve helallik dileyenlerin ziyaretleri ile dolup taştı. Ne de olsa ölü sevici bir anlayışımız var. Yaşarken anlayamadıkları değerleri, öldükten sonra anlamanın kimseye faydası yok. Sevdiğinizi dirileştirmenin yolu, hayatın tazeliğinde itiraf ve ifade etmektir. Âhh!... Şems'imi yaşarken anlamayanlar, eleştirenler kapıma helalliğe gelmiş, neyleyeyim... Yine de kızmıyorum anlamadıkları için, anlasalar ben pişemezdim.

Kıskançlık ve çekememezliklerinin esiri olanlardan birisi geldi:

- Şems'i küçümseyen birisiydim. Onu, hor ve hakir görüyordum. Sizin dostluğunuzu yanlış anlatmışlardı. Gıybetinizi çok yaptım. Hatta içimden, Şems'i öldürseler, bir darbe de ben vursam diye niyetlendiğim olurdu. Şems'i dükkânımın önünden geçerken gördüğümde nefret dolu bakışlarla ardından bakardım. Evde çoluk çocuğumla sürekli onun dedikodusunu yapardık. Onun şehadet haberi şehirde yayıldığında" İnşallah öyle olmuştur, kurtulduk bir beladan!.." diye sevinmiş ve mahalledeki çocuklara dükkânımdan şeker dağıtmıştım. O günden sonra işlerim bereketsizleşti. Dükkânımı kaybettim, mallarım telef oldu, başım sıkıntıdan kurtulmaz oldu. Hepsinden daha beteri, uyku haram oldu. Ne zaman yatsam içimde bir daralma, boğulma hissi olmaya başladı. Zoraki uyuduğumda ise rüyamda Şems'i görüp, yataktan sıçrayarak uyanıyorum. Ne olur hakkınızı helal edin. Ne yapsam, ne eylesem de Şems'in hakkını ödeyip ruhumu huzura kavuşturmuş olsam?

- Benden yana helal hoş olsun, Şems'in de helal etmesini diliyorsan, şu kağıtta yazılı mahalledeki evde yetimler var, onlara erzak götür dualarını al, Şems yetimleri gözetir, sevindirirdi.

- Ama kağıtta yazılı mahalle bir Hristiyan mahallesi, Hristiyanlara mı yardım edeyim?

- Allah "*Kullarımı gözetin.*" diyor. Hristiyan, Yahudi, Mecusi veya Müslüman ne fark eder. Seni ısıtan güneş, diğer inançtan olanlara "Durun siz farklı inançtansınız, sizi ısıtamam!" mı diyor? Muhtaçların ihtiyacının giderilmesi için insan olması yeterli değil mi, hatta hayvan, bitki bütün yaratılmışların hayrına yapılan iş sâlih ameldir. Dediğim gibi yap.

Bir başkası sanki bana müjde yetiştirirmiş gibi gelerek:

- Acem diyarından gelen kervancılardan işittim. Fırat kenarında istirahat için konaklamışlar. Akşama doğru Rum diyarından geldiklerini söyleyen ve Konya'dan bahseden yedi derviş azık istemişler. Namazlarını kıldıktan sonra karşıya geçmek için atlarını sürmüşler. Ne olduysa o zaman olmuş, azgın su yedisini de sürükleyip gözden kaybetmiş. Yetişmişler nehre, ama ne mümkün? Sanki tufan gibi önüne ne düşerse yutacak şekilde akıyor su. Bu dervişler Şems için gelip sonra muamma olanlar olmasın.

- Öyleyse de değilse de Allah rahmet eylesin.

- Seni anlamıyorum Mevlâna Hazretleri. "Oh olmuş!" diye sevineceğin yerde, mahzunlaştın ve rahmet okuyorsun onlar için. Sen bu dünyanın adamı değilsin. Anlamıyorum.

-Sizin bizi anlamadığınız da bu ya. Biz aşk için gelmişiz. Dua için yaşıyoruz. Bedduadan beriyiz. Bizimle sizin farkınız buradan başlıyor ve gittikçe yayılıyor. Ne yaparsan yap, takdir-i ilâhi mutlaka tecelli edecektir. Dua almaya bak ey misafir, şimdi benim dergâhımda olduğun gibi, dünyada da misafirsin unutma bunu. Buna göre yaşa. Şems'ime dua okumalıyım, müsaadenle uzlete geçmeliyim.

AŞKA BAĞLILIK SÖZ İLE DEĞİL DAVRANIŞ İLE OLUR.

Artık yoksun, nasıl kavuşalım?..
Aşkta ayrılık olmaz, gel gönülden konuşalım...
Aşkta yanalım ikimiz. Âşıklar yanar bilirsin;
Aşkta dirilelim ikimiz. Âşıklar ölmez bilirsin

Halk, benim dini merasimler sırasında musiki icra ve semâ etmemin yasaklanmasını rica etmek ve beni şikayet etmek için , Başvezir Muineddin Pervâne'nin huzuruna çıkar. Başvezir, bu nedenle âlimler ile müftüleri dini bir münazara için saraya davet eder. Müftüler, emirler, şeyhler, dervişler ve âlimler, hepsi de bu davete katılırlar. Ben ve Şems'te davetliydik. İçeriye girdiğimizde salon kapı ağzına kadar doluydu. Sadece arka tarafta iki kişilik boş yer gözüküyordu. Başvezir Muineddin, bizi öne doğru davet etti. Şems benim ardımdaydı, bir de baktım en arka tarafa oturmuş, eline tesbihini almış, bağdaş kurmuş oturuyor. Yanına doğru gidecektim ki, kaşı ile "Gelme!" diye işaret etti.

İlk konuşmacı ayağa kalkıp Başveziri resmi bir şekilde selamladı. Şeyh:

- Geliştirdiğiniz mistik raks şeraite aykırıdır, yasaklansın!

Hiçbir şey söylemedim; sanki sözünü duymamış gibi yaptım.

Şeyh soğuk bir ifadeyle,

- Eğer bir şey söylemezseniz, o zaman tıpkı bazı insanların söylediği gibi aklınızı kaçırmış olduğunuz hükmünü verebiliriz!

- Mekkeli rahipler de Hz. Muhammed'in delirdiğini söylemişlerdi. Eğer size göre delirdiysem, o zaman deliliğim bu türden bir delilik olmalı.

- İşte, şimdi de kendini Peygamber Efendimiz ile bir tutuyor!

Başvezir:

- Peki ya medresede müzik çalıp sema etmek? Bu, dinimizce uygun mu?

Bir diğer molla söz alınca şeyh oturdu. Molla kibir dolu bir tavırla,

- Ben bir devenin taşıyabileceği kadar çok kitap okudum ve bu kitaplardan hiçbirinde müziğe dini kanunlar tarafından izin verildiğine dair bir tek satıra bile rastlamadım.

Mollaya dönüp yumuşak bir ses tonu ile:

- O halde dostum, bütün bu kitapları, onları taşıyan deve gibi okumuşsun.

Oradaki herkesten gülüşmeler yükseldi ama en çok gülen Şems'ti. Yine yumuşak bir tavırla konuşmama devam ettim:

- Musikiyi anlamak için, onu kulaklarınla değil, ruhunla dinlemelisin. Musikinin ritminden elde edilecek, hayal bile edemeyeceğiniz kadar çok şey var.

- Sazlar çalmaya başladığında ben kapı gıcırdama sesinden başka bir şey duymuyorum.

- Ben de öyle dostum ama bir farkla: Sana neyin kapıları açılıyor orasını bilmem ama bana cennetin kapılarının açıldığını duyuyorum. Allah musikişinasları korusun ve kollarına, soluklarına derman versin. Onların müzikleri birçok ezik kalbe şifa verdi. Onlara minnettar olmalıyız.

Konya'nın büyük müftüsü Şeyh Sadreddin Konevî ayağa kalktı. Müzik hakkında ileri geri konuşan adama baktı, sonra kalabalığa seslendi:

- Cehaletle süslenip bunu tahsil olarak adlandıran dar kafaları dinlemeyin! Hz. Peygamberi gerçekten seven insanların ortaya attıkları yeniliklerin Hz. Peygamber tarafından yapılmış yenilikler olduğunu söyleyen bir hadis vardır.

Sadreddin Konevî'nin konuşması oradakileri dondurdu. İçlerinden biri hemen karşılık vermek için atıldı:

- Peki Mevlâna Celaleddin bu tür bir yenilik yapma salahiyetine sahip, gerçek bir Hz. Peygamber âşığı mı? Bir âşık olduğuna hiçbir şüphe yok ama acaba kime âşık? Muhabbet içinde olduğu insana bir bakın! Bir meczup ve her tür kurala karşı çıkan bir asi!

- Kullandığınız 'muhabbet' kelimesi yalnızca bir kâse, dedim. Ben Şems-i Tebrizi'ye karşı bir duygu okyanusuna sahibim; benim daha büyük bir kaba ihtiyacım var.

- Peki, hangi kelimeyi kullanmalıyız? Çılgınca tutkun olmayı mı?

Başka bir şeyh söze karıştı:

- Zehirlenmeyi mi? Aldanmayı mı?

Sultan Veled artık kendisine daha fazla hâkim olamıyordu:

- Babam Şems'i seviyor. Bırakın doğru kelime 'Aşk' olsun!

Gözlerimden bir damla yaş süzüldü ve bakışımı oğluma çevirdim. Bir anda ne yapılması gerektiğini anlamıştım. Hiçbir şey söylemeden ayağa kalktım. Arka tarafa doğru ilerledim. Oradakiler meclisi terk edip gideceğimi düşündüler. Başvezir'in yanında oturan Seyh Şerafeddin, bağırdı:

- Bir toplantıda şeref yeri kürsünün merkezi değil midir?

Olduğum yerde durdum. Sesimi yükselttim:

- Şeref yeri dostun, âşığın yeri mâşuğunun yanıdır! Diyerek, Şems'in yanına oturdum.

Konya anladı ki Mevlâna'yı da, Şems'i de sözle mağlup etmek imkânsız. Her tartışma Şems'in lehine gelişiyor. Mevlâna'yı Şems'ten soğutmak için kurdukları tezgâhlar tersine tersine işliyor. Kerra Hatun bile artık ona sempati duyuyor. Mevlâna ailesi ona hayran. Üstelik Kimyâ Hatun bile Şems'e düpedüz âşık olup çıkmış. Sultan Veled dersen, babasından kalır yanı yok, Şems'e duyduğu saygıdan yana. Umut kala kala Alaeddin'de. Alaeddin yaşının verdiği bıçkınlıkla hırçın. Çocukluktan bu yana, kavgacı bir kişiliğe sahip. Dergâhtan kaçmak için fırsat kollayan, uçuk bir firari. Tasavvufla yakından uzaktan alakası yok. Dini hayatı "med-cezir"lerle dolu. Dolduruşa müsait bir sel yatağı. Hasetçiler ona;

- Bu adam babanın mahvolmasına neden olacak. Aynı zamanda sahip olduğu itibarı da yok edecek! diyorlardı.

Küçük oğlum Alaeddin'in kalbinde iki duygu birbiriyle mücadele ediyordu: Bana duyduğu sevgi ve Şems'e karşı duyduğu kızgınlık. Alaeddin'e göre, Şems, hayatıma girdiğinden bu yana yaklaşık olarak iki yıl geçmişti ama bu zaman, yüksek seviyelere ulaşmış o üç kuşağın kazandırdığı saygıyı yerle bir etmeye yetmişti.

Alaeddin ateşli, genç bir adamdı. Aklına geleni konuşurdu ama diğerleri Şems'e açık açık sövüp sayarken dilini tutmuştu. Babasına zarar verebilecek hiçbir söylentiye alet olamazdı. Kararını vermişti. Şems'in karşısına çıkacak, insanı sindiren bakışlarına karşı koyacak, öfkesinin yanan ateşi üzerine su boşaltacaktı. Konya, bu meczuptan kurtulmalıydı.

Şems, onu yalnızca hatıra binaen huzuruna kabul etmişti: O, Mevlâna oğluydu. Odasına geldiğinde, karşısında duran gence,

- Her şeyin iki yüzü vardır, oğulların da iki yüzü vardır, iyi evlat ve kötü evlat. Sultan Veled iyi bir evlat; sen ise kötü olansın! der.

Alaeddin, sanki tokat yemiş gibi gerginleşti. Yere, ayaklarına bakarken, önceden ezberlemiş olduğu kelimeleri söyledi:

- Babam bana büyüklere duyulan saygının Allah'a duyulan saygıdan sonra geldiğini söyledi. İlk olarak Allah'a saygı duyduğum için bu kelimeleri sarf ediyorum.

Şems, sert bir ses tonu ile:

- İçindeki niyeti okuyabiliyorum. Basit ihtiraslarının ve çocukça öfkenin farkındayım. Burada asla anlamayacağın şeyler oluyor. Azrail'den başka hiçbir güç babanın yanından ayrılmamı sağlayamaz! diye cevaplar onu.

Alaeddin öfkelenmeye başlayarak,

- Seni burada istemiyoruz! der.

Başını kaldırmaya ve Şems'e bakmaya cesaret ederek:

- Sen babamı mahvediyorsun!

Şems bağırır:

- Sen beni yargılamaya mı kalkışıyorsun. Baban için getirdiğim armağanı göremiyor musun? Yalnızca üstümdeki çulları görecek kadar aptal mısın? Baksana bir etrafına, ailene bir bak. Bir zamanlar ihtirasla tutulduğun Kimyâ bile bana sahiplenir, hürmet gösterirken, hiç gönüllü olmamama rağmen benim eşim olmayı teveccüh ederken sen ne yaptığının farkında mısın? Onlar gafil de bir sen mi uyanıksın? Babandan hiç mi nasiplenmedin be evladım, ağabeyine hiç mi huyun benzeşmedi delikanlım? Yazık!.. Yazık!.. Daha ne olsun sana, yazıklar olsun! Diye bağırır.

Alaeddin geldiğine geleceğine, söylediğine söyleyeceğine bin pişman olmuşçasına usulca kapıya doğru çekilir. Çıkarken odanın kapısını sertçe çarpar. Kapının çarpılışına avludaki dervişler şahit olmuşlardır. Durumu bana ilettiler.

Tavırlarından hoşnut olmadığım oğlum Alaeddin'i çağırıp Şems'ten özür dilemesini istedim. Alaeddin hayatında ilk kez olarak bana karşı çıkıyordu:

- Sana neler olduğunun farkında değil misin? Halkın önüne her çıkışında kendini küçük düşürüyorsun. İnsanlar sana gülüyorlar.

- Her birimiz kendi yolumuzu izlemeliyiz ve bu da benim yolum oğlum. Şems'i sana zorla sevdirecek değilim. Gençsin ve bir o kadar da toysun. Tıpkı ismini taşıdığın rahmetli amcan gibisin. Kanın seni kavuruyor. Duygularını dudağında köpürten bir dalgasın, o kadar. Evlat sen bilirsin. Evlatlar babalarını ya baba olunca anlayabiliyor yahut da babalarını mezara yollayınca.

- Şehirde pis dedikodular yayılmış durumda. Benim zoruma giden, bu dedikoduculara fırsat vermeniz. Ben bu yalanı uyduranların bahanesini anlamakta zorlanıyorum. Baba ne olur kendine gel.

- "Allah seni mübarek kılsın. " diye dua eden bir adamın elini öpmüştür baban. Şems ile tensel temasımız sadece bu olmuştur. Gel, sana meselenin aslını anlatayım.

Şeyh Siraceddin, sarayın beni baş imam tayin etmesini bir türlü hazmedememişti. Talip olmadığım halde bu görev bana verilmişti. Şems gelince bu vazifeden feragat ettim, ama seneler öncesinin kinini hâla taze tutuyordu Siraceddin. Onun dervişleri önceleri sayıca çoktu. Zamanla yanında birkaç dervişi kaldı. Herkes ondan uzak duruyordu. Mal düşkünü, altın biriktirme hastasıydı. Para almadan fetva vermiyordu. Fakirleri kapısından kovuyordu. Halkın gözünden ve gönlünden iyice düşmüştü. Konya'da en çok beni çekemeyenlerin başında o geliyordu. Gözü hâla Sultan'ül Ulemâ unvanındaydı. Bu makama ulaşmakta tek engel olarak beni görüyordu. Oysa ben makamları mevkiler elimin tersi ile itmiş bir adamdım. Şems'li senelerimde elimi eteğimi dışarıdan çektiğimde geçmişin intikamını almaya çalışıyordu kendince. Bir gün baş dervişi ile aralarında şu konuşmalar geçmişti.

- Mevlâna hak etmediği bir şöhreti taşıyor.

- Anlamadım efendim.

- Dağın olmadığı yerde tepe dağ gibi görünür.

- Mevlâna olmasaydı, şimdi siz mi dağın zirvesi olacaktınız?

- Elbette.

- O halde onun ışığını gölgeleyelim efendim.

- Şems varken bu iş zor.

- Onunda icabına bakarız.

- Nasıl? Katledecek miyiz?

- Hayır. Şems'in bilinmeyen efsunlu bir yanı var, onun yanına kötü niyetle yaklaşanın olduğu yerde kaskatı taş kesilmesi ihtimaldir. Hele bakışı yok mu, o bakış, demiri eritir. Gerçekten güneşten yakıcı bakışları var.

- Peki söyle be adam, Şems'in icabına nasıl bakacaksınız? Üstelik benim derdim Mevlâna ile... Şems ile değil.

- Açıklamamı dinlediğinizde bana hak vereceksiniz. Halk dedikoduyu çok seviyor. Öyle ki, filanın başı ağrıyor diye laf etseniz, iki sokak sonra, filanın başı kesilmiş olarak yayılıyor. Öyle bir fısıltı yayacağız ki, dedikodu yayıldıkça Şems için Konya kabirden daha darlaşacak, sokağa çıkamaz olacaklar, ardından Şems, Mevlâna yıpranmasın diye buradan kaçmak zorunda kalacak. Halkı yanımıza alacağız. Dedikodu kazanında ikisini de kaynatacağız, birisi buhar olacak, diğeri köz. En azından Şems, Mevlâna yıpranmasın diye buralardan çekip gider, sır olup kaybolur. Mevlâna da Şems'siz kalınca zayıflaşır, halkın gözünde küçülür, size de gün doğar yeniden.

- Bu nasıl bir dedikodu olacak? İçki içiyor dediler, meğerse adam abdestsiz yere basmıyor. İçki imtihanında onlar kazandı, düşmanlar olarak biz kaybettik. Şarap testisinden çıka çıka süt döküldü yere. Şimdi de fısıltılar bizim elimize yüzümüze bulaşırsa ne yaparız. Ne çeşit bir fısıltı düşünüyorsun?

- Şems oğlancı deriz. Hiç evlenmemiş, bunu koz olarak kullanırız.

- Olmaz. Tutmaz. Hiç evlenmemiş çok arif vardır. Evlenmemek onun livata düşkünü olduğunu göstermez. Bu fısıltı pek tutmaz. Baksana ben de yetmişime dayandım ve hiç evlenmedim. Konya'da benim gibi hiç evlenmemişlerin sayısı az değil. Şimdi hepimiz oğlancı mıyız?

- O vakit, Şems'in Kalenderi ekolünden geldiğini, hatta Cavlakilerden olduğunu yayalım. Cavlakilerde livata(erkek- erkeğe ilişki) çok yaygındır. Halk bunu biliyor.

- Saçmalama! Cavlakiler kafaların kazıtıp, sakal ve bıyık bırakmayan kel insanlardır. Asla saçı bir mercimek boyu dahi uzatmazlar. Oysa Şems'in saçı Isfahan gecesi gibi neredeyse beline kadar gelecek şekilde uzundur, üstelik sakalı ve bıyığını ne yapacağız?

- Ben yine de bu hususta fısıltı çıkarayım, halk bu, konu cinsellik oldu mu abartmayı, yaymayı sever. Bir bakarsınız, belki tutar.

- Tamam. Mevlâna'yı halkın gözünde zayıf düşür de nasıl yaparsan yap. Başarırsan sana da ödül olarak kadılık makamı var, bilesin.

- Teşekkür ederim efendim ben şimdiden başlıyorum fısıltıyı yaymaya, Mevlâna ailesinden çarşı Pazar dolaşan küçük oğludur ve aşırı hararetli bir gençtir, onun kulağına kar suyunu kaçırdık mı işimiz daha da kolaylaşır. Şems'ten en çok nefret edenlerin başında o geliyor.

İşte dedikodu çıkaranların, çıkarları, hesapları ortada. Peki oğlum madem Şems için böyle düşünüyorlar, Şems gerçekten böyle birisi olsaydı üvey bacın Kimyâ ile nikahlanmayı kabul eder miydi?

- Kimyâ kardeşimin Şems'e gizliden gizliye aşık olduğu doğru mu?

- Evet. Emin olmasam evlilik için ısrar etmezdim.

- Şems evlenmeye yanaşmamış ama.

- Evet, ikna edene kadar ne çektim.

- Mecbur muydun ikna etmeye?

- Sen anlamazsın evlat.

Kerra Hatun da Alaeddin ile Şems arasındaki tartışmayı duyar. Bu tartışmanın ardından oğlum ile buna dair görüştüğümü öğrenir.

Alaeddin ile bir de ben konuşup öfkesini dindireyim düşüncesi ile onu yanına çağırtır. Alaeddin gözleri yaşlı ve kalbi öfke ile dolu bir halde yanına gelir ve ona her şeyi anlatır. Kerra Hatun, üvey oğlunun yumruklarını bir sıkıp bir açarak odada ileri geri yürüyüşünü seyrederken onu bir çocuğun sızlanmaları değil, bir erkeğin hiddeti olarak görüyordur. Hatta üvey oğluna tatlı nasihatlerde bulunarak:

- Başlangıçta Şems hakkında ben de senin gibi düşünüyordum. Zamanla öğrendim ki Şems meczup değil mürşid, deli değil veli ve düşman değil dostmuş. Oğlum etrafın laflarına kulak asma. Unutma, sen şimdilerde Konya'nın hayran duyduğu, gelecekte bütün cihanın hayranlık duyacağı bir babanın ciğerparesisin. Ona göre davran. Dışarıdakiler seni kullanmaya çalışıyor.

Kim ne derse desin, Alaeddin bildiğini okumaya devam edecekti. Kaderimizde hayırsız bir evlat sahibi olmak da varmış... Evladımdı, ne kadar da asi olursa olsun, ciğer parçamdı.

Evladıma kızmak bile istemiyorum. Onu üzmemek için ne acılar çekiyorum. Ne kadar zor ve acı bir durum. Neler çektiğimi hiçbir kimse bilmez. Acılarım ve dertlerim bile kendime özgüdür. Evlat bu, ciğerparemdir. Asiliği benim sabır imtihanımdır. Hz. Âdem ve Hz. Nuh babamızın neler çektiğini şimdi yaşayarak anlıyorum. Beni hiç görmeden seven, sayan ele karşı, evimin içinde gönlümü ağrıtan evlada ne diyeyim ben? Tahammül etmeliyim. Soluğumla nice manevi hastaya şifa vesilesi oldum, gel gör ki ciğerim damarımı çürütüyor. Kader bu neylersin! Benim çilem de evladım ve uğruna ömrümü harcadığım halkım oldu. Benim bu yaştaki yaşadığım sıkıntım bambaşka. Yeryüzündeki bütün acılı ve üzüntülü insanların çektiği zorluk sadece sıkıntılara tahammül etmektir. Acılara ve üzüntülere katlanmanın zorluğundandır bu.

ÖMRÜMÜN MİLADI: SEVDAM ŞEMSİ'MDİR!

Kulluğunu Allah katında öyle yücelt ki,
Allah, sana sorsun: Kaderine ne yazayım?

Ömrümün miladı Şems'ti. Hayatımı ikiye böldüm: Şems'ten önce, Şems'ten sonra. Ömrümü üç kelime ile özetledim: Hamdım, piştim, yandım. Benim için Şems, sırlar âleminin elçisidir. Yolcusu olmayan uzun yolların bir elçisidir. Ruhlar âleminin habercisi, samimi ve berrak duyguların maverai aşkların sesidir. Benim için Şems, efsane ve şiirin kokulu, renkli ve yeşil bağlarına açılan bir kapıdır. Benim için Şems, sır dolu bir dildir. Söylenemeyecek sözlerin, her dile yabancı sözlerin, her kelimeye tevessülden hayâ eden kelimelerin dalgalandığı, sessiz durduğu, kalplerde saklıca konuşan bir dildir. Öylesine gizli, yumuşak ve naif bir konuşma ki ben bile onu anlamakta acizim. Benim için Şems, ilginçlikler diyarının elçisidir. Hiçbir duygu kuşunun uçmadığı en uzak ufuklara hayalimi taşıyan ve efsanevi sırlar dolu iklimlerinde gezdiren bir elçidir.

Başında nur bulunan ve sürekli yanaklarına gözyaşları dökülen Şems'e benim baktığım gibi kim bakabilir? Şems, benden başkası mıdır? İşi nedir? Niye geldi sanıyorsunuz? Yakmak, alevlemek, ağlamak, erimek, konuşmamak, durmak, yok olmak, körler meclisini kendi ateşi ile aydınlatmak, gözyaşları ve yakıcı alevler yağmuru altında varlığının derinliklerinden cahillerin yüzüne bir tebessüm kondurmak, kalabalık yığınların arasında yalnız kalmak, her meclisin ışığı olmak; ama hiç kimseye alışamamak gözyaşı tırnağı ile varlığını tırmalamak, damla damla erimek... Âhhh! Benimle Şems arasındaki aynileşmeyi göremeyenlere artık gücenmiyorum. Gönül gözleri inadına körleşenlere ne diyebilirim ki?

Onun bana, benim ona verdiğimiz sohbet tadlarını özlemenin bambaşka bir hasleti vardı. Bir gün hasbıhalimizde söz nefs ve benlikten açıldı. Şems bana sordu:

- Pîrim nefs ile benlik ayrı ayrı şeyler midir?

- Tasavvufta en yaygın kavramlardan birisi de sizin benlik dediğiniz nefistir. Bu terim bazen "ruh" olarak da tercüme edilir. Ancak Arapçada nefs, en çok benlik olarak kullanılır. Nefs tıpkı bir alev, içinde hem çekici güzelliği hem de yakıcılığı barındırır. Her ne kadar rengi çok çekici de olsa, yakıcıdır. Bir hikâye anlatayım:

Bir derviş uzun bir yolculuğa çıkmıştı. Bineği yoktu, yaya olarak yol alıyordu. Günlerce yürüdükten sonra önüne dik bir tepe geldi. Ellerini kaldırdı ve şöyle dua etti:

"Ey Rabb'im! Biliyorsun, senin aşkına seyahat etmekteyim. Her şeyin ve herkesin dizgini senin elindedir. Lütfen bana bu tepeyi aşmama yardım edecek bir eşek gönder. "

Az sonra derviş, bir anırma duydu ve önüne çalılıkların arasından bir eşek çıktı. Allah'a şükretti ve eşeğin sırtına atlayıp tepeye tırmanmaya başladı. Tam tırmandığı tepeden aşağıya inerken bu kez önüne bir haydut çıktı. Haydut bir Arap atına binmiş, belinde bir kılıç, kaşları çatık, suratı asık bir şekildeydi. Olup biten karşısında hayret eden bizim dervişin karşısında dikildi.

- İşte bir derviş. Dervişleri sevmem. Daima nasihat ederler, tevazudan, başkalarına yardım etmekten ve dürüstlükten bahsederler. Siz kim oluyorsunuz da benim yaşam tarzımı eleştirmeye cüret ediyorsunuz? Utanmadan şu koca, iri yapılı hâlinle küçücük bir eşeğe biniyorsun. Hayvana eziyet ediyorsun. Şimdi in ve eşeği sırtlan bakalım!

- Eşeği sırtıma mı alayım?

- Sana eşekten in ve sırtında onu taşı dedim!

- Ama efendim bu yorgun halimle onu nasıl sırtıma alayım?

- Bırak soru sormayı. Ne diyorsam onu yap, haydi! Üstelik tepeye kadar da geri taşı bakalım.

- Tepenin başına kadar mı?

-Evet!

Derviş sırtında eşek az evvel indiği tepeye tırmanmaya başladı. Her geriye bakışında, haydudun eli kılıcında beklediğini gördü. Sonunda, harap bitap düşen derviş, tepenin zirvesine ulaştı. Eşeği sırtından yere indirdi. Ellerini semaya açarak

- Yâ Rabb! Biliyorum sen her şeyi görüyorsun ve biliyorsun! dedi.

Çoğu insan, sırtında eşeğini taşıyor. Onu, kendimiz için çalıştırmak yerine, nefsimiz için, benliğimiz için çalışıyoruz.

Şemsin bütün yaratılmışlara karşı bir merhameti vardı. "Merhamet için adalet lazım." derdi. Benim gözümle onu göremeyenler, onun bir taş yürekli olduğunu sanırlardı. Oysa nerede ağlayan bir çocuk görse dayanamaz, yanına çöker, o da ağlardı. Hayvanlara apayrı bir sevgisi vardı.

Konya'ya yaz gelmişti. Şems ile Meram bağlarına doğru gidip kuş sesleri dinlemeye karar vermiştik. Meram bağlarına doğru giderken bir adam eşeğine vuruyordu. Şems adamın elinden sopayı aldı ve bir kez onun sırtına vurdu. Adam:

- Ne yapıyorsun be adam, canımı yaktın!

- Onun da bir canı var. Şimdi anladın mı?

- Ama o bir hayvan ve benim malım! Keyfim ne isterse yaparım. İster binerim, ister döverim!

- Kimse kimsenin malı değildir, hayvanlar da bizlerin malı değildir. Herkes Allah'ın emanetidir. Şu sünnet adına bıraktığın sakalın sahibinden utan! Köpek yavruları ezilir diye, ordunun yolunu değiştirmedi mi?

- Özür dilerim. Haklısınız, gaddarlık yaptım.

- Bizden özür dileme, canını yaktığın hayvancağızdan dile!

-Ama nasıl? O bizi anlamaz ki.

- Git, taze otlar koy önüne ve başını okşa, yeter.

Yolumuza devam ederken:

Şems'im! İnsanlar hayvanları nankörlükle suçluyorlar. Kendi nankörlüklerini onlara havale ediyorlar.

- Hayvanın nankörü, vefasızı olmaz. Hayvan fıtratı üzerine yaşar. İnsan, hayırsızlığını hayvanlara yükleyerek, kurtulduğunu sanır. İnsan, yaratılışı üzerine yaşasa, sıkıntı yok. Bak hayvanlara, fıtratının dışına çıkıyor mu? Sen hiç miyavlamaya çalışan köpek gördün mü?

- Haklısın. Hiçbir hayvan, zevk alayım diye canlı öldürmez. Zorunlu olmadıkça, acıkmadıkça ve tehlikede kalmadıkça başka canlıya zarar vermez.

KUL NAZARINDA PUL OLALIM DA AŞK PAZARINDA YOL BULALIM

Hallac, "Ene'l Hak!" derken, cennetini dilinde taşıyordu. Halk onun cinnetine hükmetti. Âh dilşâd olamayan ağızlar ne anlar cennetin tadından!

Kaç elekten geçtik, dağılmadık, kaç nehirden geçtik azgın sulara kapılmadık. Şems ile yürek yüreğeydik. Ulema kıskanmasın da ne yapsın?

Konya'daki bütün medreselerin hocalarını toplamayı düşünen Cafer Nasıreddin bu fikrini Mir Hüsrev'e açar:

- Bu toplantının maksadı nedir?

- Şems'i Mevlâna'nın gözünden düşürmek.

- Şems bu hitabeti, gizli ilimlerdeki marifeti ile hocaların hepsini sus pus eder.

- Gevhertaş, Nizamiye, Hatuniye, Altunapa başta olmak üzere bütün medreselerdeki en derin hocaları çağırttım. Şems onlarla zor baş eder.

- Toplantıya saray erkânı da katılacak mı?

- Vezirler geleceklerini bildirdiler.

- Ya Sadreddin Konevî ?

- O, Konya dışında seyahate çıkmış.

- Eh bakalım hayırlısı... Yatsıdan sonra görüşmek üzere...

Yatsı namazından sonra Şems ile davete icabet üzere yola çıktık. Yeni inşa edilmiş olan Sırçalı Medrese'ye geldiğimizde, davetlilerin hemen hemen hepsi bizden önce gelmiş, yerlerine oturmuşlardı. Selam vererek ilerledik. Büyük odanın duvarlarındaki çiniler Şems'in dikkatini çekmişti. Kulağıma fısıldayarak "Bu medrese bana, Tebriz'deki ilk medresemi hatırlattı." Ebruli ışık huzmelerinin aydınlattığı sedire kurulmuş olan hocalar, hürmet ile ayağa kalkıp, yer gösterdiler. Şems, önce benim oturmamı bekledi. Ben ise kolundan tutarak, birlikte oturmayı teklif ettim. Aynı anda oturup, sağ elimizi sol omzumuza koyarak, odadakilerin merhabalarını aldık. Hâl hatır sualinden sonra, sohbete Nasireddin başladı. Hamdele, Salvele'den sonra, Konya'daki medreselerin problemlerini anlattı. İlim meclislerine eskisi kadar itibar edilmediğini, buna mukabil Bağdat, Halep, Kayseri başta olmak üzere birçok ilim memleketinde, alimlerin itibar gördüğünü, manevi ilimlere artık rağbet gösterilmediğinden yakındı. Oradakilerin kimi başlarını eğip, yukarı kaldırarak meseleyi tasdik ettiklerini, kimileri de "Haklısın" diyerek onu tasdik ettiler. Bir kaç kişi daha bu meselede söz alarak konuştu. Biz susmuş onları dinliyorduk. Nasireddin, Şems'e yönelerek:

- Görüyorum ki, sohbete hiç iştirak etmiyorsunuz. Bu hususta zatınızın fikirlerini merak etmekteyiz.

Şems, herkesin üzerinde gözlerini gezdirdikten sonra, elindeki tesbihi minderin üzerine bırakarak:

- Ben âlimler meclisi mensubu değilim. Davete icabet sünnettir, desturunca gelmiş bir misafirim. Dinleyici kalmaktan hoşnudum.

- Şems Efendi, aramızda muhabbet hasıl olmuşken, derin bilgilerinizden bizleri de faydalandırsanız, bizler ikramınızdan nasiplenmeyi dileriz. Dışarıdan gelen biri olarak bize ışık tutup, ayna olmanızı istemekle zahmet mi vermiş oluruz?

- Nedir öğrenmek istediğiniz?

- Ulemânın temel sıkıntıları neler olabilir? Hatta bizlerin eksik ve kusurlarımız nelerdir? Söyleseniz de kendimize çekidüzen versek...

- Benim usulümdür, sözü pek uzatmam. Size bir hikâye ile cevap vereyim: Adamın biri berbere gitmiş ve demiş: "Sakalımdaki akları ayıklar mısın?" Berber, adamın sakalındaki akların siyah kıllarından daha çok olduğunu görünce, makasla bütün sakalı kesmiş ve adamın önüne sakalındaki kılları dökmüş. Adama: "Benim çok işim var, akını siyahını kendin ayıkla." diye cevap vermiş

Şems'in verdiği misal, salondakilere soğuk bir hava estirdi. Böylesine bir usule alışık değillerdi. Homurdandılar. Sağa sola bakıp, Şems'e haddini bildirecek kişi aradılar. Nasıreddin kıs kıs gülüyordu. Onun amacı da herkesin gözünde Şems'i sivri dilli, kimseye hürmeti olmayan birisi olarak göstermekti. Sanki hiç üzerine alınmamıştı. Şems'in mesajı oradakilere söylenilmiş gibi davranarak:

- Bu meclisteki âlim kardeşlerime haksız bir ithamda bulunmak ilmi saygıya âlimlik ahlakına yakışıyor mu? Biz senin ne kadar ulvi bir bilge olduğuna inandığımız için görüşüne başvurduk. Sen ise, fil misali fincanları tepeledin. Kırıp, yıktın.

Şems tam cevap verecekti ki, elinden tutup, "Müsaade et! Ben mukabil edeyim." diye söze karıştım:

- Madem filden misal verdin, ben de filden devam edeyim. Şehrin birine Hindistan'dan bir fil getirmişler. İlk kez fil gören insanlar şaşırmışlar. Karanlık odada tuttukları odaya dört meraklı adam girmiş gizlice. Oda karanlık, göz gözü görmüyor. Birinci adam filin kulağını tutmuş, " Bu bir yelpaze, fil nerede yahu?" demiş. İkinci adam filin bacağına sarılmış, " Şimdi sütunlara gelmişiz, ortada fil falan yok." demiş. Üçüncüsü, filin hortumunu tutmuş, "Bu bir oluk, oluğun odada ne işi var?" demiş. Dördüncüsü filin ayağına basmış, "Koca kaya parçasını odaya kim koydu?" demiş. Bu böyle devam etmiş gitmiş. Sizlerin az önce ortaya sürdüğü fikirler de karanlık odadaki bu meraklı adamların durumuna benziyor. Belki az çok hepsinde gerçek payı vardır. Ancak, problem dediğiniz hususları çözmüyor. Dostum Şems'in işaret etmek istediği husus da budur işte. Üstelik ona siz, "İlla cevap ver" diye ısrarcı oldunuz. Gelen cevap hoşunuza gitmeyince, ayıp eden Şems mi oldu? Şems dostum ısmarlama cevap vermez. Duymak istediğiniz neyse buyurun, buradayım! Ağzınızdaki saklı ifadeyi ortaya söyleyin! Derdiniz üzüm yemek mi, bağcıyı dövmek mi?

- Oh ne alâ! Şems, seni de hırçınlaştırmaya başlamış. Biz burada, şahısların değil, avamın sıkıntılarını çözmek için toplandık. Siz, meseleyi nereden nereye getirdiniz. Bizim amacımız, bu konuda, dışarıdan gelen, diyar diyar dolaşıp fikir edinen Şems'in görüşlerinden faydalanmaktı.

- O vakit testinin nakşını bırakıp, içindeki suya bakın. "Avamın meselelerini konuşmak için geldik bir araya" dediniz. Buna mukabil ben, hiç avam meselesinin tartışıldığına şahit olmadım. Hep kendinizden, azalan gelirinizden, mahsul ambarınızın daraldığından konuştunuz. Ulemanın sıkıntıları derken, ulufelerini mi kastediyordunuz. ? Daha düne kadar medreselerinize gelen dervişleri, ilim isteyen insanları seçerken, tahsil durumu ve bilhassa zenginlik derecesine göre, getireceği altın akçeye göre değerlendirmiyor muydunuz? Bugün medreselerin boşaldığından şikâyet ediyorsunuz. Benim böyle bir sıkıntım yok! Hamdolsun, talebe sayımız azalmıyor, artıyor.

Köşede tespihini hızlı hızlı çeken Şeyh Siraceddin sakalını sıvazlayarak bana cevap vermeye kalkıştı:

- Evet, haklısın. Nerede ayak takımı, çapulcu, işsiz güçsüz varsa maşallah hepsi de senin medresende toplanmış. Hiç okuma yazma bilmeyen, cahil ve geçmişi suçlarla kabarmış dervişleri etrafında toplamışsın. Onlardan ne sûfi olur, ne talebe. Bu yetmezmiş gibi ne dediği anlaşılmayan, dili sivri dostun da medresene renk katmış!

Tam o esnada Şems, bir hışımla ayağa kalktı. Odanın içinde elleri, arka belinde dolandı durdu. Herkes şaşırmış, ne yapmak istediğini merak ediyordu. Genç âlimlerin oturduğu yerin önünde durdu. Sağ elini havaya kaldırarak:

- Kimin iyi, kimin kötü olduğunu Allah tayin eder, dış görünüşe bakan şüphesiz aldanır. İnsanları fakir, zengin, köylü, bedevi, yok şu meslekten, yok şu meşrepten diye ayırt etmek, ilâhi kitabın hangi ayetinde yazılıdır? Ey dürüstlük arayıcıları! Niyetiniz samimi ise, Allah "**İşinizi kolay kılarım**" buyurmuyor mu? **Rahmân suresi**'ndeki, "**O her an yeni bir buluş ve iş peşindedir.**" ayetini hangi kafa ile okudunuz? İnsan, nereden geldi ve nereye gidiyor, sorusunun cevaplarını bulmak için tahsil ve terbiye görmelidir. Bazı insanlar dil öğrenmek veya daha iyi mekteplere geçmek için eğitim görür. Meclislerde, meydanlarda, kürsülerde, minberlerde ün kazanmak isterler. İnsanların kendisi için " Ne kadar güzel konuşuyor." demeleri, alkışlamaları ve meşhur olup zengin çevrelerde itibar görmek için dil döker, tatlı konuşmak ister. Söz cambazlığı, laf kalabalığı, tatlı hitabet bir yerden sonra para etmez. Bütün bedeni dil olup konuşsa, ilâhi âlemden uzaksa rezilliğe yürümüş olur.

Siz gençler bu medreselere ilim için koşmuyorsunuz! Tıpkı üstadlarınız gibi şöhret peşindesiniz. Dünyalık hevesler, şöhret, şehvet, süslü elbiseler, mücevherler, alkışlar, el etek öptürmeler, itibar ve ihtişam... Bunların hepsi ne kadar tatlı değil mi? Ancak ilim bunlar için yapılmaz. Derdiniz olmalı. Evet gençler bir derdiniz olmalı. Öyle bir dert ki size sizi getirmeli. Aşk derdiniz olmalı. Aşk, dermanı önünüze sermeli. Bana çocukluğumda sordular: "Derdin nedir? Elbise ise alalım, gümüş para ise verelim. Dedim ki" Keşke bütün üstümdekileri de alsalar ve bana ait olanı teslim etseler!"

Şems hızını alamamıştı. Gençlerin oturduğu yerden, mollaların oturduğu sedire doğru yaklaştı. Sesini daha da gürleştirerek:

- Sizin medreselerinize koşan gençler, ilme koşmuyor! Sizin şaşaalı hayatınıza koşuyor. Sizin makamlarınıza hayran onlar, tasavvufun kabuğuna takılıp kalıyorlar, özünden mahrum kalıyorlar. Elma kabuğu veriyorsunuz, onlar da elma yediklerini sanıyorlar. Onlara nereden gelip nereye gittiklerini göstermiyorsunuz. Gençlerin içinde nasıl bir cevher bulunduğunu ve aslının ne olduğunu öğretmeniz gerekir!

Şems coşkun akan bir ırmak gibiydi, önüne gelen ne varsa alıp süpüren bir ırmak... Gençlerin tarafına tekrar dönerek bu kez sesi kısık bir şekilde sözüne devam etti:

- Hayatta en güzel şey ilim öğrenmek, öğrendiğini yaşamak ve yaşatmaktır. Allah rızası için öğrenmeye gayret edin. Bütün canlılara hizmet edecek bir ahlak kazanın. Birkaç dirhem bal alacağız diye, deryaları zehirlemeyin. **Bakara Suresi**'nin **216.** ayetini iyi düşünün: "**Olur ki hoşunuza gitmeyen bir şey sizin için hayırlıdır ve olur ki, sevdiğiniz şey de sizin için bir şerdir. Allah bilir de siz bilmezsiniz.** "

- Ey Şems! En başta "Konuşmam, misafirim." dedin, şimdi kalkmış vaaz veriyorsun! diye kenardan müdahale eden Nasireddin'e dönerek sözlerine devam etti:

- Hayret! Gençlere yol göstermemden rahatsız mı oldunuz?

- Sen yol göstermiyor, düpedüz onları kışkırtıyorsun. İlim için çabalamış da ömrü boşa geçmiş olan varmış gibi onların iştahını kapatıyorsun!

- Allah, "Kitap yüklü merkepler" derken kimleri kast ediyor dersin?

- Anlaşıldı, önce fil olduk, şimdi de merkep. Bakalım sohbetin sonunda daha nelere benzeteceksin?

- Ben benzetmiyorum, teşbihi yapan Yüce Rabb'imiz. İç huzuru ve mutmain olmuş bir nefsin ferahlığını vermeyen şeyler, ilim olamaz. Bunca gayretle öğrendikleri ilimleri boşa harcayanlar, yanlış yönde kullananlar da vardır.

Salona ıhlamur ikramı başladı. Bunu fırsat bilip Şems'i yanıma davet ettim. Ayakta dolaşıp konuşmaktan hem yorulmuş, hem de boğazı kurumuştu. Elimle ıhlamurunu ikram etmeme salondakiler şaşkınca bakıyorlardı. Şems'e yönelerek:

- Yorgunsun, biraz dinlen. Onların şişkinliğini epey iğneledin.

Şems sözüme tebessüm etti. Nüktem hoşuna gitmişti. Ihlamurlar içildikten sonra sohbet yeniden başladı. Lala Sahip Ata bana doğru yüzünü çevirerek :

- Duyduğuma göre tefsir yazmaya niyetliymişsiniz.

- Hayır, yanlış duymuşsunuz, öyle bir çalışmam yoktur.

- Hüsamettin Çelebi'nin kaleme aldığı nedir o vakit?

- Kendince, bize ait kelamları kağıda aktarıyor, o kadar...

- Ama bir sohbetinizde, "Kur'an'ın gerçek anlamını Allah âşıkları bilir." demişsiniz.

- Doğru söylemişim. Ne var bunda şaşıracak? Her ayet, bir mesaj yahut bir çağrı mektubudur. Çağrı, aşka çağrıdır. Mesaj, kullara gönderilmiştir. Âşıklar, ayetin kuru manasını değil, özün özünü tadarlar. Aşk, Hz. Hamza'yı hidayete getiren tılsımdı. Yoksa onun dinlediklerini Ebu Leheb de dinlemişti, eksiksiz noksansız. Üstelik Ebu Leheb herkesten daha çok dinlemişti. Ancak, aşk yoktu onda. Taha suresi, Hz. Ömer'i çarpıyor da aynı ayetleri okuyan Kisralar niye çarpılmıyor? Ayet aynı ayet, sure aynı sure. Değişen ne? Değişen aşk var mı, yok mu?

- Hallac da senin tabirinle âşık o halde. "Enel Hak" sözü ile küfür işlemedi mi?

- Ne kadar kolay değil mi insanları küfürle günahla itham etmek. Âlimlik kolaydır, âşıklık kısmet işidir. Âşık olan, Hallac'ın maksadını anlar.

- Neymiş Hallac'ın matlubu? İzah et de anlayalım.

- "Enel Hak" kelamının manası, Allah'ı tanımaktır. Hallac, bu sözü söylerken, şunu diyordu anlayanlara: 'Ben Allah'ın tefsiriyim.' **Rahman suresi** birinci ayeti anlattı bize. " **Rahîm olan Allah Kur'an'ı öğretti, açıkladı, tefsir etti.**" Tefsiri Allah'tan dinleyeceğiz. Dünyalık tefsirler, insanların kendi içtihatlarıdır. Kur'an'ın açıklaması değildir. Kelime kelime tercüme etmek, Kur'an'ın bütünlüğünü ifade etmez. Kur'an'ı anlamanın yolu, tefsiri yudumlamanın usulü aşk yolunda olmaktır. Hallaç " Ene-l Hakk" dedi fakat halk, gerçeği anlayamadığı için onu darağacına çekti. Eğer Hallaç şimdi sağ olsaydı, benim sözlerimin ve sırlarımın azametinden Hallaç, beni darağacına çekerdi.

İlim meclisindekiler, duydukları karşısında dudak ısırıyorlardı. Genç talebeler ise bize hayranlıkla tebessümle bakıyorlardı. Şems bir ara kulağıma eğilerek, "Eğer seni tanımamış olsam, düşündüklerimi şımarırsın diye söylemekten sakınırdım. Seni biliyorum, ondan söylüyorum, ağzından bal akıyor, senin ilmin karşısında Bağdat yıkılır, Basra harap olur. Öyle feyiz dolu konuşuyorsun ki, ben senin yanında ancak bir çömez kalırım." dedi. Mahcubiyetten alnım terledi. Gençlerden birisi müsaade isteyerek bana şu soruyu sordu:

- Allah'a giden yolun tasdiki kimdedir?

- Yüreklerimizi elinde tutan Allah'a and olsun ki, kıyamet gününde hükmünü verecek olan Allah'ın yolunu tasdik selahiyeti hiçbir kimseye verilmemiştir. Bu yolun rehberleri vardır, yön gösterirler. Tebliğ edicidirler, hidayet ve tasdik Allah'ın inayetindedir. Aşk yolunda arayış olur, arayana Allah yardım eder. Kimse aşk yolunda şu az iyi, şu çok kötü, falan yaramaz, filan hayırlı deme mührüne sahip değildir.

Vakit epey ilerlemişti. Akşam yemeğinde tiridi fazla kaçıran molların bir kısmı oturdukları yerde uyuya kalmışlardı. Şems, "Karınlarını Firavun gibi doyurup, kuzu gibi uyumaya yeltenenleri adam etmek çok zordur" diyerek gülümsedi. Ben de, "Artık müsaade alıp kalkalım mı, daha dergâhta hadis mukabelemiz var biliyorsun. "dedim. Müsaade alıp ayrılmak için ayağa kalktık. Kapıya doğru yaklaştığımızda, genç talebeler önümüze geçip, her biri tek tek, Şems ve benim elimizi öpmeye başladılar. İçlerinden en zayıf olanı "Eğer münasip buyurursanız arkadaşlarımızla sizin dergâhınıza katılmayı arzularız. " dedi.

Dışarı çıktığımızda Şems gülüyordu. Niçin güldüğünü sorduğumda,

- Adamlar iyice kuduracak, medreselerini tamtakır boşalttın. Bu gidişle o mollalar da senin medresene katılırlarsa şaşırmam.

Beraber gülüşerek, birlikte dergâha doğru yürüdük. Havada bahar havası vardı ve ben Şems'in gülüşüne bu kadar yakından şahit olmuştum. Gülüşü de yüreği gibi gülşendi.

ŞEMS'İN ŞEHADETİNE DOĞRU

İnsanlar günahları ile övünüp sevaplarla alay ediyorlarsa, şeytan yüreklerinde tavaf ediyor demektir. Şems'e sırtını dönenler şeytanın kucağına düşmüştür.

Ve 5 Aralık gecesi. Dışarısı soğuk ve sisli hain gece. İçimi kanatırcasına yakan gece... Şehrin Şems'e vefasızlığına içerleyen kuşların matem makamında ötüştüğü gece.. Şems'imin şehadete yürüdüğü gece... Hüznüme eşlik etmek için yıldızların tek tek söndüğü gece... Saçımın ve sakalımın hepten ağardığı gece... Sevdâ'm, Perende'm, ömrümün varı Şems'imin helalleşmek ve vedalaşmak için geldiğinde "Gel etme, gel gitme" diye yalvarmama, yakarmama, gözyaşları döküp önüne kendimi atmama rağmen, "Allah'a verilmiş bir sözüm var. Âşıklar kefaret sözüne sadık kalmalı" diyerek, bir gölge gibi karanlığın arasından süzülüp sevgiliye kavuşmak için çırpındığı gece... Hafızamdan silmeye çalıştığım tek gece. Kıyamet öncesi kıyametimi kopartan o bitmez gece. Şems'im artık şehittir. Kan rengine boyanmış siyah feracesini ve hainlerin bana yolladığı zümrüt yeşili mendilini koklayıp koklayıp ağlamak mıydı bana düşen? Şems'imin başı beton zemine bir ağacın kökünden sökülüp de devrildiği gibi düşerken, ben dualar okuyordum.

"Merhametli Allah'ım, acı çekenleri acılarından kurtar, korkanlara cesaret ver. Ayaklarımızın altındaki tek zemin, hayal mahsulü bir zeminden ibaret. Düşüyoruz; bunun farkında olsak da olmasak da. Yüce Allah'ım, ne olur düşüşümüzü sen yönlendir. "

Ey Şems! Üzerine yüzünün kazılı olduğu bir inci tanesi olan ve adını anmak için tespih olarak çektiğim gözyaşları mı dökmeliyim? Seni geriye çağırmanın birçok yolu var. Evet, hatta bir düş olsan bile. Sana söylemeye fırsat bulamadıklarım vardı ey güneşim, sana yazmaya derman bulamadıklarım vardı. Şimdi şehadetinin ardı sıra sesleniyorum güneşime:

Bir seni bildim yüreğime en yakın olan, ne garip ki sende yalnızlığımı buldum. İnsanlar gördüm etrafımda, sözleri tatlı, iltifatla süslü bakışlarla yaklaşıyorlardı. Sen gönül gözümü açtın insanların kendi kendisinin kuluna dönüştüğünü gördüm.

Şimdi, sensiz tek başıma ruhumun sarp ve kayalık yollarından tırmanacağım. Varsın aç kalayım, yüreğim kavrulsun susuzluktan ve ölüp yok olayım; yeter ki sensiz uzanmasın ruhum makam-ı mahşere.

Ağlayın dostlar! Ağlamaktan göz pınarlarım kurudu. Varsa birkaç damla gözyaşınız, ödünç verin bana. Ne olur bir damlacık, sadece bir damlacık gözyaşı sunun bana.

Bizi, birbirimize aratan, bizi bizde arıtan aşktı. İnsanlar aşktan uzaklaştıkça azgınlaşıyordu. İnsanlar azgınlaştıkça biz arayıştaydık. Aşk, bizi birleştirebilmişken, kim bizi ayırabilir ki Şems'im? Şehadet aldı seni benden, şimdi beni kim geri getirebilir ki? Beni yanına al Şems! Al beni makamına! Hayat hoyrat, insan dersen kendine yalancı ve yabancı. Oysa cennetin kapısı senin kalbinden geçiyor ey Şems!

Varlığımızın öncesi de aşk, sonrası da. İnsan aşksızlıkla iftihar eder mi? Şeytan gurur kabuğunu cilalaya dursun, insana ne oluyor?

Hangi göklerin, hangi köşesinde bu dünyaya damladın ey gözyaşım? Bugün susmak istiyorum. Bana "söyle" deme! Kelimeleri kalbimin kınına sakladım. Kanatma aşkın parmaklarını. Hallac karşımda " Sus, ifşa etme sırrı. Aşk sırrında, mahremdir. Ben bu mahremi bir kez yırttım, astılar; yetmedi yaktılar, o da yetmedi, küllerimi Dicle'ye savurdular. Sırrım sularda aktı. Sular bulutlara gözyaşı oldu..." diyor.

Aşkta yandığınızı mı sanıyorsunuz? Siz birbirinize hâla ayaklarınızla mı gidiyorsunuz? Aşk için baştan, ayaktan vazgeçmedinizse, bu bağrış, çağrış ne diye?

Gözlerindeki aydınlığı bırakıp gitmek çok zor, ama gitmekten başka çare yok bil! Sana yüreğimi bırakıyorum, emanetim olsun. Aşka doğduğum güne güzel hatıralar sığdırmak varken, şimdi uzak diyarlara gidiyorum. Bir kere daha görmek ümidi ile tekrar geleceğim. Her şey nasip kaleminin elinde. Aşk için uzun seneler bekledim, seni aramakla geçen zamanlara pişman değilim, beklemekten usanmadım, yorulmadım. Seni bulmak düşüncesinin ateşi ile düşmanlarıma inat biraz daha fazla yaşadım. Biraz daha fazla yaşamak için güzel bir sebeptin. Şimdi hayata karşı daha fazla direnme sebebim, seninle vuslata ereceğim o anı beklemek olacak, bilesin! Mahşere ne kaldı şunun şurasında?

Bir gün çarşıya yürüyüşe çıktım. Şems'in konakladığı Şekerciler Hanı'nın önüne geldiğimde birden aşka gelip semâ yapmaya başladım. Herkes etrafıma doluşup beni seyre dalar. Saatlerce süren semâ'dan sonra olduğum yere yığılmışım. Oğlum gelmiş ve beni sırtlayarak dergâha götürmeye çalışıyordu. Oğlum, babasının acıyla kıvrandığını görmeye daha fazla dayanamamıştı. Çevredekiler duymasın diye kulağıma fısıldayarak:

- Artık Şems'in öldüğünü kabul etmelisin baba, asla geri gelmeyecek.

- Nerede? Söyle bana, onun nerede olduğunu biliyor musun?

- Babacığım ellerinle dergaha defnettin ya, sır olarak saklıyoruz ya, kurbanın olayım babam ne olur kendine gel. Bak etraf dedikodularla dolup taşıyor. Haydi seni Şems'in yanına götüreyim.

- Allah'a şükürler olsun! Çabuk gidelim sevgilinin toprağına yüz sürelim. Beni bu çarşıya kim getirdi?

Sultan Veled, koluma girip beni dergâha doğru götürürken halk baba ve oğulun haline şaşkınlıkla bakıp olup bitene anlam veremiyorlardı. Yolda giderken oğlum:

- Hz. Ömer'i hatırlıyor musun?

- İkinci halifeyi mi? Evet, hatırlıyorum. Çabuk anlat.

Sultan Veled, gözlerinden boşalan yaşlarla konuştu.

- O da senin gibi yâr dostunun ölümünü kabul edememişti.

- Kim bana Hz. Muhammed'in öldüğünü söylerse onun kollarını ve bacaklarını koparırım, diye mırıldandı.

Şimdi, Peygamberin dostunun, onun ölümünün ardından neler hissettiğini hissedebiliyordum. Oğluma ağlayarak cevap verdim:

- Eğer Hz. Muhammed'e tapıyor idiysen, O öldü ama eğer Allah'a tapıyorsan, o zaman bil ki Allah... Sesim çatallaştı, ellerimle yüzümü kapadım.

- Bil ki Allah yaşıyor ve asla ölmez.

Dergâha yaklaşmıştık. Büyük kapıdan girer girmez, başımı kaldırıp çevreye baktım ve bakışlarım elindeki kova ve fırçayla matbahın duvarlarını kireçle badana yapan bir dervişin üzerinde durakladı. Oraya doğru yürüdüm ve dervişin elinden fırçayı kapıp, matbahın hemen yanındaki hücrenin kapısı üzerine Şems'in adını yazmaya başladım. Sonra:

Perende'min odasına benden başka kimse katiyen ayak basmayacak. Kapıya bir kilit takın ve anahtarını bana getirin. Odanın içinden hiçbir şey yer değiştirilmeyecek, temizlemeye dahi girilmeyecek. Tozu, toprağı, kokusu ve soluğu taptaze kalsın! dedim.

Şems'in odasına besmele çekerek girdim. İçeriye adım atar atmaz derin bir ah çekerek, sedire oturdum. Ağlayarak, mazideki hatıraları canlandırdım. Şam'da pazaryerinde ilk karşılaştıklarında kendisinin kolundan tutup "beni bul" sözünü; medrese önünde katırın önüne geçip, "Hz. Muhammed mi yoksa Bâyezîd-i Bistâmî mi daha büyük?" diye sorması; Şems'in dergâhta kitaplarımı suya atıp sonra sudan kupkuru çıkarmasını. Ona, dostuna duyduğu sevgiyi ve Konya halkının öfkesini, Şems'in nasıl Şam'a gittiğini, Sultan Veled'in onu geri getirmesini ve... Ve hunharca şehit edilişini. Kanlı feracesini, gözyaşı dökerek onu toprağa emanet edişimi. Son akşamı. Şehadete yürürkenki tevekkülünü, kahramanca endamlı yürüyüşünü hatırladım.

Ben kavga değil, sevgi adamı oldum. Beni sevenler, vefamı da bilirler. Hayatımda bana emeği geçen çok oldu. Babam, hocalarım, kitabını okuduğum güzel insanlar. Çok dostum oldu, eşim, oğlum, babam, Seydâ'm, Hüsameddin'im, Selahaddin'im, Sadreddin'im, niceleri yarenim oldu. Ancak sevdam diyeceğim tek dostum Şems'tir. O, hayatımın bütünüdür. Bugün herkesi seven bir sevgi adamı olmuşsam, önce Rabb'imin sonra Rabbimin gönderdiği dostum Şems sayesinde olmuştur. Şimdi kalkıp vefasızlık mı yapayım? Şems... Şems demeyeyim de ne diyeyim? Ömrünü beni bulmakla harcayan, benim için başını aşk ile feda eden garip Şems'imi anmayayım da ne yapayım. Suç mu? Suçsa böyle suça ben kurban olayım!

ŞEMS'TEN SONRAKİ SIĞINAĞIM: ZERKÛBİ.

Söz vardır baldan tatlı duyan imana gelir
Gönül aşka düşer de, her dem ilana gelir,
Gönül gözüyle gören, aşkın şi'rini yazan;
Şems ile söyleşirken bezm'e Mevlâna gelir.

Kimse Şems'imin yerini tutamazdı. Ben, alemlerin içinde divane şekilde dolanıp duruyordum. Bir gün kuyumcular çarşısından geçerken, bir kuyumcu dükkânından gelen çekiç seslerinden çok etkilendim. Her çekiç vuruluşunda çıkan seslerin: "Allah, Allah" dediğini işittim. Bu sesler, eşi bulunmaz bir haz ve dükkânın sahibine karşı kalbinde büyük bir muhabbet hâsıl etti. Dükkân sahibi Selahaddin Feridun'du. Önceleri hocam Seyyid Burhaneddin Hazretleri'nin talebesi idi. Kuyumculuk yapmakta idi. Kapının önünden geçerken Kuyumcu Selahaddin ve çırakları, beni hürmetle selamladılar.

- Lütfen az önceki şekilde çekiçlerinizi vurmaya devam ediniz.

Selahattin, benim, çekiç seslerinin ritmine uyarak sema ettiğini görünce altının zâyi olmasını düşünmeden çıraklarına:

- Mevlâna semâdan çekilinceye kadar varaklar lime lime olsa da çekiç vurun, sesi kesmeyin! dedi ve dışarıya fırlayarak ayaklarıma kapandı.

O gün semâya öğle vaktinden ikindiye kadar devam ettim. Bu halimi hayret içerisinde seyreden Selahaddin, dükkânındaki bütün malzemeyi, aletleri, çıraklarına ve fakirlere dağıtıp, peşimden dergâha geldi. Müridim olmayı dünya servetlerinden üstün gördü.

Selahaddin Zerkûbî, o günden sonra aralıksız on yıl boyunca bana yarenlik etti. Oğlum Sultan Veled'e, Selahaddin'in kızını nikâhlamak suretiyle, onunla akrabalık bağım oldu. Onu, kendimden sonra yerime vekil olacak şekilde yetiştirdim. Ancak, yakalandığı hastalıktan dolayı ömrü yetmedi. Selahaddin Zerkûb bir gün oğlum Sultan Veled'e:

- Gönlümde bulunan nur çeşmeleri, bende gizli ve örtülü olduğu halde, hocam Mevlâna Hazretleri'nin vücutlarına, nurların nehir gibi aktığını gördüm.

Kayınpederinden bu sözleri duyan oğlum, bana gelerek:

- Efendim, Selahaddin Hazretleri'ni sevmeniz, ona aşırı muhabbet beslemeniz, nurunuzu müşahede ettiği için midir?" diye sordu.

- Evladım! Mıknatısın demiri çektiği gibi, insanoğlu da kendisini sevene karşı muhabbet etmektedir. Çocuğun annesine olan muhabbeti, dünya zevklerinden, onu yedirip içirmesinden, giydirip kuşatmasından dolayı değildir. Aralarındaki bu bağ, Allah'ın kalbe yerleştirdiği akrabalık, annelik, muhabbetinden dolayıdır, diyerek, Selahaddin'in derecesini açıkladım.

Bir mecliste bana:

- Arif kimdir? diye sordular.

- Daha bir şey sormadan, onun sonundan haber verendir. O da bizim Selahaddin'e mahsustur. Tekrar sordular:

- Selahaddin önceleri, hocamızın nurunu şöyle şöyle gördüm diye anlatırdı. Şimdi bu gibi hallerini hiç anlatmıyor. Acaba kalp gözlerine bir perde mi çekildi de söylemiyor?

- Selahaddin şimdi nur deryasına batmıştır. Nurun içinde olduğu için, dışarıdaki nur ona görünmez. Hatta kendisi nur olmuştur, dedim.

Şems'in nurunu Selahattin'de az çok görüyordum. Selahattin'de de aynı ruh halini buldum. Bu yüzden müridlerin eğitimiyle bizzat meşgul olması için onu halife tayin ettim. Sohbetlerimi sever, sürekli benden öğüt isterdi. Özellikle de Şems'e dair hatıralarımızı dinlemekten çok hoşlanırdı... Halk için yanar tutuşurdu. Bir sohbetimizde:

- Efendim halkın belaları nelerdir?

- Bir halk maneviyat deryasından uzaklaşıp, maddiyatın çamurunda oynaşıyorsa belalardan sıyrılamaz.

- Peki, halkın hayatında bereketsizliğin sebebi nedir?

- Bir halk zekatını ayarında ve zamanında vermezse, giyindiğini örmez, yediğini ekmez, içtiğine şükretmez, bazılarının çöpe attığı, diğerlerinin sofrasında bile yoksa bereketsizlikten kurtulamaz.

- Böyle bir halk nasıl iflah olur?

- Bu halk, yaraları ile rüyasında bocalıyor, hatalarına uyanıkken övgüler düzüyorsa iflah olmaz.

- Bu yüzden mi huzur bizden uzak kalıyor?

- Bir halkın eğlencesi hokkabazlık, işi gücü dedikodu olursa, huzursuzluk yakasına yapışır, gitmez.

- Halkın birliği, dirliği nasıl olacak şimdi?

- Bir milletin, her bir aşireti kendini bir millet kabul ederse birlik hayal olur, birliğin olmadığı yerde dirliği sağlamak mümkün gözükmez.

- İşimiz duaya mı kaldı?

- Kur'an'ı nasıl okuduğumuza bağlı.

- Nasıl yani, biz okumuyor muyuz?

- Okumaktan kasıt şudur: Sen ne kadar Kur'an-ı Kerim'i okumazsan okuma, okunmayan kitap seni daima okuyor. Sen o yolda Kur'an ol! Hayvan ağızdan beslenir, insan kulaktan beslenir. Sapla samanla beslenen kurban olur, Sen Kur'an ile beslen, Kur'an ol!

Selahaddin-i Zerkûbi, beni çok seviyordu. Şems'ten sonra içimde oluşan boşluğa teselli için gelmiş gibiydi. Onu, kendi yerime halife, şeyh olarak seçtim. Dostlarımı, müridlerimi ona tâbi olmağa çağırdım.

Şeyh Selahaddin çok sakin, temkinli bir insandı. Aşırı derecede ibadete düşkün, riyazetle kendisini ezen, zayıf düşüren bir kişi olarak bilinir. Bir gece vakti Selahaddin Zerkûbi ile sohbet ediyorduk. Sohbet sırasında ateşlendi, coştu. "Ben bir dışarı çıkayım" dedi, medresenin dışına çıktı. Dışarısı kar, buz. Gitti gelmez, uçtu konmaz; bekledim bekledim gelmedi. Kapıyı araladım, baktım namaz kılıyor. Tekrar içeri girdim. Bekledim, yine gelmiyor. Gittim baktım hâlâ secdede. Eyvah, bir hâl oldu diye korktum. Yanına yaklaştım, hâlâ secdede, nefes alıyor. Ağlamış, gözünden akan yaşlar buz tutmuş, tahtayla yanağı arasında buzdan bir sütun var. Kendinde değil; kaldırıp kucaklarsam olur ki buz yanağını acıtır diye hohlaya hohlaya yanağındaki buzu erittim, kucağıma aldım, içeri götürdüm.

Selahaddin ile aramızdaki yakınlığı çekemeyen, anlayamayan, hazmedemeyenler de oldu. Onun tahsili olmadığını, ilim meclislerinde bulunmayı hak etmediğini söyleyenler oldu Oysa onun kısa bir zamanda asırlara bedel ilim, irfandan nasiplendiğini göremiyorlardı... Kimsenin lafı umurumda değildi. Aşk adamının hal ilmini mürekkep yalamışların göreceği yoktu. Şeyh Selahattin on yılın sonunda ebedî aleme göçtü. Selahattin Zerkûbi, cenazesinin ağlanarak değil, neyler üflenerek ve kudümler çalınarak sevinç içinde kaldırılmasını vasiyet etmişti. Çünkü o, istediği yere, uğruna dünya malından vazgeçtiği mertebeye erişiyordu ve ben yine büyük acılara, büyük bir yalnızlığa doğru yeniden yol alıyordum...

BEN BENDE DEĞİLİM YA SİZ ?

Ne geceyim ne geceperestim ki uykudan bahsedeyim.
Güneşin kölesiyim, bu yüzden hep 'Şems' derim.

Öyle harfler vardır ki, ateş alır ve kül olur. Bu ateşin aydınlığında, ben, bütün o kelimeleri tek tek görüyorum. Ben ateşin alevlerini yüreğimin derinliklerinde hissettim. Hiç bir dilin anlatmaya cesaret bile edemediği alevler kuşanan yüreğimi susamışlığıma alev alev deniz bildim. Bir alevi yüz alev, bir yalımı dev alev, dev alevi ateş, ateşi de yangın kılmalıydım ki buzullarda donan insanlığın ısınması baharların gelmesi için çöllere, dağlara taşımalıydım. İnsanlık gurur buzulunda üşüyor. Dünya bencillik ayazında titriyor. Ben yüreğimdeki özü köz edip aleme ateş taşıyorum kelimelerimle. Yakan ateş değil, nura taşıyan ateş. " Nâr olmadan nur olunmaz." demişti babam Bahaeddin Veled. Seyyid Burhaneddin hocam: "Nârını bekle, nârın yârindir demişti." Bekliyordum. " Ey dünya sarrafı, beni bul !" diye yankılanan sesin sahibini.

Asla dünyanın kölesi olmadım, özgür kaldım. İman ile kulluk yoluma devam ettim, ihanet etmedim. Esen her rüzgara kapılmamak aşkımın özüdür. Şems'in bana dostluğunu, benim ona olan bağlılığımı, aşkımızı, ilahi aşkın yolunda gösterilen gayretimi yanlış anlatanlar, bizi olduğumuzun dışında değerlendirenler, ilahi aşk gayretimizi görmeyenler iman deryasından bir damla bile yutmamış nasipsizlerdir. Halkın çoğu gündüzleri dedikoducu, eyyamcı, geceleri dindardır. Aşk yolunda şerefle yürüyenleri aşksızlar ne anlasın! Cüneydi Bağdadî, bir gün müridleri ile birlikte Bağdat meydanında geziyordu. O anda meydanda, valiye kılıcı ile zorluk çıkarmış ünlü bir eşkiyayı asmak için getirmişlerdi. Vali, eğer özür diler ve elini öperse bu eşkiyayı affedeceğini söylüyordu. Eşkiya ise, " Onurlu idam adamlığın şanıdır." demiş ve el etek öpmeyi reddetmişti. Cüneyd, darağacındaki eşkiyanın yanına vardı. Eğilip onun ayaklarından öptü. Yanındakiler itiraz ettiklerinde:"İnandığı yolunda buraya kadar gelebilen bir insanın ayakları öpülür. " der. Allah'a hamd ediyorum. Bu sözlerin, benim duruşumda büyük tesiri olmuştur. Şems benim sadece derttaşım, gönüldaşım değil canımın özü iken kimsenin onu hafife almasına gönlüm razı gelmez. Aşk samimiyet ve sadakattir. İnsanlar aşkı, sadece kırık dökük konuşuyorlar. Biz aşkı yaşayanlardanız.

Halvet, inziva, yalnızlık ve gam iliklerime kadar işledi ve bir daha da ayrılmadı benden. Ciddi bir sorusu ve meselesi olan herkes benim yanıma geliyordu. İçini dökmek, zamandan, idareden, din tacirlerinden veya başka şeylerden şikayeti olan yahut dünya ve ahiret arasında kalan herkes bana geliyordu. Ömrüm insanların iki alem arasında açtıkları uçurumları doldurmakla geçti. Sonunda adeta sual sorulmak ve cevap vermek için yaratıldığıma inanmaya başladım. Kimse Mevlâna ne istiyor diye aklına bile getirmiyordu, gerçi hoş ben bile bilmiyordum, ne istediğimi, kimi beklediğimi. Herkes beni bütün dertleri çözmek ve her türlü soruların cevabını vermek, bilmek ve her zaman ilim, ilahiyat, edebiyat, halk ve siyaset hakkındaki tüm itirazlara cevap vermekle yükümlü biliyorlardı. Âlimdim, âriftim onların gözünde. Ancak içimde koftum, boştum ben bu dünyaya alimlik için gelmemiştim. Aşktı derdim, maşukluktu mertebem. Ama hani nerede? Tâ ki Şems'im gelene dek.

Otuz dokuz yaşındayım. Kalbimde büyük bir boşluk var adı konmamış. Bir terennüm var dilimde makamı yazılmamış. Arayıştayım. Binlerce kitap okudum. Yüzlerce hasbihale şahit oldum. Tadı tarif edilmemiş bir burukluk var. Boşluğumu nasıl dolduracağım? Ne tamamlayacak içimdeki eksikleri bilmiyorum. Bilemiyorum. Yüreği çileli, ruhu yorgun, düşüncesi ufuklarda biriydim. Halbuki

25 yaşlarındayken şiir, araştırma, sohbetlerde coşma, riyazetlerde gezme, saatlerce kâh oturarak kâh ayakta ayın ışığında kitapları okuma, mana âleminin etrafında nelerin olup olmadığını merak dolu bir dünyam vardı. Şimdi bekleme halindeyim. Neyi, kimi beklediğimi ben de bilmiyorum. Sadece bekliyorum. Her arkadaşım bağ bahçe peşinde, köşklerde saraylarda makam kapma derdindeyken, ben sevinç, şükür ve şevk deryasında yürüyordum. Kimileri isimlerini pula sattılar, ben adımı suya verdim. Hızır'dan daha tez, İskender'den daha önce hedefe varmak istiyordum. Onlar lezzet ve zevk aldılar, bense gam ve keder. Onlar paraperest oldular, ben aşkperest. Onlar altın ve gümüş sergilediler, ben Şems'e serdim ruhumu. Gönül sofrasını açtım bütün insanlar doysun diye. Onlar kapılarını geri çevirdiler, ben uçuruma düşecekleri bahçeye çağırdım. Kandan şerbetler içtim. Onlar para babası oldular, ben dert babası. Onlar hasta ve zayıf koyunlarını, gönüllerini zorlayarak, saray kapılarında kurban ederken, ben Şems'imi aşk yolunda kurban verdim. Onların şen gülenleri varsa, benim de yanan ve ağlayanlarım var. Onlar kalabalıklarda birbirine yabancı iken, Şems ile biz yalnızlıkta birbirimizi tanırız. Onların altını varsa, benim de aşkım var. Onların konakları varsa, benim de mihrabım var. Onlar yeryüzünde sürünürken, ben göklerde uçuyorum. Onlar biterken, ben daha yeni başlıyorum. Onlar ihtiyarlayıp ölüme karşı ayakları titrerken, ben gençleşip ölüme tebessüm yolluyorum. Bu yürekte Şems vardır. Bu yürekte imandan ve aşktan başka bir şey yoktur. Bu yürek, hayatın fakir kesesine asla boyun eğmemiştir.

Ey Şems'im! Ey ruhum! Ey kendim! Seni gördüğüm an, üzerinde gurur kılıfı bulunan çelikten "ben"liğimi kırdım. Bu öyle bir gururdu ki, zamanın vurduğu hadiseler ve darbeler nedeniyle daha da güçlenmiş, sertleşmişti. Bu yaptığım, talep yolunun ilk adımıydı. Zîra, gurur yoldaki ilk engeldir. Derler ki: "Nâmerd insan, gururunu satar, mert insan ise onu kırar." Elbette dost için kırılmalıydı, dostta "biz"leşilmeliydi. Nasıl ki, gururlar isyan ile sulanırsa, dostluk ise teslimiyetle sulanırdı. Aşk yolunda kurbanlıklardan bahsetmek ne kadar çirkindir. Ben kurbanlığımdan bahsetmek zorunda kaldıysam, alçaklıktan değildir. Herkes biliyor ki, ne tüccarım ben, ne de aç gözlü. Şems'imi anlamayanların, aşktan nasip almayanların yüreklerine yazık etmesinler diye zikrettim adını.

Benim hâlim, bakkalın hikayesine benziyor. Biz sufiler, hepimiz birbirimizin yakınlarıyız ve aynı medresenin talebeleriyiz. Moğollar saldırıp, insanları öldürüp, her tarafı yağmaladıklarında, bir bakkalı da esir almışlar. Moğol'un biri, bakkalın boynuna ip bağlamış pazar pazar dolaştırıp satmaya çalışır. Bir alıcı gelip kaça sattığını sorduğunda, Moğol " Sen kaça alırsın?" diye sorar. Alıcı bin dinar vereceğini söyleyince, bizim bakkal " Satma, ben daha fazla ederim. " der. Moğol da satmaz. Başka bir pazarda bir başkası bakkal için bir dinar teklif edince, bakkal " Sat, bundan daha ucuza ederim." der. Moğol bu duruma kızar ve bakkalın boynunu kılıçla keser. Evet bu hayat pazarının apayrı bir alışveriş metodu vardır. Sessiz komşunun cinneti ile telaşlı delinin, anlayacağı bir ticarettir bu. Aşk ve iman, ne kadar da heyecan verici ve büyüktür. Ne yazık ki azlara, alçaklıklara ve düşüklüklere alışmış anlayışlar, onu, kadına, hevese, şehvet düşkünlüğüne, paraya-pula ve nihayet dünyanın dedikodu kazanına bulaştırmışlardır. Yazık! Yazık ki, bu dünyada, şu hayatta bizim içimize düşen aşkın nasıl bir aşk olduğunu anlamak istemeyen insanlar çok. Bizim içimize düşen, nihayet insanların bildikleri aşk değildir. İnsanların bildikleri kadın, erkek, güç, makam tutkusuna benzemez.

Ben aşkı, heves ve iradeden ayırıyorum. Ama aşk ile hevesi birbirinden ayırt etmek oldukça zordur. Çünkü heves, çoğu zaman aşk perdesine bürünür. Bu yüzden insan bazen şüpheye düşer. Fakat ben, bu ikisini kolaylıkla ayırt etmeyi öğrettim. Şöyle ki, yakınlaştıkça köklü, ağır, derin ve azametli gözüken aşktır.

Aşk, marifet ile dert ortaklığı ve gönüldaşlığın meyvesidir. Yakınlaştıkça küçülen, değersizleşen, adileşen ve düşen ise şehvettir. Bir kadın veya erkek yüreğe ulaşılmaz gözüktüğünde kıymetleşiyor, sonra ulaşınca heyecanını kaybediyor, o kişi size sıradan geliyor. İnsanoğlu erişince maksûda, mutlaka yüzünü döner mahbûba.

İnsanlar ihtiras dolu şehvetli arzularına aşk ismini veriyorlar. Sevgiyi sahiplenmek görüyorlar. Kendilerine köle ararken köleleştirildiklerinin farkına kafesin içine girdiklerinde varıyorlar. O halde sevgili kim? Sevgiliyi sevenleri sevmişsen, sevgiliyi tanımışsın demektir. Bunun adı aşktır işte.

Aşkta kadimkeş bir dostluk, heves de kuru kör bir bencillik vardır. Şems'i benim gördüğüm gibi göremeyen ile aramızdaki fark Işte budur. Ben dostluğu tercih ettim, onlar menfaati seçtiler. Ben, gülü görünce onda sevgilinin kokusunu içine çeken ve sevgiliye hediye edenim, onlar ise daha çok gül olaydı, gül suyu satsaydık da zengin olsaydık diye bakarlar güle. Biz aşk ehliyiz, biz tasavvuf erenleriyiz. Biz Rabb'imize Bezm-i Elest'te verdiğimiz söze sadığız, biz Kur'an'ın özünü içenleriz. Dünya kabuğunu sokak köpeklerinin önüne atıp, "Hû, Hû!" zikri ile ahireti tesbih edenleriz. Biz Hz. Muhammed'in Medine sokağında ayak bastığı bir toz zerresi olmayı şeref bilip " Elhamdülillah" diyenlerdeniz. Hangi kem göz ve hangi şaşı söz Şems'imi ve beni, Allah aşkımızın dışında görür ve anlatırsa, mahşerde iki elimiz yakalarında olacaktır.

Bütün ömrümü, kalemimi, gençliği ve duygularımı, insanlığa vakfetmişim. Ama bazılarınca kendi felsefi eyyamlarına kapılmış bir sufi olmakla suçlanıyorum. Aşka olan aşkım, insanlığa ve vatanıma olan bağlılığım, o kadar şiddetlidir ki, aşığı olduğum bu ümmetin çehresinde yeni bir dalga meydana getirmek için, ailemi, evlatlarımı, yemeğimi, uykumu unutur oldum. Size yüreğimden başka sunacak neyim var ki?

Gülün fiziği; gülü alan, işleyerek gülsuyuna dönüştüren ve onu satan tüccarın malıdır. Ama gülün metafiziği; güle bakan, hisseden, koklayan, düşünen okuyan, anlayan ve gülleşen maşuka aittir. Hz. Muhammed'in fiziği ümmettir, metafiziği ashabıdır. Benim de metafiziğim Şems'tir. Siz onu anlamadan kokumu sinenize süremezsiniz.

"Canımın canı....Gel...Beklediğim yolları kısalt da çabucak gel...Bakma arkanda bıraktığın ekmek kırıklarına....Gel...Kaybetmeyeceksin bülbül-

ler yese bile izlerini....Gel...Ne kadar çabuk gelirsen, o kadar çoğalarak gel....Ama kör ama dilsiz kalsan ama bitsen ama ..."

Eğer dolaştığınız diyarlarda bir kör kuyu görüp de dua okumadan geçerseniz vah olsun size.

GÖZÜMÜN NURU: SULTAN VELED

Yandık, yakıldık, ama hüzünden yana asla yakınmadık. Ne de olsa biz mahzun bir Peygamberin ümmeti değil miyiz? Hüzün taze tutar aşk yarasını. Yaramdan da hoşum yârimden de...

Oğlum ile bir baba-oğul olduğum gibi, bir hoca talebe olduğumuz gibi aynı zamanda ağabey-kardeş gibiydik. Konya dışından gelen misafir ziyaretçiler dergâhta bizi yan yana görünce, iki arkadaş, ağabey kardeş sandıkları oluyordu. Oğlum olduğunu öğrendiklerinde şaşırıyorlardı.

O kadar seviyorum ki yavrularımı...

Bir gün bana oğlum Sultan Veled:

- Çok sarı benizlisiniz, hasta gibisiniz? diye sorunca,

- Ne yapalım, Allah'ı sevenler öyle olur... dedim. Sultan Veled suratını asıp kendince üzüldü. Ertesi gün onu asık suratla dolaşırken gördüm:

- Oğlum, ne oldu, kaç gündür suratın asık geziyorsun?

- Babacığım dün, Allah'ı sevenlerin yüzü benzi sararır diye söylediniz. Ben ise kırmızı yanaklıyım. deyince, gülerek ona sarıldım, yanağından öperek,

- Allah'ı sevenler sarı benizli olur. Allah'ın sevdikleri ise kırmızı yanaklı olur, dediğimde mutlu oldu.

Yine bir gün Sultan Veled bana:

- Babacığım sana bütün halk "Mevlâna" diyor. İlk isminle hitap etmiyor. "Mevlâna" isminin hikayesi nedir?

- Oğlum aşıkların iki ismi olur. Birisi ailesinden gelir diğeri aşkından. Deden ilk isimimi verdi. Mevlâna ismini maşuğum Şems verdi. Şems bir gün bana dedi ki: "Sen yokluksun. İsminde yokluk olsun. Herkes Mevlâna ismini Efendi manasında anlıyor. Oysa Farsçada Mev: Yokluk, Arapçada Lâ: Yokluk ve Türkçede Na: Yokluk demektir.

Sevdiklerim çok oldu, sevenim de çok oldu. Sadece Şems değil, Çelebi Hüsamettin, Selahaddin Zerkûbi, Sadreddin Konevî, Seyyid Burhaneddin hocam ve babam Bahaeddin Veled dostlarımdı benim, oğlum bile dostumdu. Ancak Şems'in yeri bambaşkaydı. Oğlum sordu:

- Aşkta karşılık beklemek olur mu?

- Buna düpedüz aşkıyla alışveriş yapmak denir. İnsani diye bahsedilen bir muhabbette bile "Ben onu seviyorum ama o da beni sevsin." diyorsan ona aşk demezler. Sen onun tarafından sevilmeyi seviyorsun. "O bana ne verir?" diye değil, "Ben ona ne verebilirim?" diye düşündüğün zaman aşk olur.

- İlahi aşk için de mi bu husus geçerlidir?

- Elbette! Allah ve Resulullah aşkı da böyledir. Onların hatırını incitmemek için davranmaya Allah aşkı denir. Sen namaz kılmazsan Allah üzülür; " Benim emrimi dinlememek suretiyle nefsine zulmediyor..." diye. Resulullah da üzülür. Yasak savmak ve borç ödemek için namaz kılınmaz, bu kulu bir yere yükseltmez. Emirler diye tabir edilen haller böyle telakki edilmelidir. "Yârim istedi" diye yaparsan samimiyetin seni ilahi aşk basamaklarından makam-ı aşka çıkarır. Aşkın, namazın, niyazın birlikte yol alacak. Din muhabbettir, mükellefiyet değildir. Ama mükellefiyetler yerine getirilmeden muhabbet olmaz.

- Allah'ın 'Kahhar' sıfatını insanlara yanlış anlatıyorlar. 'Kahhar', Allah bizim kötü huylarımızı, niyetlerimizi, kahretsin, ortadan kaldırsın demektir. Bazıları bunu beddualaştırıyor, "Allah seni kahretsin diyor." Oysa " Allah sendeki kötü huyları kahretsin, seni ıslah edip aşka getirsin" demelidir.

Sultan Veled'im Şems'ten ve benden manevi ziyafetlerden gıdalanmak için çaba sarf eden bir pınardı. Benimle baş başa kaldığında sürekli sorular sorarak manevi açlığını doyururdu. Tasavvufa ve hele semâ'ya aşırı düşkünlüğü vardı.

- Babacığım, ne olur söyle! Allah'a ulaşmanın yolu nedir?

- İnsanın Allah'a ulaşması için iki yol vardır. Biri zahiri yoldur, diğeri de batıni yoldur. İnsan batini yolla Allah'a ulaşabilir ve zahiri yolla da Allah'ı tanıyabilir. Zira menzilin olduğunu bilmeyen menzil istemez.

- Hikmetin adımları nelerdir?

- Hikmetin ilk adımı maddiyattan yüz çevirmek, ikinci adımı ilahi nurları müşade etmek ve son adımı da sonsuzluktur. " **Ben yeryüzünün ve gökyüzünün Nuruyum." Nur Suresi35**. ayetinde geçen Nur kelimesi mutlak kullandığı için Nur'un kendisi de mutlaktır. Resulullah buyuruyor ki: "Allah veli kullarının kalplerine ışık verir" Yine "Allah kendi işrakında tecellide bulunup Nur bağışlayandır. "" Allah'ın yarattığı ilk şey Nurdur. "

- İlahi aşkta da insani aşk misali hüzün var mıdır?

- Güzellik, aşk ve hüzün her zaman birlikte yaşayan üç kardeştir. Yusuf yaratıldığı zaman güzellik Yusuf'la birleşir ve diğer iki kardeşini yanına kabul etmez. Bunun üzerine hüzün Kenan'a gidip orada Yakup'la birlikte kalır, aşk da Mısır'a doğru yol alır ve Züleyha'nın yanına yerleşir. Yusuf Mısır'a geldiğinde aşk Züleyha'yla birlikte Yusuf'u görmeye gider. Züleyha Yusuf'u gördüğünde kınama elini uzatıp iffet perdelerini yırtar. Yusuf'un Mısır'a geldiğini işiten hüzün ve Yakup da, onu görmek için Mısır'a gider ve Yusuf'a secde ederler. Bu, kulun Hakk'a olan sevgisinin isbatıdır.

Hakikat ehli olan sufiler Allah ile kul arasındaki muhabbet ve lezzeti isbatlayıp aşkta aynı cinsten olmanın şart olmadığını açıklamışlardır. İnsan bazen kendi cinsinden olmayan renkleri ve şekilleri de sever. Hakk'a olan sevgisinin cismani organlarla bir irtibatı yoktur. Bu Hakk'ın sırlarının merkezi olan Rabbani mahal ve zevkle bağlantılıdır.

- Sufiler semâ halindeyken farklı bir halet-i rûhiyeye sahip oluyorlar, bunun sebebi nedir babacığım?

- Sesi güzel olanın şiiri; def, kaval ve buna benzer bazı güzel sesli müzik aletleriyle birlikte hüzünlü bir yerde, aynı makam ve ritimde okunursa, hal sahibi gerçek suretini görür ve bunu cânu gönülden dinler. O âlemde kulak işitmez, can işitir. Kulağa denilir ki: "Sen bunu dinlemeye layık değilsin. Zira bu âlemde işitmek kulağın işi değildir."

- Hal ehli neden semâ yapar?

- Gözümün nuru Sultan Veled'im, can, kafesinden dışarı çıkmak isteyen bir kuş gibi, bedenden çıkmak ister ama beden kafesi buna engel olur. Ve kuş bütün gücüyle kafesi kırmaya çalışır. Eğer çok güçlü olursa kafesi kırıp çıkar ama buna gücü yetmiyorsa, ne yapacağını bilmeden kafesi kendisiyle birlikte döndürür ve yine uçmaya heves eder. Kafesi kıramadığı için bu sefer kafesi de kendisiyle birlikte götürmek ister ama kafesi fazla yukarı çıkaramadan yere düşer. "

- Eli yukarı kaldırmak ne demektir?

- Her neyim varsa ondan el çektim, anlamına gelir. Yani, o âlemde öyle bir şey buldum ki bu âlemde her neyim varsa terk edip tecrit olundum, demektir.
- Pîrim, semâda hırkayı uzağa atmak ne demektir?

- Yani oradan bir şeyler işittik, buradan da bir şeyler atalım, demektir.

- Neden biri kalkıp cezbeye tutulmuş kişinin semâ raksına eşlik eder?

- Cezbe hâletine sahip olduğunu iddia edenle yoldaş ve hemdem olmak için. "

- Neden cezbe hâletinden sonra, cezbeye gelen kişi yerinden kalkıp ellerini birbirinin üstüne koyar ve sessiz kalır?

- Konuşmayan beden dilidir. Zira beden dilinin beyan etmeye kadir olmadığını hal dili beyan eder. Orada bulunan insanların bunu anlaması gerekir. Semâya kalkan herkes cezbeye gelemez. Semâ cezbeye göredir, yoksa cezbe semaya göre değildir. Kalplerde mücadele vermek yiğitlerin işidir. Elbise kolunu yukarı çekmek gerçek sufilerin işidir. Yoksa mor keçe elbisesi giyen herkes sufi değildir.

- Babacığım Şems sana aşkın sırrını söyledi. Beni bu sırdan mahrum mu edeceksin? Nedir aşkın sırrı?

Aşkın sırrı, cehennemden korkmamak ve cenneti arzulamamaktır.

Aşkın sırrı, rahmani nefesin parçası olmaktır.

Aşkın sırrı, asıl vatana dönmektir.

Aşkın sırrı, saf tevazu hazinesidir.

Aşkın sırrı, âlemlere rahmet olan Sultanımız Efendimizin (s.a.v.) güzelliğini görmek ve hissetmektir.

Aşkın sırrı, aşkı Cenab-ı Hakk'ın cemali vasıtasıyla öğrenmektir.

Aşkın sırrı, su yerine susuzluğu aramaktır.

Aşkın sırrı, açlığın gıdamız haline gelmesidir.

Aşkın sırrı, Allah'tan Allah'a yakınlığı satın almaktır.

Aşkın sırrı, kusurlarımızın farkına varmaktır.

Aşkın sırrı, Rabb'imizin bize duyduğu sevgiden dolayı var olduğumuzu bilmektir.

Aşkın sırrı, her şeyi O'nun nuruyla görmektir.

Aşkın sırrı, hem âşık hem maşuk olmaktır.

- Babacığım, vesvese illetinden nasıl kurtulacağız? Vesvesede çırpınanlara ne dersiniz?

- Vesvese imanın ta kendisidir. Hırsız dolu eve mi girer, boş eve mi? Şeytan imanı olana gelir. Dürter onu. Vesvese verir. Bir kişi de vesvese varsa korkmasın. Vesvese günah işlenen yerde değil sevap işlediğin yerde gelir. Hiçbir kişi meyhanede vesveseye düşmez. Ancak, camide, hayırda ve hasenatta şeytan ona gelir, imanını çalmaya çalışır. Vesvese varsa rahatsın. Bırak şeytan boşuna yorulsun. Sana Allah'ın yeter. **Fussilet Suresi**: **"Eğer şeytandan gelen kötü bir düşünce seni dürtecek olursa, hemen Allah'a sığın. Çünkü O, hakkıyla işitendir, hakkıyla bilendir."**

UZAKLARDAN ELİF ELİF BİR DERVİŞ GELİR

Söz vardır hançer gibi, duyan imdâde gelir,
Gönül derde düşer de, her dem feryâde gelir,
Derviş bağrı yanarken, meclis aşka doyarken
Yunus'la söyleşirken bezm'e Mevlâna gelir.

Dervişlerle dergah bahçesinde sohbet esnasında, bir derviş uzaklardan gelen genç birisinin beni ısrarla görmek istediğini haber verdi.

- Buyursun, diye icazet verdim.

İçeriye orta boylu, cübbesiz, külahsız ve sakalsız, çok sade giyimli bir delikanlı girdi. Selam verdikten sonra kendisini tanıttı:

- Efendim ismim Yunus Emre'dir. Hünkârım Hacı Bektaş-ı Veli Hazretlerinin selam ve hatırını getirdim.

- Hoş geldin derviş Yunus, hoşnutluklar getirdin. Ayakta kalma, şöyle otur. Aç mısın susuz musun hele bir söyle bakalım?

- Hamdolsun, tokum efendim, manevi açlığımı doyurmak için de diyar diyar dolaşırım.

- Dergahın, yerin yurdun yok mudur?

- Yazgım henüz kalacağım dergahı göstermedi. Hünkarımın yanında kalayım dedim, nasip olmadı. Tapduk Babam "Hristiyanı bol bir memleket yurdun olacak" dedi, o gündür bugündür dolanırım memleket memleket.

- Demek ki Konya da sana mesken olmayacak dervişim, üzüldüm şimdi. Senin gibi civanın dervişim olmasından mesrur olurdum.

- Allah razı olsun efendim. Sizin dervişiniz olmak şeref verirdi bana.

- Pirimiz Bektaş-ı Velimiz nasıldır, ne haldedir, sağlık ve afiyette midir?

- Hamdenlillah sağlıcakladır, size uğramamı ve sizden kısa süreli de olsa nasiplenmemi tembihledi. Şu kendi el yazması Kur'an-ı Kerim'i size hediye etmemi ve onun adına bol bol sarılmamı istedi.

"Gel pîrimin kokusunu getiren dervişim!" diyerek ayağa kalktım ve doyasıya sarıldık. Allah aşkı ile tutuşmuş, Rasulullah'ın yolundan asla sapmamış ve rum diyarını Müslümanlaştırmak için ter akıtmış Hacı Bektaş pirimle yüz yüze gelmek hiç nasip olmamış birbirimize dervişler yollayarak hasret ve muhabbet beslemiştik. Odadaki dervişler bu samimi sarılmaya bir anlam verememişti, ama havada manevi yükün ağırlaştığını anlamakta zorlanmadılar.

Daha sonra Yunus Emre ile karşılıklı şiirler okuduk, tasavvuf üzerine sohbet ettik. Bir ben söylüyorum, bir Yunus Emre söylüyor. Dervişlerde bizi hayranlıkla dinliyordu.

- Efendim, Mesnevi'nizde şu sözünüz beni mest etti " On sekiz bin alem içinde, 'Onlar O'nu sever, ahdine sahip olan kâseyi insanlar dışında kimseler yudumlamaya yanaşmadı. " Kâseden kast nedir pirim?

- Kâseden maksat "emanet"tir, Hz. Âdem'i büyük kılan şey, emanetin yükünü taşımasındandır. Emanet Allah sevgisidir. Aşkın esrârını yalnız Âdem biliyordu, çünkü onun yaratılışının altında yatan sebep aşktı. Âdem, ayrılık acısının da ne olduğunu biliyordu bu yüzden yasak meyveyi yedi. Aşka güç kazandırmak ayrılık ile uslandırmakla olur.

- Çok güzel söylediniz Mevlâna'm. Yüce Allah Bezm-i Elest'te hitap eder:

"Ey Rıdvan, cennet sizindir, ey Mâlik, cehennem sizindir! Ey melekler, arş sizindir, kürsi sizindir. Ey siz yanık kalpli ve benim mührümü taşıyanlar! Siz bana aitsiniz, Ben de size âidim."

- İnsanın hakiki hali; Tek ve Yegâne'ye şiddetle ihtiyaç duyması ve O'nu aramasıdır. Rabbimiz bizim böyle olmamızı istiyor. O halde İblis'in yolu hangisiydi ey Mevlâna'm?

- İblis'in yoluna bak, iddialarda bulunmaktan başka bir şey görmeyeceksin. Sonra Âdem'in yoluna bak. İhtiyaçtan başka hiçbir şey görmeyeceksin. Ey İblis! Ne diyorsun? '**Ben ondan hayırlıyım**'(Araf/12) Ey Âdem! Ne diyorsun? **Rabbimiz! Nefsimize zulmettik**'(Araf /23)

Netice olarak her şey O'nu arayışımızdaki samimiyetle mana kazanır. Üstelik ihtiyaç sahibi bir mahlûk, samimi bir mümin, diğer insanların açlığı ve susuzluğuna karşı nihayetsiz derecede duyarlıdır. Her türlü acil ihtiyaca hazır olmayı ister. Bu yüzden kendi ihtiyaçlarını unutur. Nerede bir ihtiyaç çığlığı duysa, anında cevap vermeden edemez. Çünkü yardım etmek için dayanılmaz bir cazibe hisseder. Bu onun yaşam tarzıdır. Kulluk buna denir. Gerçek ihtiyaç, Allah'ı aramaya olan ihtiyaçtır!

- Peki bu dünyadaki en büyük sır nedir efendim?

- Bu dünyadaki en büyük sır insandır Yunus Emre'm. İnsanın var oluş sırrını aşikâr etmek için aşk ateşine ihtiyaç vardır. İnsan tabiatının gizliliklerini ortaya çıkarmak için derin muhabbet ve yoğun özlem gereklidir, yani hayatın sırrını açıklamak için aşk gereklidir. Arayışımızın sıcaklığında hakikat bulabiliriz ki, bütünlüğünde gizli hazine odur. Allah'ı dilemek tevhidi dilemektir. Kendi içinde Allah'ı bulmak, tevhide varmak demektir. Tevhid, insan hayatında varılabilecek en yüksek makamdır.

- O halde Tevhid, sevgili yaratıcımıza yakınlık demektir. İnsanların arasındaki tek gerçek fark, kimisinin hakikate diğerlerinden daha yakın veya uzak olmasıdır. İnsanların büyük bir kısmı tamamen bedensel bir hayat yaşarken, çok büyük bir bölümü de kalplerinin içindeki özü keşfetmiş olarak yaşarlar.

Çok güzel açıkladın, helal olsun Yunus'um! İslâm dini ayrıca hayranlık dini demektir. Ahiretin güzel kokusu hayran olanlara ayrılmıştır. Veli, her an daimi bir hayranlık, azamet ve şaşkınlık halindedir. Hayranlığı en ulvi seviyede olan Efendimiz (s.a.v.) 'di. Efendimiz, o kalp eriten duasında şöyle niyaz etti:

"Ya Rabbi, sana olan hayranlığımı arttır!"

- Hünkar'ımın size uğramamı istemesinin sebebini anlıyorum Siz bir deryasınız efendim. Müsaadeniz olursa yarın sabah Karaman'a yolculuk yapmayı murat etmekteyim.

- Keşke vaktin çok olsa da seni daha çok misafir etsek, madem yol görünüyor müsade Rahman'dandır. Karaman dediğinde içim bambaşka duygularla doldu taştı. Gençlik ve ilk yuva kurma dönemim o güzel topraklarda geçti. Güzel ve iyi halkı var. Çok ekmeklerini yedim, sularını içtim. Yedi yıl boyunca hiç incitmediler bizleri. Moğollardan epey eziyet çekmişler ve Haçlı savaşlarının acı hatıraları hala taze duruyor. Duam odur ki, Karaman'ın sana ihtiyacı var. Yurdun olsun Karaman. Karaman halkına selam ve muhabbetlerimi iletiniz. Ayrıca sizden bir istirhamım olacak kabul ederseniz bu kulu mutlu edersiniz.

- Efendim ne demek buyurunuz, gönlüm ruhum üzerine...

- Karaman'da muhterem annem ve ağabeyim medfundur, kabirlerine uğrayıp selamımı ileterek duacı olur musunuz ?

- Allah'ın rahmeti üzerlerine olsun, memnuniyetle selamınız iletir ve dua okurum efendim.

Yunus Emre'ye bir müddet daha dergâhta kalmasında ısrar etsem de teşekkür ederek, yolunun uzun olduğunu bildirdi. Hüsameddin Çelebi'yi çağırarak yazdığı Mesnevi nüshasından getirmesini tembihledim. Yunus Emre dervişe yeşil hırkamı ve Mesnevi nüshasını hediye ettim.

DOĞUNUN AZAP ATLILARI: MOĞOLLAR

Dini vazifelerini yapmadan, iyi, yararlı bir insan olmadan Cennet'i isteme! Hakk'a layık bir kul olmadan, onun lütfuna, ihsanına nail olmadan Süleyman mülkünü talep etme. Mademki, işin sonunda ecel vardır, ölüm bir gün gelip yakana yapışacaktır, hiçbir insanın kalbinin incinmesini arzu etme!

Alâeddin Keykûbat zamanında Selçuklu otoritesinden çekinen Moğollar, onun ölümünden sonra cesaret buldular. Baycu Noyan kumandasındaki Moğol askerleri, Anadolu için tehlike arz etmeye başladı. Bu sıralarda Anadolu Selçuklularının başında çocuk yaşlarında hükümdar olan II. Keyhüsrev ve II. Keykavus gibi kimseler bulunmaktaydı. Bunlar oldukça zayıf şahsiyetli idarecilerdi. Bâbâi isyanı ile içtimâi bünye hayli zayıflamıştı. Bütün bunları fırsat bilen Baycu, önce Erzurum'u kuşattı ve şehri yağmaladı. Aradan bir yıl geçmeden Sivas, Kayseri ve Erzincan'ı yakıp yıktı. Sonraki senelerde Selçuklular tamamen Moğol hâkimiyeti altına girdi.

Moğollar, Selçuklu ordusunu dağıtıp Konya'nın üzerine yürümek istediler. Babamın uyarısını dikkate almayan Harzemşah'ın hatasının bedelini Belh halkı ödemişti. Belh'in başına gelenlerin, Konya'nın başına da gelmesini istemediğimden saraya çıktım. İdarecilerle toplantı üzerine toplantı yaptım. Savaşın çözüm olmadığını, aklıselim ile hareket etmenin halkın yararına olacağı hususunda ikna ettim. Çocukluğumdan kalan acı hatıralarım şunu öğretti ki, savaş barış için, hak için, adalet adına yapılmazsa bir yıkımdır. Kan dökülmesinin engellenmesi mümkünse topluma hizmet adına kendinizi öne sürmek zorundasınız. Herkes evine çekilmiş, korkularından titrerken, camilere doluşup duaya sığınan halka ümit olmalıydım. Konya'yı ve civar şehirleri kurtarmanın mutlaka bir yolu olmalıydı. Bu da tarafları müzakere ettirerek orta bir yolun bulunmasıydı. Selçuklu sultanı isteğim üzerine Moğol komutan Baycu'ya mektup yazarak barış teklifinde bulundu. Moğollar Sultanın barış mektubunu olumlu karşıladılar, her sene büyük miktarda haraç almakla yetinip yağmalama, tahrip ve öldürme işine girişmediler. Ancak Moğol komutan Baycu, Konya'yı yakıp yıkmaya önceden yeminli olduğundan sözünün yerini bulması için kale burçlarından bir kaçının yıktırılması ile yetindi.

Böylece tahrip ve zulümden kurtulan Konya'ya "Evliyâ Şehri" lakabı verildi. Moğol kasırgasından şehri ve halkı kurtarmada gösterdiğim uzlaşmacı tavırdan dolayı bütün şehrin bana duydukları sevgisi daha da arttı.

Moğol zulmü karşısında halka ümit vermeye çabaladım. Birisi bana sordu:

- Moğollar mallarımızı alıyorlar, ara sıra da bize mallarını bağışlıyorlar. Acaba bunun hükmü nasıl olur?

- Moğolun aldığı her şey tıpkı testideki suyun denize dökülmesine benzer. Su testide durduğu müddet başkasının onu kullanması doğru olmaz, aksine davranış gasp olur. Ama aynı su denize dökülünce, herkes için helal hale gelir. Bu bakımdan bizim malımız Moğollar'a haram, fakat onların verdikleri bize helal olur.

- Moğollar ilk önce buraya geldiklerinde çulsuzdular. Binek hayvanları öküzdü. Silahları odundandı. Şimdi haşmet ve azamet sahibi oldular, karınları doydu. En güzel Arap atları ve en iyi silahlar onların elinde bulunuyor?

- Onların gönülleri kırık iken ve kuvvetleri yokken, Allah, yalvarmalarını kabul ve onlara yardım etti. Şimdi ise bu kadar muhteşem ve kuvvetli oldukları şu anda halkın fakirliği, zayıflığı vasıtasıyla Yüce Allah onları yok edecektir.

- Tatarlar kıyamete inanıyorlar "Elbette bir sorgu sual günü olacak." diyorlar.

- Yalan söylüyorlar, kendilerini Müslümanlarla bir göstermek istiyorlar, yani biz de biliyoruz ve inanıyoruz demek istiyorlar. Deveye "Nereden geliyorsun?" diye sormuşlar. "Hamamdan geliyorum" karşılığını vermiş. "Ökçenden belli" demişler. Eğer onlar kıyamet gününe inanıyorlarsa bunun delili hani? Bu günahlar, zulümler ve kötülükler üst üste birikmiş karlar gibi kat kat yığılmıştır. Tövbe ve pişmanlık güneşi ile bu zulüm yığınlarını eritmedikleri müddetçe, sözden ibaret bir imanın değeri yoktur.

Moğol işgali Anadolu'da yarım asır kadar sürdü. Moğollar bu müddet zarfında Anadolu halkına tatbik ettikleri zulüm, haksızlık ve baskılarla, bu ülkede hafızalardan silinmeyen acı hatıralar bıraktılar.

Moğol zulmünün bir zaman gelip son bulacağını, hatta onların Müslüman olup din savunucuları hâline geleceğini söyleyerek moralsiz halka umut ışıkları verdim.

HÜSAMEDDİN ÇELEBİ

Işık renk için varsa, aşık da denk için vardır. Denklik nedir? Korkana müjde olmak, sevene sadık olmaktır denklik.

Hüsameddin yârenimin aslen Urumiyeli olan ailesi Konya'ya muhacir olarak gelmişler ve bu şehre yerleşmişlerdi. Çelebi Hüsameddin de Konya'da doğmuştu. Oğlum Sultan Veled ile yaşıttır. Onu oğlumdan ayrı tutmadım. Manevi oğlum gördüm. Hatta çoğu onu ailemden sanıyordu, o sebeble neslimden gelenleri Çelebi adıyla anar oldular. Hüsameddin'in, "Çelebi" lakabından başka "Ahi Türkoğlu" ünvanı da vardır. Hüsameddin'in babası Konya ve havalisinde yurt edinmiş olan Ahi'lerin başı olduğundan kendisini "Ahi Türkoğlu" diye çağırırlardı.

Çelebi Hüsameddin'in babası vefat edince, onu, babasının yerine reis yapmak istediler. Fakat şöhretin, zenginliğin, mevkiin insana bir şey kazandırmadığını idrak eden bu delikanlı, bütün mal varlığını fakire, gariplere dağıtıp sufilik hasleti ile ve dergâhıma gelip bana tabi oldu. O günden sonra yanımdan hiç ayrılmadı. Dergâhta kendisine oda vermeme rağmen derviş kardeşlerimle kalmak istiyorum diyecek kadar mütevâzı bir gönlü vardı. Nezâketle konuşan, istişâreye kıymet veren yanı hoşuma gitmişti. Elinde sürekli divit, kağıt taşır, ağzımdan ne çıkmışsa yazardı. Sonra yazdıklarını bana okur, eksik yanlış yazıp yazmadığını hassasiyetle kontrol ederdi. Gittiğim her sohbette Çelebi Hüsameddin bulunmazsa, neşelenmemin imkanı yoktu. Sultan Veled ile birlikte yanımdan ayrılmazlardı. İkiz kardeş gibiydiler. Dergâha ne hediye gelirse, hepsini Çelebi'ye gönderirdim, o da herkesin istihkakına göre onları dağıtırdı.

MANA DERYASI KAĞIDA AKIYOR

Dervişlikle âşıklık bir arada olursa sultanlıktır. Aşkın gamı, gam değil çok kıymetli bir hazinedir. Fakat bu hazine gizlidir. Ben gönül evini kendi elimle yıktım, viran ettim. Çünkü definenin virânede saklı olduğunu bildim.

Bir gün birlikte sohbet ederlerken Çelebi bir istekte bulundu ve:

- Müritler, tasavvuf yolunda bir şeyler öğrenmek için ya Hakim Senai'nin Hadika (Bahçe) adlı kitabını okuyorlar ya Attar'ın İlahiname'sini, Mantık-ut-Tayr'ını (Kuş Dili) okuyorlar. Oysa bizim de eğitici bir kitabımız olsaydı herkes bunu okuyacak ve ilahi gerçekleri ilk elden öğrenecek.

Hüsamettin Çelebi sözünü bitirirken, ben sarığımın katları arasından bükülmüş bir kâğıt uzattım genç dostuma; Mesnevi'nin ilk on sekiz beyti yazılmıştı:

- Ben başladım, gerisini sen yazarsan ben söylerim.

Dinle bu neyden ki şikâyet ediyor, ayrılıklardan bahsediyor.

Beni kamışlıktan kopardıklarından bu yana, kadın, erkek (herkes) sesimden ağlamakta.

Benim gibi delik deşik olmuş bir sine gerek, ki ayrılık arzu ve acıyı ona anlatabileyim.

Kim ki aslından uzak düşerse, Ona tekrar ulaşma fırsatını kollar.

Ben her türlü mecliste ağlar oldum, iyi halli ve kötü hallilerin dostu oldum.

Herkes kendi zannınca dostum oldu, içimdeki esrarı hiç mi hiç aramaz oldu.

Oysaki sırrım feryadımdan gizli değil, fakat ne kulakta, ne de gözde o nur mevcut değil.

Ruh bedenden, beden ruhtan gizli değil, ancak, herkes bunu görme meziyetine sahip değil.

Neyin sesi aslında ateştir, hava değil, bu ateşe sahip olmayan yok olsa da kaygı değil.

Neye düşen aşkın ateşidir, yalnızca nefes değil, şaraptaki coşku da aşktan dolayıdır, başka bir şeyden değil.

Ney, dostundan uzak kalmış kimsenin yoldaşıdır, onun perdeleri bizim de perdelerimizi yırtmıştır.

Ney gibi hem zehir hem de panzehir az bulunur, ney gibi sırdaş ve özlem duyan dost bulunmaz.

Ney kanlı yollardan bahsediyor,

Bu sırların sırdaşı ancak kendinden geçmiş kişidir, dile gereken ise onu anlayan kulak sahibi bir kişidir.

Gam ve hüzün içinde geçip gidiyor günlerimiz, gamlarla yoldaş olup akıp gidiyor günlerimiz.

Günler geçip gidiyorsa, korku yok, de ki "Gidin!" Fakat ey tertemiz dostum! Sen kal, sen bana yetersin.

Balıktan başka her şey suya doyar, rızıksızın günü uzar, bir türlü geçmez.

Ham olan kimse olgunun halinden ne anlar? Öyle ise sözü kısa kesmek gerek vesselam…

Hüsamettin okurken ağladı ve sarığın ucuyla gözyaşlarını silerek şöyle dedi:

- *Efendimiz, koca denizi on sekiz beyte sığdırdınız. Derin anlamlı rumuzlar kullandınız. Birinci beyitte "bu neyden" kastınız ne?*

Gizli sırlarını söyleme de cihanın; o yanık ney, o yanık ney, o yanık ney... O busesi güzel cananın; öptüğü şey, öptüğü şey, öptüğü şey...

Bir gün, Peygamber Efendimiz (s. a. v.) Hz. Ali'ye bir sır verir... Öyle derin bir sırdır ki bu, kor gibi yüreğine çöker Hz. Ali'nin. Ama ondan da kötüsü bu sırrı kimseyle paylaşamaz. Öyle büyük ve derin bir sırdır ki; yüreği daha fazla taşıyamaz bunu. Hz. Ali bu sırra tahammül edemeyerek nihayet içi boş bir kuyuya varıp sırrını ona söylemek mecburiyetinde kalır. Nefesi yettiğince kuyunun içine "Huuuu" diye haykırır. Kuyu bu sırra dayanamayıp, su çıkarmaya başlar... Sular taşar.. Kuyunun etrafında sazlıklar fışkırır.. Derken.. Günün birinde aşığın biri bu sazlıktan bir kamış koparır... Ona şekil verir... Ve aşkla üfler... Kamıştan yani ney'den "Huuuu" diye bir ses çıkar... Ses.. Hz. Ali'nin sırrıdır... Ney sesini duyan Hz. Peygamber: "Ya Ali niçin sırları ifşa ettin ?" diye sorar. Hz. Ali' de "Ya Resulallah, halktan hiç kimseye ağzımı açmadım." cevabını verir. Resulullah: "Ya bu sır nedir, o sır değil midir?" buyurur. Hz. Ali dinler, görür ki o sırdır. Hemen özür dileyip "Ya Resulallah daha fazla tahammül edemediğim için kırda boş bir kuyuda söylemiştim. " der. Bunun üzerine Allah Resulü: "İşte bu ney bu sırları kıyamete kadar söyler. " buyurur.

İşte böyle.. Bu sırrı da sadece âşıklar anlar, sadece aşıklar...

- Beyitte sır, asıl yurt değil mi üstadım?

- Aynen öyledir. Ney'in bu inleyişini anlamak için onun gibi delik deşik olmuş bir sine gerek. Yani önce Allah varlığını kendimizde keşfetmek ve daha sonra O yaratanı arzulayıp O'na âşık olmak gerek. Böylece göğüs delik deşik olur. Yanmaya ve feryat etmeye başlar. Hz. Şems bana böyle bir aşkı aşılamıştı. Ben de ney misali inlemeye ve feryat etmeye başladım.

- Beyitteki "iyi halli" ve "kötü halliler" kimdir?

- Kadın olsun erkek olsun, iki türlü insan vardır: İç âlemini keşfedip onu arayanlar ve iç âlemden hiç haberleri olmayıp sadece maddeye âşık olup dünyalık zevklerine dalıp gidenler. Bu iki zümre de ney'in feryadını dinler ama ondan anladıkları farklı olur. Maddeciler ney'i nefsanî duygularını tatmin etmek için dinlerler. Âşıklara ise ney'in sesi mâşuklarından ayrılma gününü hatırlatıp ayrılık ıstırabına sevk eder. Şems Hazretleri benim bu gibi duygularımı anlamıştı. Onun için sırdaşım oldu. Eğer birisinin yüzü güneş gibi parlak değilse o yüzünü saklamak için gece karanlığını tercih eder.

- Efendim, dizginlenemeyen dünyalık arzuların çemberi nasıl daraltılabilir?

- Nasıl ki ağzı kapalı olan testi kirli su üzerinden akıp giderse dervişliği arzulayan da bu dünyaya fazla dağılmadan öylece akıp gider. Diğer bir deyişle, su gemiye girerse onu felakete sürükler ama geminin altına verilirse onu yüzdürür ve varacağı yere götürür .

- Efendim bugün bir kişi sokakta kin davası güderek kavga çıkardı, kin beslemek öfkenin esiri olmak mıdır?

- Kin besleyen kişi kin dolu kimselerin mezarları yanına gömülür. Kinin asıl kaynağı cehennemdir ve insanın kini ise onun bir parçası olup dinin düşmanıdır. Eğer insan nefret, öfke ve kin üretiyorsa Allah'tan uzaklaşır ve korkarım, dinini kaybeder. Allah'ın gazabından kurtulmanın çaresi kendi öfkeni yok etmektir.

- Çoğu insanda geçim derdi, rızık korkusu var. Bunu nasıl giderebiliriz?

- Bu âlemdeki sıkıntıları perde olarak gör ve her an rızkın kaynağının Allah olduğunu bil. Ahmet'ten, Mehmet'ten rızık isteme, Allah'tan iste. Sarhoşluğu bile şaraptan veya esrardan isteme, Allah'tan iste. Bir şey ekeceksen gerçek toprağa (mana âlemine) ek ki orada binlerce ekin meydana gelsin.

- Tasavvufta nefsi terbiye etmek için nasıl bir yol takip etmeliyiz?

- Nefsini terbiye etmek için kendi yükünü başkalarına yüklemek doğru değildir. Baş olmaya da heves etmemeli, zira dünya tuzaklarla doludur ve istekler ise o tuzağa yerleştirilmiş tanelerdir. Onlardan sakın. Suçu kendinde ara, gölgede değil. Kötü işlerinden dolayı kötü neticeler ortaya çıktığında kederine yüklenme. Şehvet kontrol altına alınınca akıl daha da genişler. Tıpkı ağacın dallarını kesince yeni ve canlı dallarını çıkması gibi.

İnsanı alçaltan onun doymak bilmeyen benliğidir. Her an bir yakınını kırmaya ve bu hoş dünyada hem Allah hem de insanlara kafa tutmaya hazırdır. Benliğini yok edlnce ne düşmanı kalır ne de özür dilemekten beli bükülür.

- Aziz Sultan'ım! Azgın nefsi kontrol altına almak için insan ne yapmalıdır?

- Her şeyden önce Allah'a yürekten inanmalıdır. Dilenci de Allah'ı anar ama ekmek için; fakat iman sahibi O'nu yürekten anar. Merkep ot gibi sırtında Kuran'ı taşır fakat onun özünden bir şey bilmez. Eğer birisi yürekten 'Allah' derse kalbi parçalanır ve nefsi aradan kalkar. Manevî gerçekler seni dünyalık şekillerinden kurtarıp hür yapar. Aşırı dünya istekleri ham meyveler gibidir. Ham meyveleri yememek gerekir. Mideyi bozar. İnsanın asıl gıdası Allah'ın nurudur ama bazı kimseler toprak hastası olup onu gıda sanırlar ve onun vücuda güç vereceğine inanırlar. . Yediğimiz her şey netice itibariyle topraktır. Toprak bu vücudu ağırlaştırır; Allah'a yöneliş ise ruhu besler.

- Aşkta ağlamak caiz midir?

- İster bu âlemde olsun, ister öteki âlemde, sevgilisinden uzak düşene ağlamak yaraşır. Ben de günün geceden ayrıldığı gibi ağladım. Sevgilimin gün gibi parlayan yüzünü anarak hep gözyaşlarımı döktüm. Aslında ağlamak sevgilimin hoşuna gidiyor, yani O'nun rahmetini okşuyor. Ben dertlerime ve hüzünlerime âşık oldum. Dostumun mutlu olması için neden bu fedakârlığı yapmayayım ki?

Aslında ağlamak Allah'ın rahmetini coşturur. Hele bu ağlamak yürekten ise... Yürek ağladı mı çocuk misali ağlamalı. Bak buna dair bir hikaye anlatayım:

Belh'te borçla geçinen ve varlığını fakirler için harcayan Şeyh Ahmet Hızrevî ihtiyarlayınca ölümün yaklaştığını hissetmiş. Şeyhin öleceğini öğrenen alacaklılar birer birer onun etrafına toplanmışlar. Alacaklılar para derdinde ve çaresiz, şeyh ise utancından mum gibi eriyip tükeniyormuş. Tam o sırada dışarıdan çocuk sesi gelmiş, "Helva var, taze helva". Bu helva sesi şeyhi umutlandırmış, "Tez çağırın helvacı çocuğu" demiş. Çocuk içeriye girip helva tepsisini şeyhin önüne koymuş. Şeyh, "Helvayı herkese dağıt" demiş. Tepsi boşalınca çocuk parasını istemiş. Şeyh, "Evladım bak bütün bu insanlar parayı bekliyor. Param olsa onları bekletmem" deyince çocuk feryat ederek ağlamaya başlamış. Tepsiyi yere atıp "Keşke bacaklarım kırılsaydı da buradan geçmeseydim" diye bağırmış. Şeyh ses çıkarmayınca alacaklılar da şeyhin bu hareketini beğenmemişler. Zavallı çocuk geç vakte kadar ağlamış. Allah'ın rahmeti harekete gelince şeyhin halini bilen zengin birisi şeyhe 400 dinar ve ayrıca kâğıda sarılmış yarım dinar hayrat olarak göndermiş. Bu kerameti gören alacaklılar şeyhin hikmetine hayran kalmışlar ve daha önceki davranışlarından ötürü özür dilemişler. Şeyh, "Ben Allah'a yalvarmıştım. O bana bir vesile gönderdi. Çocuk ağlayınca Allah'ın rahmeti coştu. Siz de duanızın kabul olmasını istiyorsanız çocuk gibi içten ağlayın" demiş.

- Benliğin eline esir olmamak için ne yapılmalı?

- Benliğini azaltmak ve iç âlemini keşfetmek için şu dört kuşu yok etmelisin: Ördek, horoz, tavus kuşu ve karga. Ördek hırsı, horoz şehveti, tavus kuşu gösterişi ve karga ise çirkin nefsi temsil eder. Yemek insanı maddeye bağladığı için onu az yemeli. Ey can dostum! Bu dünyadaki vatandan fazla bahis açmak da doğru değildir zira asıl vatanımız öteki âlemdir.

"Rızkınız göklerdedir" sözünü hatırlayın. O halde neden yere yapışıp kalıyor insan? Sizi yukarıya çağıran her ses, sizi yukarıya yükselten sestir ama hırslara davet eden ses ise vahşi kurdun sesidir. Sizi parçalayacaktır. Eğer önce belalar gözünüzü şaşırtıyorsa sonunda yücelikler göze aydınlık bağışlar. Sonu görebilen göz nura ulaşmıştır demektir ama şehvet içinde olan gözler mezardaki gözler gibidir.

Şekillere takılmayın ve mana âlemine yönelin zira mana şekiller için kanat vazifesini görür. Mana âlemini bilenlerle sohbet edin, çünkü böylece hem mükâfat hem de dirilik elde etmiş olursunuz.

- Efendim, dikkatimi bir husus çekti sorabilir miyim?

- Elbette...

- Biraz da "günahlar" meselesine temas etsek nasıl olur üstadım? Bir hadis-i şerifte Peygamberimiz şöyle buyuruyor: " Eğer siz günah işlemeseydiniz, Allah sizi yok eder ve yerinize günah işleyip, tevbe eden bir kavim getirirdi. " Burada günaha teşvik var diyenlere karşı bir cevap mı vardır?

- İlk günahtan bu yana insanların aklından çıkarmadığı, ancak yüreğine sığdıramadığıdır günah. Hadis-i şerifte ümitsizlik içerisinde olanlara müjde vardır. Bu müjde tevbe kapısıdır. Günahsızlık çok istisnadır. Peygamberlerin haricinde hangimiz günahsız değiliz ki? Günah kulluk sınavında ayağımızın düştüğü çukurdur. Tevbe bizi bu çukurdan çıkaran yardım elidir. Her günah bir tevbe fırsatıdır. İnsanlar geçmişte işledikleri suçların ezikliğinde acı duyarak yaşıyorlar, bu onlarda buhran haline gelmiş. Peygamberimiz, korkutan değil müjdeleyendir, zorlaştıran değil kolaylaştırandır. İnsanları ferahlatması onun görevidir. Karamsar ruhlara, daralan yüreklere su serpiyor. İşte alemlerin efendisi, Rahmet-i Muhammed, cennet-i muhabbet O'dur.

- Evet efendim, gerçek bir pişmanlık ceza ve korkutmalardan daha tesirlidir. Cezaların da bir yere kadar gücü var, ancak asıl güç tevbede değil mi?

- Mü'minûn Suresi'ndeki şu ayet ne kadar güzel anlatıyor soruyu: "**Biz, sizi boşuna yaratmadık**" Bazıları bu ayeti sertlik, kahır mesajı olarak yorumladı. Yanlış yaptılar. Bu ayette aşk var, sevgi var, lütuf kokusu var. Allah diyor ki; " Benim için değerlisin. Ama sen bunun farkında değilsin, ben seni boşu boşuna yaratmadım. " Hüsameddin yârenim, insanlara lutufla yaklaş, hatalı olan var, suç işleyen var, ayıbı olan var, günahı olan var. Onları müjde ile cezb et. İnsanın fıtratı gönlünü çeken müjdeye meyillidir. Dergahtaki dervişleri ihmal etsem, gaddarca davransam, siz günahkarsınız diye onları azarlasam şu anda karıncayı bile incitmekten sakınan bu dervişler birer şiddet hastası, etrafa zarar veren kendilerini kaybeden birer cani olurlar değil mi? Benim onlardan bir farkım yok ki.

Günahkar hatasını bilendir, hepimiz günahkarız. İçimizde ilk taşı atacak kimse yoktur. Cahil, adı üzerinde, ilgi ve terbiyeden geri kalmış, mahrum edilmiştir. Onlarla ilgilenmemiz, onlara el uzatmak farzdır. Ahmak olan, bağnazdır ve bağnazlardan uzak durmak lazım gelir. Bağnaz o kadar hastalıklıdır ki toprak bile onu tedavi edemez. Ahmak kimdir? Ahmak, aciz haline aldırmadan güya aklı sıra Allah'a akıl vermeye çalışan küstahtır. Ne var ki ahmak ve ham olan kimse ilâhi aşka erişemez. Ona laf anlatmak mümkün değildir. Bir kıssa anlatayım da bu mesele daha iyi anlaşılsın:

Bir gün Meryem'in oğlu İsa hızla dağa kaçıyordu. Sanki bir aslan onu parçalamak için kovalıyordu. Birisi İsa'ya sordu:

- Seni kim kovalıyor da sen kuş misali uçarcasına kaçıyorsun? Seni ne aslan ne de bir düşman takip ediyor. Öyle ise bu kaçış kimden?

- Cahillerden (ahmaklardan) kaçıyorum. Lütfen bana engel olma.

- Körlere ve sağırlara şifa veren İsa sen değil misin? Sihirlerden koruyan, çamurdan olan kuşa can veren İsa da sen değil misin?

- Evet o benim. Kayadan oluşan dağa üfledim çatladı, parçalandı ve dağıldı. Ölüye üfledim, canlandı. Yoktan bir şeyler var ettim ama ahmağın gönlüne sevgiyle üflediğim halde netice alamadım. Sert kaya oldu veya kum oldu da hiçbir tohum bitmedi. Şeklinde açıkladı. Adam tatmin olmayıp:

- Peki Allah'ın adı her şeyi etkiliyordu ahmaklığı neden etkilemiyor?

- Ahmaklık Allah'ın kahrıdır, ani körlük, sağırlık gibi bir hastalık değildir. İnsan bu tür hastalıklara acır ama ahmaklık insanı yaralar, zira o Allah'ın programladığı vasıftır. Çaresi yok diye açıkladı.

- Efendim, cennetin kokuları dudağınıza sinmiş gibi konuşuyorsunuz.

- Eyvallah! O iltifat söyleyene şamildir.

- Efendim, insanların çoğu ölümden korkar. Bunun sebebi nedir?

- Ölümün yüzü herkesin kendi rengine göre şekil alır. Düşmana göre düşman gibi olur. Dosta göre dost gibi gelir. Yusuf'u gören herkes canını feda eder fakat kurdu gören ise doğru yoldan sapar. O halde ölümden değil, kendinden kork. Aslında tövbesiz bir hayat varlığına zarar verir ve bu şekilde ölmek Allah'tan uzaklaşmaktır. Hayat ve ölüm Allah'la birlikte hoştur. Bilal-i Habeşi öleceğine yakın zayıflıktan hilal gibi incelmiş ve ölümün rengi yüzüne vurmuştu. Karısı bu halini görünce "Eyvah, mahvolduk!" deyince Bilal "Hayır, mutlu ve şen olduk." dedi. "Yaşarken hepten mahvolmuştum ama sen ölümün asıl hayat olduğunu bilmediğin için kaygılanıyorsun." Bunu söylediğinde Bilal'in yüzü lâleler, nergisler ve gül yaprakları gibi canlanmıştı birden.

- Efendim biraz da aşk bahsine girsek…

- Aşkı açıklamak ancak aşkla mümkündür, çünkü aşkı açıklamada akıl çamura saplanmış bir merkep misali çaresizdir. Her ikisi dünyalık ve mecazî aşk Allah'a yönlendirdiği için değerlidir. Güneş kendi varlığının delili sayılır ve sana eğer delil gerekiyorsa ondan yüzünü çevirme. Gerçek aşk daima canlıdır ve insanı goncadan daha taze tutar.

Mecazî veya ilahî aşkı anlatmak veya anlamak son derece zordur. Ney gibi içimizi benlikten boşaltmak ve onun gibi göğsümüzün delik deşik olması gerekir. Tabii ki ilk olarak bizi aldatan bu hilekâr nefisten kurtulmamız lazım. Bir an için dahi bu nefsimiz hapis edilirse bütün peygamberlerin ilmi zahir olur ve herkesin talip olduğu o surat bizim idrak aynamızda belirginleşir. Bir kere insan O'na âşık oldu mu artık O'nun için ağlar ve O'nun yüzünü görmek için çırpınır. Ben her iki âlemde ağlarım, zira sevgilim ağlamama dayanamıyor. Neden gecenin güne erişmek istediği gibi O'na kavuşmak için ağlamayayım? Aslında O'nu mutlu etmek için acılarıma ve dertlerime de aşığım. Her şey, aslında, ölüdür. Diri (Hayy) olan ise sevilendir, Allah'tır.

Nerede olursak olalım daima Allah'ı sevmeye yönelmeli ve O'na âşık olmalıyız. Âşık olunca mezarda, mahşer gününde ve hatta cennette aşk hep seninle olur. Allah'ın aşkından başka her şey, şeker gibi tatlı da olsa, cana ıstırap vericidir. Cana ıstırap vermek veya ölüme ulaşmak de ne? Aslında hayat suyuna el atmamaktır. Aşk hayra veya şerre de vesile olsa ondaki amaç ve gayret önemlidir. Gayret ulu amaçlar için olmalıdır. Atmaca bembeyaz ve değerli de olsa fareleri avlarsa değeri on para olur ama baykuş olduğu halde amacı Şah'a ulaşmaksa o atmacaların kralı demektir.

Allah âşıklarına gelen gamlar ve kederler kem gözlerden korumak içindir. Her an ona ait olana ve akıl ile can O'nun hazinesinin bir tek incisine can verene âşık ol. Kimin sırtını güneş ısıtıyorsa onun yüzü hiç değişmez ve o ne kimseden korkar ne de çekinir. Ruhunuzda aşk ateşini yakarak sözleri ve satırları alevleyip, küle çevirin. Âşıklar her an yanar ve viran olan köylerden vergi alınmadığı gibi onlara sorgu sual da sorulmaz. Kabe'de secde resmiyeti yoktur. Eğer dalgıcın ayakkabısı yoksa ne çıkar (o yine de suya dalar). Sarhoşlardan yol sorulmaz ve kendi elbisesi yırtılmış olanlara yama için elbise götürülmez.

- Efendimiz, bazen Allah yalvarışlara hemen cevap vermez. Bunun sebebi nedir?

- Birisi "Allah" deyince onun dudağı tatlanırdı. Şeytan ona, "Ey çok konuşan herif! Bu kadar Allah demene karşı O'ndan hiç 'buyur kulum' diye bir cevap duydun mu? Zavallı adam Şeytanın bu sözlerine çok üzüldü ve ağladı. Rüyasında Hızır göründü ve ona, "Neden Allah demeyi bıraktın?" diye sorunca adam, "Bana O'ndan hiç cevap gelmiyor. Ne yapayım? Sonra O'nun kapısından kovulmaktan korkuyorum. " dedi. Hızır, "Senin 'Allah' demen zaten O'nun "Kulum ben buradayım" demesidir. Senin niyazların, yakarışların ve dertlerin hepsi O'na haberci olarak ulaşır. " deyip adamı teselli etti. Allah her an hazır ve nazır olduğu için O'nun cevap vermesi gerekmez. Kelimesiz ve sessiz duygular hep O'na ulaşır.

- Gönüller sultanı efendim! Veli ile normal insan arasında başlıca ne fark vardır?

Sahte sufiler ve dervişleri tanımak gerekir. Gerçek sufi maddeden arınmak ister, gösterişli cübbelere (kıyafetlere) gönül vermez. Onun amacı arılıktır. Oysaki sahte sufi gösteriş ve güzel (pamuktan yapılmış) cübbelere düşkün olup terzilere gider. Sahte şeyhlere itibar etmeyin. Aslan postu giyinmiş çakallar gibidir onlar. Aslanlar (gerçek erenler)ortaya çıkıp onları test edince ne oldukları ortaya çıkar. Bizim gibi, şehvet sarhoşluğundan kurtulun ve devenin geçici sarhoşluğundan ders alın ve kalıcı sarhoşluğu seçin. Gökten gelen bir tek kadeh canı şaraptan ve dünyalık dostlardan koparır atar. Tatlı suyu tatmadıkça bu bulanık acı su, tatlı ve gözün nuru kadar hoş görünür.

İçinde mehtap (Allah nuru) parlayan gönül, arifler için Allah'a açılan kapı gibidir. Onlar için kapı iken bazıları için duvar veya kimi için taş, dostlar için ise cevher olabilir. Senin aynada gördüğün nesneleri erenler tuğlada seyrederler. Erenlerin varlığı bu âlemin yaratılmasından da eskidir ve var olmadan önce Allah'ın cömertlik denizinde bulunmaktaydı.

Hüsamettin dostum! Her sakallı ve nurani görünüşlü kişiyi de ermiş sanmak doğru değildir. Dünyada beyaz sakallı, yaşlı kimseler çok vardır ama bunlar arasında sakalı beyaz ve gönlü kara insanlar da mevcuttur. Dikkat etmek gerekir. Akıl ne sakalda ne de ağarmış saçlardadır. Akıl piri (yaşlı ve ermiş kişi) aranmalıdır. Dar görüşlü ve gözleri bağlı olan için o ak saçlar olgunluğun ifadesi olabilir. Taklitçi, aksakallının tek delili görüntüdür fakat taklit perdesini terk etmiş eren ise her şeyi Allah'ın nuruyla görür.

Kur'an'ın anlamını Kur'an'dan ve nefsini yok edenden sor. Heveslerini ve nefsini yok eden kimse Kur'an'da yok olup ruhu da Kur'an olmuştur.

- Pîrim tasavvuf bereketinizden nasiplensek, tasavvufu nasıl anlamalıyız?

- Tasavvuf kelimesindeki her bir harf ilahi aşk yolunun bir durağıdır. Tasavvuf, Tevbe, Safâ, Velâyet, Fenâ'dır. Tevbe kapısını Hz. Âdem araladı, Safâ çölünü Hz. Hacer adımladı, Velâyet Hırkası'nı Hz. Ali taşıdı ve Fenâ'nın tadını Miraç'ta Hz. Muhammed Efendimiz yaşadı.

Tasavvuf sekiz temel üzerine kurulmuştur. Birincisi; cömertliktir. Bu İbrahim (a.s)'ın sıfatıdır. İkincisi; rıza'dır ki, bu İshak (a.s)'ın sıfatıdır. Üçüncüsü; sabır'dır ve Eyyüb (a.s)'ın sıfatıdır. Dördüncüsü; işarettir ki (Allah'ın her hadisedeki rolünü bilmek), Zekeriyya (a.s)'ın sıfatıdır. Beşincisi; kurbettir ki (yakınlık), Yahya (a.s)'ın sıfatıdır. Altıncısı; tasavvuftur ki (mana yolculuğu), Musa (a.s)'ın sıfatıdır. Yedincisi; fakirliktir (kulluğu bilmek) ki İsa (a.s)'ın sıfatıdır. Sekizincisi; aşktır ki, bu da Efendimiz Hz. Muhammed (s.a.v)'in sıfatıdır.

Tasavvuf Cenab-ı Hakk'ın bir kulunu nefsinden öldürüp kendisiyle diri kılmasıdır. Tasavvuf dedikodu ve lafla olmaz, maddî alışkanlıklara ve aşırı isteklere açlık ve sevilen şeylerin terk edilmesi ile olur.

- Efendimiz verdiğiniz bilgilerden hem yararlanıyorum, hem de onları dikkatlice kaleme alıyorum.

- Sizin himmetiniz ve teşvikiniz olmasaydı Mesnevi yazılamazdı. Bu kutsal görevi canla başla üstlendiğiniz için size minnettarım.

- Estağfurullah, efendim. Burada bulunan dostlar ve ben sohbetinizden çok yararlanıyoruz ve aynı şekilde gelecek neslin de istifade edeceğinden şüphem yoktur. Müsaadenizle aldığım notları temize çekmek istiyorum, size nüshaları getireceğim.

Hüsameddin ertesi gün nüshaları alıp geldi:

- Efendim, dervişleriniz sizden öğütler istemektedir. Müsaadeniz olursa çağırayım gelsinler, tavsiyelerinizden nasiplensinler.

- Buyursunlar, bana memnuniyet verir dervişlerimin hasbihali.

Dervişler gelip etrafımda oturdular, önce onlara öğütler verdim:

- Yârenlerim öğütlerime kulak değil yürek verin: Siz aşk yolunda yürüyen yol kardeşlerisiniz. Aşk yolunda olanlar başkaların haklarına riayet etmede son derece hassas olmalıdır.

Hz. Ali ortalığın sıcaktan kavrulduğu bir günde arkadaşları ile birlikte yürüyorlardı. Yakın dostlardan birinin bağının yanından geçerken, yanındakilerden birisi ağaçların altında gölgede biraz oturup dinlenmeyi teklif etti. Hz. Ali "yapamam" diye cevap verdi. Arkasından sözüne şöyle devam etti:"Bu bağın sahibi daha önce benden bir miktar para ödünç aldı. Onun, bana borçlu olmasından dolayı mihnet altında kalmasını ve onun bağında gölgelenme hakkım olduğunu sanmasını istemem. "

Birbirinizin hatırını gözetin. Birbirinize hürmet gösterin. Saygı, sevginin emzirdiği bebektir. Birbirinize karşı gösterişten sakının. Riya büyük beladır.

Vaktiyle bir derviş, bir Ramazan akşamı iftara davetliydi. Derviş, yatsıya yakın evine döndü ve karısından mümkünse kendisi için sofra hazırlamasını istedi. Karısı:

- Sen davette değil miydin? Ne yemeği?

- Sorma! Çok yersem arkamdan 'Halis derviş değilmiş' diye konuşmalarından korktum, pek bir şey yiyemedim.

- Tamam. Sen şu akşam namazını kıl da ben o arada sofrayı hazırlayayım.

- Ama, ben akşam namazını orada kılmıştım.

- Sen arkamdan kötü konuşurlar diye pek yemek yiyemediğine göre, arkamdan iyi konuşsunlar diye namazı da uzatmışsındır. Hadi, akşam namazını bir daha kılıver de o arada sofrayı hazır edeyim.

Rivayet edilir ki hanımının bu ikazından sonra dervişin aklı başına gelmiş ve riya derdinden kurtulup halis bir derviş olmuş.

Beklentisi olmayanın hayal kırıklığı olmaz. Aşkın kapısına varmayanın yarası asla olmaz.

Durduk yerde sürekli:

"Afiyet, afiyet... " deyip durmasıyla meşhur bir sufi vardı.

Günlerden bir gün kendisine:

"Neden hep böyle deyip duruyorsun?" diye sordular. Adam:

"Ben eskiden hamaldım " diyerek anlatmaya başladı: "Bir keresinde çok ağır bir un çuvalını yüklenmiştim, istirahat etmek için çuvalı bir yere koydum. O sırada:

'Yâ Rabbi! Her gün bana çalışmadan iki ekmek versen onunla yetinirdim' dedim.

Tam bu esnada kavgaya tutuşmuş iki adam gördüm. Aralarını bulayım diye koştum, yanlarına vardım. Kavga edenlerden biri diğerine vurmak için eline aldığı şeyi benim başıma vurdu, yüzümü kanattı.

Bu sırada zaptiyeler geldiler ve bu iki kişiyi yakaladılar. Kana bulanmış bir vaziyette görünce, bu da kavgacılardan diye beni de yakalayıp zindana attılar.

Zindandayken bir gece rüyamda bir adamın bana şöyle seslendiğini duydum:

'Yorulmadan her gün iki ekmek bana yeter demiş, fakat afiyet istememiştin. Al işte, Allah istediğini verdi. '

Bu sırada uykudan uyandım ve:

'Afiyet isterim, afiyet!' demeye başladım. Derken zindanın kapısının çalındığını ve:

'Hamal Ömer nerede?' diye bağırıldığını duydum. Biraz sonra beni zindandan dışarı çıkarıp serbest bıraktılar. İşte o günden beridir, Rabb'imden hep afiyet istemekteyim... "

Ruhundan iki şeyi sök at: bencillik ve imansızlık. Cömertlik sadece verdiklerinizle değil verdiğinizin değeri ile anlaşılır. Çöpe atacağını vermek cömertlik sayılmaz. Verdiği kıymetinden anlaşılmalı. Verdiğinden pişmanlık duyma, yeterince dağıtmadığından pişman ol.

"İnsanın aşkını artırarak, onu Hakk'a ulaştırmayan bilgiden beter işkence yoktur! "İyi, kötü' diye insanları ayıranları aşk ıslah etsin!"

Horasan sufilerinden Şakîk-i Belhî, tevekkülüyle meşhur bir zattı.

Şakîk'in zühd hayatına atılışının sebebi olarak şu hadiseden bahsedilirdi:

Bir kıtlık senesi, Şakîk oynayıp eğlenen, şen ve şakrak bir köle gördü. Bütün halk geçim derdinde iken, kölenin böyle neşeli olması Şakîk'in garibine gitmişti.

Köleye:

"Bu neşe ne böyle?" dedi. "Halkın kuraklıktan ve kıtlıktan çektiği sıkıntıyı görmüyor musun?"

Köle:

"Bundan bana ne?" diye cevap verdi. "Efendimin hususî bir çiftliği var, ambarı da geniş. Muhtaç olduğumuz her şeyi buradan tedarik ediyorum."

Bunun üzerine Şakîk intibaha geldi ve:

"Şu işe bakın ki efendi fakir bir mahlûk iken köle ona güvenerek rızık kaygısı çekmiyor. Ya Mevlâsı zengin olan bir Müslümanın rızık kaygısı çekmesi ne derece uygun olur?"

İşte o günden sonra insanlar, Şakîk'i dillere destan bir tevekkül hâlinde bulacaklardı.

Şakîk, tevekkülden söz açılınca:

"Bir insanı tanımak isterseniz, bir Hakk'ın, bir de halkın ona vâdettiği şeye bakın. Adam bu iki şeyden hangisine kalben daha fazla güveniyor?" diye sormasıyla meşhurdu.

VEFANIN YÜRÜYEN TİMSALİ:KONEVÎ

Biz cümle dertlerin devası, çaresizlerin çaresiyiz. Savaşta Hz. Ali'nin Zülfikâr'ıyız. Biz Hz. Ahmed'in tevhid müjdesini vermedeyiz. Hz. İsâ gibi çocukken beşikte konuşmaya başlamışız.

Asıl ismi, Muhammed b. İshak b. Muhammed b. Yusuf b. Ali olan Sadreddin Konevî, benimle aynı yıllarda doğmuştur. Üvey babası Muhyiddin İbnü'l-Arabî'dir. Doğum tarihimiz gibi yaşadığımız şehir de aynı olan Sadreddin Konevî, Tasavvufî ilimlere vâkıf olup, bilhassa hadis ilmindeki derinliği ile tanınmıştır. Başlangıçta Sadreddin ile aramız iyi değildi. Kendisi, beni beğenmeyenlerin sözlerinin tesirinde kalmıştı. Üvey babası Muhyiddin İbnü'l-Arabî'nin düşüncelerini benimser başka görüşlere pek önem vermezdi. Şehirdeki mollalar'da, benimle Muhiddin Arabî'yi yarıştırmaya kalkışırlardı. Hatta Arabî'nin yaşadığı zamanı dikkate almadan sanki kendisi ile görüşmüşüm gibi "Mevlâna ondan etkilenmiştir." derlerdi. Bense bu zannı çürüttüğümden, beni Konevî ile karşı karşıya getirmeye çalışıyorlardı. Bir keresinde onları ikaz ettim "Hak âşıkları hayırda yarışırlar, Konevî benim kardeşimdir ve benden daima ilerdedir." Bu sözümü duyan Konevî mahcup olmuş ve gördüğü rüyaların sonucunda beni ziyarete gelerek helallik almıştır. Sadreddin, bir rüyasında kendisini benim ayağımı ovarken görür. Bu durum hayretine giderse de rüyasında devam ile benim, kendisine şöyle dediğimi de işitir: "*Canın sıkılmasın, bu işler böyledir, bazen siz bizim ayağımızı bazen de biz sizin ayağınızı ovarız. Bizim aramızda birlik vardır, yabancılık yoktur."*

Medreselerdeki hocalar semânın haram olduğunu, yasaklanması gerektiğini söyleyip ısrar ile ondan fetvalarına destek beklerler. Sadreddin'in cevabı şöyledir:

"Bana inanıyorsanız, Mevlâna'ya birazcık saygınız varsa bu işe müdahale etmeyin, velîlerden yüz çevirmek uğursuzluk getirir. Velilerin bu türlü hâlleri peygamberlerin sünnetleri mesabesindedir. Allah'ın işareti olmadan onlardan bir şey sâdır olmaz."

Sadece caiz görmekle kalmayıp, başka bazı mutasavvıflar gibi, Sadreddin Konevî'nin de semâ ettiği hakikattir. Hatta bizzat kendi zaviyesinde semâ toplantıları yapmıştır.

Bir gün Sadreddin ve bir grup ileri gelen mollalar ile Meram bağlarında gezintiye çıkmıştık. Ben topluluktan ayrılıp bir değirmene gittim. Geri dönmeyince beni aramaya koyulurlar. Nihayet beni değirmen taşı üzerinde semâ ederken buldular. Onlara döndüm ve değirmen taşını kastederek: "Allah hakkı için Sübbûh, Kuddûs diyor." dedim. Sadreddin tasdik edercesine: "Ben ve Kadı Sırâceddin o anda hissedilir bir şekilde değirmen taşından 'Sübbûh, Kuddûs' sesinin kulağımıza geldiğini duyduk." dedi.

Konevî ile hadis sohbetleri yapardık. Bir defasında sohbetimizin derinliğinden vaktin nasıl geçtiğini anlamamıştık. Bana sordu:

- Beni nasıl görüyorsun?

- Mümin müminin aynasıdır. Bir gün Peygamber Efendimiz arkadaşlarıyla otururken Ebû Leheb meclise giriyor ve Efendimize:

- Yâ Muhammed birçok yerleri gezdim, senden daha çirkinine rastlamadım.

- Doğru söylüyorsun Ebû Leheb.

- Herhalde dünyanın en çirkini sensin.

- Haklısın Ebû Leheb.

Biraz sonra Hz. Ali içeri girer ve tevafuk bu ya, o da:

- Yâ Muhammed bu dünyada senden güzelini görmedim.

- Doğrusun, Ali.

- Sana baktıkça içime huzur doluyor.

- Doğrusun Ali. deyince, bu konuşmalara şahit olan orada bulunan sahabe:

- Yâ Resûlallâh, biraz önce Ebû Leheb geldi "Ne kadar çirkinsin." dedi. "Doğru söylüyorsun." dediniz; şimdi Ali geldi "Ne kadar güzelsiniz." dedi. Ona da "Doğrusun." dediniz. Hikmeti nedir? Diye sorunca, Efendimiz de: "*İnsan insanın aynasıdır. Kişi kendisi nasılsa, karşısındaki insanı da öyle görür*" buyurarak, birbirimize hangi gözle bakmamız gerektiğini açıklamıştır.

- Haklısın, doğrusun Mevlâna dostum. Biz Kalpleri kırılmış, gamlara düşmüş kişilere dost olmaya, onların gamlarını, kederlerini paylaşmaya gelmişiz.

- Biz altın gibi birkaç kimsenin öz malı değiliz. Biz ummanlar gibiyiz madenler gibiyiz; biz bu âlemde herkesin malıyız. Hor görülenleri, toprağa düşenleri ayaklar altında ezilenleri, gül bahçesine getirelim, onlara neşeler bahşedelim diye bu dünyaya gelmişiz.

5 ARALIK 1273

İstersen beni ateşlere at, ateş bana ne yapabilir?
Ben değil gönüllere, göklere bile aşk ateşi attım,
onları tutuşturdum, yaktım, yandırdım.

Konya soğuk. Kar kaplamış her yanı. Benimse içimde hiç sönmeyen bir ateş. Yalımları dev alevler. Şu anki hayatım, saatlerce sessiz kalmak ve hatıraların geçişini seyretmek. Yavaş hareket eden bir selin yolunda yuvarlanan ağır bir kayanın göğsüme düşüp beni sürüklemesi gibi bir şey... Hatıralar birbirinin tekrarı, hiç birinin yeni bir mesajı yok. Şems'imin kokusu kokan hatıralara sarılıp uyumaya çalışıyorum her gece. Aklımda Şems, fikrimde Şems.

Şems'in ardından yirmi dört sene geçti. Yirmi dört sürgün çölünde Şems'siz kalmışım. Mazimde sessiz ve hasret dolu yirmi dört çöl var. Gitmeliyim. Şems'imi özlemişim. Ölüm gecem gelmeli. Bir an bile durmamalıyım. Zamandır bu, zamanın merhameti olmaz. Yirmi dört çölü kat ediyorum, ayağım kan revan. Günler kum, kumlar tuz dolu. Yürüyorum nefes nefese, ayaklarım şişmiş, dudaklarım susuzluktan çatlamış, ağlamaktan gözlerim kızarmış. Artık adım atacak hâlim kalmamış. Üşüyorum, dizlerimin bağı çözüldü. Ne yapacağımı bilmiyorum. Bilemiyorum. Güneşim bekle, sana geliyorum.

Gecedir. Soğuk ayaz çatılardaki kiremitleri çatlatacak kadar buz kesmiş havadır. Yatsı namazını kıldıktan sonra Yâsîn Suresi'ni her gece olduğu üzere okur Mevlâna. Şems'ten yadigar kalan kehribar tesbihi avucuna alır. Şems'in o tesbihi hediye ettiği ânı düşünür. Derin bir âh çeker. Oracıkta uyuya kalır. Gördüğü rüya ile uyanır:

Duvarı tuğla mozaik yazıların süslediği bir bahçede Şems elleri göğsünde bekliyordu. Mahzun bir şekilde bahçedeki rengârenk çiçeklere bakıyordu. Duvarın üzerinden bahçeye bir sarı ışık süzüldü, ışığın çimlere değdiği yerde kırmızı güller açıyordu. Bahçe neredeyse kırmızı güllerle dolmuş, taşmıştı. Bir ayak sesi duyuldu. Şems sesin geldiği yöne doğru baktı. Gelen Kimya'ydı. Süt beyaz bir elbise içerisinde tebessüm ederek yaklaşıyordu. Şems hiç de oralı değildi. Kimya yere eğildi, bir kırmızı gül kopardı. Şems' e uzattı. Şems kafasını kaldırarak, Kimya'ya şöyle seslendi: "Mevlâna'm kokmayan gülü neyleyeyim".

Kan ter içerisindedir. Yatağından yavaşça kalkar. Mumu arar, bulamaz; kandili arar, kandil her zamanki yerinde yoktur. Elleri titreyerek taş duvarlara tutuna tutuna Şems'in dergâhta yaşadığı odaya gelir. Dermanı kalmamıştır. Son bir gayretle "Bismillah" çekerek kapının kilidini açar. İçeri girdiğinde odanın taş duvarları, acem kilimi, tahta sedir ne varsa Şems kokmaktadır. Parmakları ile yattığı döşeği okşar, oturduğu minderi sıvazlar. Rahlenin üzerindeki Kur'an-ı Kerim'i alıp koklar. Diz çöker kilime Kur'an-ı Kerim'i açar: "İze'ş-ş*emsü küvvirat...*" **"Güneş dürüldüğü zaman, Yıldızlar kararıp döküldüğü zaman, Dağlar yürütüldüğü zaman, on aylık gebe develer başıboş salıverildiği zaman, vahşi hayvanlar bir araya toplandığı zaman, denizler tutuşturulduğu zaman, canlar birleştirildiği zaman... (Tekvir 1-7)** Avucundaki tesbihi rahlenin ucuna asar ve doğrulmaya çalışır. Tam o esnada duvara asılmış bir levha gözüne çarpar. Daha önce olmayan bir levhadır. Yirmi dört yıldır sayısız kere bu odaya girmiştir ancak bu levha yoktur. Sanki bir gece önce asılmış gibi. Yaklaşır levhaya. Titrer dil. Terler alın. Kısılır göz. Levhada yazılanları okur, feryat kopar, figan çatlar. Ağlamaktan çatlamış damarlardan yaşlar boşalır. Levhadaki yazıyı gözyaşları ile tekrar ederek odadan dışarı zar zor çıkar. Okuduğu yazıyı mırıldanarak karla kaplı taş zemine sendeleyerek yüz üstü baygın düşer.

Sabah ezanını okumak için yatağından kalkan Bilal Derviş, avludaki çeşmenin donduğunu görünce, matbahtan abdest almayı düşündü. Matbahın giriş kapısına yaklaşırken sağ tarafa gayri ihtiyarî baktığında, Şems'in odasının kapı önünde zeminde birisinin yattığını gördü. Koşarak yatanı kaldırmaya çalışırken ne görsün, beyaz sakalı buz tutmuş soğuktan çenesi kilitlenmiş Mevlâna Pîr'idir yatan. Sesi çıktığı kadar bağırarak dergâhta uyuyan herkesi kaldırdı. Dervişler Sultan Veled'in odasına koşup kapıyı yumruklayarak uyan dırdılar. Sultan Veled destur çekip olanları öğrendiğinde apar topar babasının yanına koştu. İki derviş kucaklarına baygın ve soğuktan donmuş babasını odasına doğru taşıyorlardı. Ağlayarak babasını kucağına aldı, sakalını öpüp soluğu ile yüzünü ısıtmaya çalışıyordu. Kerra Hatun yalın ayak yetişti, efendisinin hâlini görünce kendini kaybederek üstünü başını yırtmaya çalıştı. Mevlâna'nın vefat ettiğini sanmıştı. Elleri ile dizlerine vurarak "Meded Ya Allah," diye feryat ediyordu. Sultan Veled ne yapacağını şaşırmıştı, kucağında babası, avluda dizini döven annesi. Eşi Fatma Hatun'a annesini sakinleştirmesini tembihleyerek babasını yatağına taşıdı. Mevlâna zangır zangır titriyor ve zar zor olarak dudağın açıp "levha, levha..." diyordu. Sultan Veled, babasının ne demek istediğini anlayamamış, hayret ile babasının üzerine kat kat yorgan örtülmesini ve Abdullah Hekim'in acilen çağırılmasını istedi. Dervişler hekimi çağırmaya giderken, Kerra Hatun içeri girdi. Döşeğin kenarına oturup eşinin alnına elini koyarak ayetler okumaya başladığında, Sultan Veled Bilal Derviş'ten vaziyeti öğrendi ve Şems'in odasına girdi. Odada bir tuhaflık yoktu. Şems'in şehadete yürüdüğü akşamdan bu yana içeriye kimsenin girmesine izin vermeyen babası, bazı geceler bu odaya giriyor ve sabaha kadar çıkmıyordu. Sultan Veled babasını birkaç kez takip etmiş ve odanın penceresine çömelmiş, içeriden babasının ağlama sesine kendisi duvar kenarından dışarıdan sessizce eşlik etmişti. Odanın kıble duvarındaki levhayı fark etti. Okumaya başladı. Babasının neden "levha, levha..." diye sayıklamaya çalıştığını anlıyordu. Hıçkırıklarla yazıyı okudu:

"İstemem! Bilinmesin mezar yerim. Dikilmesin mezar taşım! Bu topraklarda aşk soluğu ile cehennemleri söndürmek için yaşamış bir garip Şems yatıyor desinler yeter!"

Levhayı dikkatice yerinden alıp, babasının odasındaki sandığa yerleştirdi, Şems'in kanlı feracesinin yanına koydu.

ŞEB-İ ARÛS'A DOĞRU

Zulmün ateşle dansıydı çıldırtan
Sabır gecelerine sığınan suskunluğumu...
Hangi büyük fırtına uyandırabilir sarhoşluğumdan
Başka hangi mahşer sarsabilir
Aşkın gözyaşlarından sırılsıklam ruhumu?..

Şimdi benim işim yolculuktur. Yalnız başıma ağır yükten iki büklüm, kemiklerim ağrıyarak gidiyorum. Bu dünyada hiç kimse bir senenin kaç bin asır olduğunu bilmiyor. Öyle seneler vardır ki ebedidirler. Benim içinse sanki hep vardı bu seneler. Şems'im şehit olup aşkın makamına yürüdü yürüyeli tam yirmi dört sene, yirmi dört bin asır geçti sanki. Şems'sizliğe nasıl dayandığımı kimse bilmiyor. Gitme vakti geldi oğul.

Bu gece ne kadar yorgunum, iliklerim bedenimden tel tel sökülüyor. Soğuk bir terleme alnıma yapıştı. Şu anda yatakta yatan cesedimdir. Siz bir cesetle konuşuyorsunuz. Şu dışarıdaki kadınlara seslenin, ağıt yakmayı bıraksınlar. Bana kudüm sesi verin. Kudüm kıyametin mûsıkîsidir. Kıyametim yaklaşıyor. Ölüme sevinçle yürüyorum. Gelen benim Şeb-i Arus'umdur. Düğün geceme ağıt değil mûsıkî yakışır.

Evladım, Sultanım, sana ad veren dedenin dediği gibi, "Allah'ın işleri insanların işine benzemez. "Beni seven, benim iyiliğimden değil, Allah için sevmiştir. Allah'ıma kavuşmayı feryat figan ile kirletmeyin. Benim ölümüme değil, doğum günüme gözyaşları dökün. Günü gelir, ağlamadığınız güne ağlarsınız."

Kızı Kimya Hatun'un vefatında gözyaşlarını sildiği işlemeli beyaz mendili avucunda yumak etmiş şekilde ağlayarak oturan Kerra Hatun:

- Ey eşim, ömür arkadaşım. Duam odur ki Rabb'im benim kalan ömrümü sana versin, sen yaşa ben öleyim.

- Âh... Beni anlamamışsın, yanarım da buna yanarım. Gerçekten ve içten bu düşüncede olduğuna inanıyorum. İncesin ve letafetlisin ey sürmeli çiçeğim. Bil ki benim hoşnutluğumu diliyorsan, sevgiliye kavuşmamı geciktirecek dualar okuma. Ömür dediğimiz bir rüyadan ibaret değil mi? Kimi rüyalar sene sene geçiyor, bazıları fasıl fasıl... Bazı rüyaları ay ay, kimilerini de hafta hafta yaşıyoruz. Sene sene geçen ile an an geçenin arasında görünüşte fark var gibi ama ömrün takvimi olmuyor. Aşkın hakikatine eren için vuslat miladıdır. Müsaade edin, ömrümün rüyası sona ersin, hakikate uyanayım.

Sultan Veled içeri müsaade alarak girdi:

- Babacığım, müsaade buyursanız, Konya uleması geçmiş olun ziyaretine geldiler.

- Oğlum, gelen hoşnutluk getirmiştir, buyursunlar.

İçeriye tek tek giren âlimler selam verip sedire oturdular. Kısa bir sessizlik sonrası, Sadreddîn Konevî:

- Üstadım, Efendimiz, biliyorum ki ölümden korkmuyor, ölüme aşkın makamına şevkle koşuyorsunuz. Ancak biz sevdiğimiz Pir'imiz için camilerde cemaati duaya davet etmeyi düşündük.

- Seni yetiştirenlerden Allah razı olsun dostum, güzel temennilerinize teşekkür ederim. Ölüm bana hazır mıdır bilemiyorum, ancak ben ona hazırım. Aşk, benim en aziz varlığımdır. Aşk karşısında her tehlike küçüktür. Aşk ile her dert kolaydır. Aşkın dermanı eceldir. Aşk varsa her cihad mutluluktur ve her ölüm hayattır. Beni böyle yetiştirdiler, ben böyleyim. Geniş yeryüzü oldukça dardır. Ben yeryüzünü ateşle yaktım yakalı, mavera yuvasına akan suyum, bırakın yatağımı bulayım.

"Allah'ım, sana şükrediyorum, bütün ömrümü senin zikrinle, isminle ve senin yolunda geçirmeme izin verdiğin için şükrediyorum. Beni ömrü harap olanlardan eylemediğin için sonsuz teşekkürler! Allah'ım, bana ikramından dolayı şükrediyorum, senin aşkına visal olmamın sebebi olan Tebrizli Şems kulunu bana gönderdiğin için teşekkür ediyorum. Dilim sana hakkıyla şükretmekten aciz. Azametin karşısında secde ediyorum. Gözyaşlarım ve şükrüm sana olsun ey büyük ve merhametli Allah'ım! Rahman'sın, aşkımsın; Rahim'sin, muradımsın.

Sadrettin Konevî, Hüsamettin Çelebi, Sultan Veled ve eşi Kerra Hatun, Mevlâna'nın son nefesini verdiği ana kadar onu yalnız bırakmamaya çalışıyorlardı. Sadreddin Konevî:

- Pir'im siz âlimler kutbu bir babanın evladı olarak babanızın emanetini layıkı ile taşıdınız, hatta babanızı ilmî mertebelerde aştınız. Şimdi oğlunuzu arif ve âlim kıldınız. Sizden sonra hizmetin kaldığı yerden mihmandarlığını oğlunuz yapsa uygun mudur, icazetiniz var mıdır?

- Benim güçlü ve yaşlı omuzlarımı bile inciten ve yaralayan ağır yükü oğlum gibi zarif, mütevazi, mülayim ve mahcup bir yiğidin omzuna nasıl yükleyeyim? Sen devam et diyeceğim, senin yükün fazla ve ben gibi ölümü gözlemektesin. En layığı, Hüsamettin Çelebi'm hizmete devam etsin, Sultan Veled'im onun yanında tecrübesini artırsın, sonra emaneti o yüklenir.

- Doğru söylediniz.

- Azizim, sizden bir istirhamım olacak, mümkün müdür?

- Buyurunuz pirim.

- Yüce Sevgili'ye senin imametinde uğurlanmayı murâd ederim.

Gözleri buğulanan Sadreddin Konevî'nin yanaklarına birkaç damla düştü. Sesi titreyerek:

- Ayrılığınızın acısına katlanabilirsem, kalırsa takatim, cenaze namazınıza imamlık etmekten şeref duyarım.

- Şimdi müsaade ederseniz oğlumla baş başa kalmak isterim.

Odayı dua okuyarak terk edenlerden sonra köşede diz çökmüş, ağlamaklı Sultan Veled babasına doğru geldi. Elini babasının yanağında gezdirdikten sonra:

- Babam, canım, candanım! Beni sensiz bırakma. Nasıl dayanırım yokluğuna. Sevdiklerini tek tek toprağa teslim ederken o yüreğin nasıl dayandı babam? Ne olur bana da öğret, senin kadar güçlü değilim. Dedemi, babaannemi, amcamı, bacım Kimya'yı, kardeşim Alaeddin'i ve Hak dostun Şems'i ellerinle defnederken hangi görünmez derman üflendi de katlanabildin bunca acıya? Bana da üflensin o derman. Dayanamam. Dayanamam. Babadan öte aşkım, pirim olansın. Sen bir oğula tadacak en güzel anları yaşatan ulvi bir ışıksın. Sönersen karanlıklar beni boğar baba.

- Bir baba can verdiği o son anda bile yanı başına diz çökmüş, ağlayan ve üzülen çocuğunun yanında inlememeli, ne çektiğini söylememeli, can çekişmenin derdinden bahsetmemeli, çocuklarından, sevdiklerinden ayrı kalmanın acılığını hissettirmemeli. Sessiz kalmak, sabretmek ve kıvranmamakla yetinmeliyim can oğlum. Bana teselli vermeyin, ben sizi teskin etmeliyim. Bir baba, matemini, yetimlik derdini sevdiklerine miras bırakmamalı. Kederlerimi yuttum, size neşe bırakmalıyım. Mutlu bir şekilde can vereceğim aklında kalmalı. Feryat etmek bir babaya yakışmaz, hele hele bana hiç yakışmaz. Allah aşkı ile yanmış, yakılmış bir ömrü size armağan bırakıyorum. Sana, dayanmayı tembih ediyorum. Seni en güzel şekilde yetiştirdiğime inanıyorum. Hayırlı, salih ve vefalı bir oğlum var, böyle olduğun için teşekkür ediyorum. Bir baba teşekkür etmesini de becerebilmeli. Ben eğer böyle bir baba değilsem, utanmam gerekir.

Son vedasını yapan bir baba olarak hatırlama beni. Sözlerimde ördüğüm ben değildim. Ben gurur olarak kabul edilir, hayatım buyunca gurur denen illetten kaçındım. "Ben" imi kendi demir kafesinde esir etmişim. Evladım, kendimi ölüm döşeğinde gördüğüm ve veda vaktimin yaklaştığın hissettiğim şu anda sadece yanımda oturan çocuğumun gamlı ve yaşlı gözlerini görüyorum. Gamlı bakışlarını içime süzülen hediye olarak sunma. Gülmeni istiyorum. Baban bayram sevinci yaşarken o tatlı gülüşünle bana eşlik etmek istemez misin? Ben yerin altına değil, semanın altına defnedileceğim.

- Baba ne olur, içimi rahatlat!..

- Dağlara bir bak, ne büyük bir asaletle kıyam etmişler... Çöllere bir bak, büyük bir tevazu ile yayılmışlar. Allah'ın türlü lezzetlerle doldurduğu âleme bir bak. İnsanlarda gör güzelliği, manayı. Yaşayan insanlara ümit ol evladım. Allah'ın iki mucizesi olan hayatı ve âlemi insanlara müjdele oğlum. Şu anda yolun henüz başındasın, birçok nimetler sana kavuşmak için sabırsızlanıyor. Nimetleri insanlarla paylaş, kimseyi ayrı tutma, Âdem'de âlemi yaşa. Artık sen babasını kaybeden bir çocuk gibi olmamalısın, sen artık babanın çocuğu değilsin, kendinin çocuğusun, sen kendinin çocuğu olmak, yeniden doğmak, başlamak, bağsız olmak, hiçbir hatıranın altında kalmamak ve insanlara umut taşıyan bir aşk olmak zorundasın. Lekesiz ayna olmak nedir, bilir misin? Bilmiyorsun, ama ol!..

Ailene değer ver, babalığımdan misaller al, ben Baha Veled'in layık evladı oldum, sen de Mevlâna oğlusun, hatırından çıkarma. Evladım, öyle bir eş ol ki hanımın seni elindeki su ile iftarı bekleyen oruçlu gibi beklesin. Allah'ın muradını kazanmak için etrafındaki hanımların duasını al. Anne bir hanımdır, eş bir hanımdır, kız kardeş bir hanımdır, kız evladı bir hanımdır, cümle kadın birer hanımdır. Ben bazı anlar ailemi ihmal ettim, hakkınızı helal edin!..

- Olur mu babacığım, sen bizim başımızın sertacı bir baba oldun!..

- Bir babanın evladıyım, ben de bir babayım. Ben hepsinden öte bir kulum, bana sığınmak isteyen acizlere kucağımı açmak zorundayım.

- Geçen gece sırrımızı sakla diye sayıklamıştın, sonra da kendinden geçmiş uyumuştun. Nedir saklayacağım sır babacığım?

- Âh benim sultanım, senden saklamanı istediğim sır, Şems'imin kabri asla bilinmesin. Yeryüzü mezar kazıcılar, kan emicilerle dolu. Bizi toprağın üstünde çok gördüler, bari yerin altında vuslatımıza mani olmasınlar. Şems'imizin kabrini bir sen bir de ben biliyoruz. Öldüğümde beni sevgilimin yanı başına defnederken, Şems'in orada medfun olduğu anlaşılmasın. İtina göster evladım. Ayrıca her Kadir Gecesi kabrimizde Şems Suresi'ni okumanı istiyorum.

- Baş üstüne babacığım!..

- Bana Şems ile Şam'dan dönüşünüzdeki hatıralarınızı tekrar anlatmanı istiyorum.

- Elbette babacığım.

- Hüsameddin gelsin. Yanında divit kalem getirsin.

Hüsameddin gelir. Ağlamaktan gözleri şişmiştir. Titrer elleri. İlk defa, yazarken zorlanacaktır. Mesnevi'yi yazan parmakların damarı kurumuştur adeta. Yatağın ucuna otururken titreyen dizlerini belli etmemeye çalışır.

- Pîrim, geldim, beni emretmişsiniz.

- Estağfirullah! Emir değil istirham yârenim, istirham... Söyleyeceklerimi kağıda aktar. Ha, bir de Kerra Hatun'a söyleyin. Beni Şems'in odasındaki döşeğe yatırsınlar. Orada karşılamak isterim kardeşimi.

- Kardeşiniz?

- Hz. Azrail...

- ....

Ben Sevgili'ye gidiyorum. O'nunla beraber olan kimse diridir, konuşan diri odur, mest olmuştur, ebedî hoş olacaktır. Hak'tan başkası ile diri olan kimse, binlerce akla ve binlerce bilgiye sahip olsa bile, yine de sen onu bütünüyle yok say, ölü olarak bil! Çünkü varlığından geçmedikçe, O'nun varlığına bürünmedikçe, O'na kavuşamazsın! bir gerçektir tam olarak ortaya çıkan ki, her varlığın gerçek canı Hak'tır. Candan öte ne varsa fâni, yok olup gidecek...

"Ölüm günümde tabutum giderken görürsen, Bu dünya derdiyle dertlendiğimi sanma. Şeytanın tuzağını düşersen, hayıflanma... Yazık, yazık demek o zamandır. Onun için bana yazık yazık demeye kalkışma. Cenazemi görünce 'elfirâk elfirâk' deme. Benim buluşmam, görüşmem o zamandır. Beni mezara koyunca 'elveda elveda' deme. Çünkü mezar cennetler topluluğunun perdesidir. Dolunayı gördün ya; doğmayı da seyret! Güneşle aya, batmadan ne ziyan gelir ki? Sana kaybolmak görünür ama doğmadır o. Mezar hapishane gibi görünür ama ruhun kurtuluşudur o..."

"Ey aşk Kerbelâsı çölünün belâsını candan arayanlar. Ey Allah yolunda şehit olan aziz varlıklar, neredesiniz? Ey tez canlı âşıklar, ey havadaki kuşlardan daha hızlı uçanlar, neredesiniz? Ey gökyüzünün padişahları, ey gök kapılarını açmasını bilenler; neredesiniz? Geliniz; bize, gökyüzünün kapılarını açınız, bizi ötelere gönderiniz! Ey benlik zindanının kapısını kıranlar! Ey nefsin esaretinden kurtaranlar, neredesiniz? Ey gizli hazinenin, gönül hazinesinin kapısını açanlar! Ey mânâ yoksullarının varı yoğu olanlar; neredesiniz? Ey neredesiniz, neredesiniz?.. diye sorduklarım, aradıklarım! Siz, öyle bir denizdesiniz ki şu âlem, o denizin köpükleridir! Ey Tebrizli Şems! Doğudan doğ; çık, görün! Çünkü her ışığın aslının aslı sensin!"

"Âh bana bir kere daha aşk ateşi düştü. Bu deli gönül yine yüzünü ovalara doğru çevirdi. Âh, aşk denizi bir kere daha dalgalandı. Sanki, gönlümden her tarafa kan çeşmeleri akmaya başladı. Âh bir ateş sıçradı, gönül evini sardı. Yanan gönül evinin dumanı gökleri kapladı. Benim ateşim de o rüzgarla alevlendi. Gönül ateşi kolay değildir. Hiç kınama!"

17 ARALIK: KONYA MAHŞERÎ KALABALIK

İnsan dilini bıraktım, meleklerin dili ile yalvarıyorum sana. Gel artık, güzel ölüm, ruhum seni çok özledi. Aşk dolu göğsüme kon da, dünyanın zincirlerini çöz. Çok yoruldum pas tutan zincirleri sürüklemekten.

Konya mahşeri kalabalığı ilk kez görmektedir. Sis ve soğuk hüküm mü sürer yüreklerin pirine sel olup akan kalabalığı durdurmaya? Hastalığının ağırlaştığı bütün şehre yayıldıktan sonra... Kadınlar ağıtlarda, çocuklar dualarda... Şehrin bütün halkı dergâhı çepeçevre sarmış. Şehirde bir tane sokak boş değil. Bir yandan şifa duaları... Diğer yandan Mekke'den getirilen zemzemler sunulmakta Mevlâna'ya vefa borcu adına. Hristiyan, Yahudi, Rum, Ermeni kaç çeşit millet ve inanç varsa hepsi bir meydanda toplanmış. Üzüntü aynı... Temenni aynı... Niyazlar aynı... Civar şehirlerden gelenlerin yolda olduğu söyleniyor. Saray, kapılarını onları misafir etmeye açmış. Aşlar kaynatılmış kazan kazan. Kudüm sesleri yankılanıyor dergahtan bütün Konya'ya. Rebab eşlik ediyor kudüme, ardından yanık ney sesi geliyor. Şems'in Sultan Veled'e hediye ettiği tek dünya malı olan ney üfleniyor. Nağmeleri bulutlara değe değe... Gök eşlik etti edecek yerdeki insanların hüznüne.

Dışarıda feryat figan, içeride sessizliği donduracak derin sükût. Dergâhın bir odasında kadınlar toplaşmış ağlarken Mevlâna duymuş ve düğün evinde ağlanmaz! Söyleyin sussunlar diye haber yollar. Şems'in odasındaki döşeğe yatırıldığında vasiyetini yazdırmış ve oğlu Sultan Veled'e:

- Dergahta yaşayan herkesten teker teker benim için helallik al. Sonra her bir dervişi şehre yolla, kapı kapı dolaşıp bana helallik istesinler. Hüsameddin ile sen de matbahtan ekmek alıp sokak sokak nerede hayvan görürseniz dağıtın. Cami ve çeşme kurnalarına su doldurun, kuşlar içsin. Vasiyetimi unutma oğlum, sırrımızı da. Dediğim gibi, beni Hüsameddin yıkasın, kefenlesin. Bilal Derviş salâmı versin. Salâda söyleyeceği şudur: "Burada bir âşık vardı, mâşuğuna kanatlandı." Namazımı Sadreddin Konevî kıldıracak ve toprağa senin elinden defnedileceğim.

Mevlâna, son iki gündür bir kelime dahi konuşmadan suskunca tavana baktı durdu. İçinden ayetler okuyor, masmavi gözleri ile kerpiç tavanı süzüyordu. Son zamanlarda ateşi iyice yükselmiş, alnından terler akıyordu. Başına koydukları ıslak bez az sonra kupkuru oluyordu. Ağrıları, sayıklamaları yoktu ama arada ciğerleri sökercesine öksürüğü tutuyordu. Kerra Hatun başta olmak üzere kadınlar avluda toplanmış, Kur'an tilavet ediyorlardı. Dervişler, hafızlar hatim indiriyorlardı.

Takvimden bir yaprak daha düşüyordu. 17 Aralık akşamıydı... İki gündür sus pus olan Mevlâna'nın hâline kimse mana veremiyordu. Sultan Veled babasını sırtından tutup yatağın içerisinde doğrultuyor, Hüsamettin elindeki ıslak bez ile Mevlâna'nın terini siliyordu. Bir yandan da abdest için yüzünü, kolunu, ayaklarını yıkıyorlardı. Hastalandığından bu yana namazlarını yattığı yerden ima ile kılmak zorunda kalmıştı. Başını kaldıracak, oturacak dermanı kalmamıştı.

O akşam da namazını yattığı yerde gözleri ile kıldı. Yine sustu... Parmağı ile duvarda asılı duran Kur'an-ı Kerim'i işaret etti. Sultan Veled aldı, bez kılıfından çıkartacaktı ki "Çıkartma!" der gibi başını salladı. Göğsünü gösterdi. Sultan Veled ne demek istediğini anlamıştı. Kur'an-ı Kerim'i babasının göğsünün üzerine yavaşça bıraktı. Mevlâna kerpiç tavana bakmaya devam etti.

Biraz zaman geçmişti. Odadakiler kendi aralarında konuşuyorlardı. Mevlâna birden bağırdı:

- Susun! Ezanı dinleyin!

Sultan Veled:

- Baba ne ezanı, daha yatsıya çok var.

- Duymuyor musunuz ezanı, tanımadınız mı sesi? Ezanı okuyan Şems... Şems beni çağırıyor. Mâşuğum aşkın son yolculuğunda yolcusunu yalnız bırakmıyor.

Sultan Veled babasını kucaklar,

- Oğlum duydun değil mi? Şems ezanımızı okuyor...

Mevlâna, Ezan-ı Muhammedî'nin son cümlelerini okur ve başı oğlunun omzuna düşer.

- *Allahu Ekber, Allahu Ekber. Lâ ilâhe illallah...*"

KİTÂBİYÂT

ANBARCIOĞLU, M. Ülker, Sultan Veled, Maarif.

ARAZ Nezihe, Mevlânâ'nın Yetişmesinde Hocası Tebrizli Şems.

ARESTAH, Ali Rıza, Aşkta ve Yaratılışta Yeniden Doğuş.

BEKİROĞLU, Nazan, Yol Hali, Timaş Yay.

CAN, Şefik, Divan-ı Kebir, Ötüken Yay.

CAN, Şefik, Mevlânâ, Hayatı-Şahsiyeti-Fikirleri, Ötüken Yay.

CAN, Şefik, Konularına Göre Açıklamalı Mesnevî Terc., Ötüken Yay.

CİBRAN, Halil, Kalbin Sırları, Neden Kitap Yay.

ÇELEBİ, B. Celaleddin, Hz. Mevlânâ Okyanusundan.

DEVLETŞAH, Devletşah Tezkiresi, Çev: Necati Lügal.

EFLAKİ, Ahmet, Ariflerin Menkibeleri, Çev: Tahsin Yazıcı.

FARGER, Robert, Kalp, Nefes Ve Ruh, Gelenek Yay.

FERÜZANFER; Kitab-ı Fîhi Mâ fîh, Meclis Matbaası, Tahran, İran.

GENÇOSMAN, M. Nuri, Makalat.

GEYLANİ Abdülkadir, Sırru'l-Esrâr, Gelenek Yay.

GÖLPINARLI, Abdülbaki, Mevlânâ Celaleddin.

MESNEVİ'Yİ MANEVİ; Nicholson baskısı.

MEYEROVİTCH Eva de Vitray, İslâmın Güleryüzü.

NESEFİ Azizüddin, İnsan-ı Kamil, Gelenek yay.

MERİÇ, Cemil, Jurnal 1-2

ULUDAĞ Süleyman, Tasavvufun Dili, Mavi Yay.

PALA, İskender, Mevlâna, Kapı Yay.

PALA, İskender, Edebî Çehreleriyle Mevlevihâneler.

ŞİMŞEKLER, Nuri, Mesnevî'den Nasihatlar ve Özlü Sözler.

TAHİRÜL-Mevlevi, Şerh-i Mesnevî.

TOPTAŞ, Mahmut, Mevlânâ'nın Diliyle Kur'an Tefsiri.

TÜRKMEN, Erkan; Mevlâna Mesnevisi'nin Evrenselliği, NKM.

WATSS Nigel, Sevgi Yolu, Samsara Yay.

YAĞMUR, Sinan, Tennure ve Ateş, Karatay yay.

YAĞMUR, Sinan, Aşkın Gözyaşları Tebrizli Şems, Karatay Yay.

YAYLALI, M. Kamil, Mevlânâ'nın Hayatı-Eserleri-Fikirleri.

YİĞİTLER, H. Zekai, Mevlâna'da İnsan Olmak.

ZEMANÎ, Kerim, Minager'i Aşk, Tahran.

Sevgili Okurlarım

2010 Mayıs'ının iğde kokuları arasında kucağında bir kitap taslağı, kulağında ney'in efkâr tüten sesi, dudağında adresini arayan kelimeler ki; her bir harfi aşkın musikisi oldu, tel tel düştü yollara. Aşkın Gözyaşları Tebrizli Şems diye mırıldandı, matbaadan çıkarken. Kitabı alır almaz Mevlâna dergâhına vardı, dualar terennüm etti yeşil kubbeye bakarken buğulu gözlerle. Yüreği yerinden ha çıktı ha çıkacak. Koşar adım soluk soluğa Şems'in makamına yüz sürdü," Ey aşkın pirleri! Bir kelime yanlış yazmışsam sizleri, felç olsun parmaklarım, lâl kesilsin dilim, himmetinize geldim."

Konya'da yayınlanan bir kitaptı. Yayınevinin ilk kitabıydı. Kitap medyaya değil Mevlâ'ya sığınarak okuyucuları ile buluştu. Kısa bir süre sonra çok okunanlarda zirveye yürüdü. Hâla zirvede. Kitabı zirveye, yazan parmaklar değil, aşka râm olarak okuyan, sevdiklerine hararetle tavsiye eden, aylarca kitabı elinden ve dilinden düşürmeyen okurlar taşımıştı. Cennet kokulu duaları ile rüzgâr oldular ve ilk 10 ayda 260. baskısına ulaştırdılar.

Aşkın Gözyaşlarında sağanak sağanak ıslanmak için imza günlerine davet ettiler, yetmedi şehir şehir söyleşilerin peşinde kanatlandılar. Her okur kitabı okurken gözyaşlarına hakim olamadıklarından sitayişle dem vurdu.

İzmir'de Canan hanım dakikalarca ağladı, İstanbul'da Duygu hanım elleri titreyerek çantasından çıkardığı kitabı uzatırken: "Hocam kitabınızı okurken kaç salavat getirdiğimi hatırlamıyorum." diyerek ıslanmış sayfaları gösteriyordu. Trabzon izdiham nedeni ile dolup taşmıştı. Kayseri: "Kitaba doyamadık yok mu devamı?" diye haykırıyordu. Her okuyan, bir an önce bitmesin, tılsımı kaybolmasın diye sindire sindire okumanın çaresine bakıyordu. Sayısız mesajlar, mektuplar, telefonlar geliyor: Hocam ne yaptınız siz? O dönemi yaşadınız, sonra öldünüz, tekrar dirilip de mi yazdınız? Nedir bu tesirli sırrın hikmeti? Sorular... Tebrikler... Teşekkürler... Gözyaşları... Dualar.. Dualar..

Edilen dualarla uğurlandı Aşkın Gözyaşlarının hicret yollarına... Afganistan, İran, Suriye... Her belde de doyulmayan, kanılmayan, mana pınarlarından hasret içti. Damlayken denizleşmek istiyordu. Ve Aşkın Gözyaşları'na 2010 yılının en çok okunan kitabı olma onurunu yaşattıran siz can parelerim olmasaydınız bu başarı hiç olmayacaktı. Yazarlık yolunda yüreğime can, kalemime derman olan siz aşka aşık, güzel yüreklilere TEŞEKKÜRLERİMLE..

Sinan Yağmur
www.sinanyagmur.com.tr
www.ask-imevlana.net

AŞKIN GÖZYAŞLARI SERİSİ

AŞKIN GÖZYAŞLARI-I

TEBRİZLİ ŞEMS

AŞKIN GÖZYAŞLARI-II

HZ. MEVLÂNA

AŞKIN GÖZYAŞLARI-III

KİMYA HATUN

KİTABA DAİR HER YERDE...

AŞK'IN NAKKAŞI

MİNAGER-İ AŞK

(MESNEVÎ'YE GIRIŞ)

EDİTÖR: SİNAN YAĞMUR

Sekiz yüz yıldan bu yana günümüze kadar gelen aşk irfânından ortaya çıkıp kalpler üzerine parlayan Mesnevî-i Şerif, dünyevî heveslerin etkisi altındaki soğuk gönüllere aşkın sıcaklık ve vefasını bağışlamaktadır. Mesnevînin coşkun denizi, sancı sahilinde bulunan yüreklere manevi deryanın diplerindeki huzur sedefinin el değmemiş binlerce incisini, tertemiz bir hayatı arayanlara saçmıştır. Mesnevi, hem teorik, hem pratik açıdan, insanın îmanî ve irfânî bilgisinin tümünün özetidir. Bu yüzden, bu yüce kitabın basamaklarından adım adım çıkılarak, Hazreti Maşûk ile buluşmak mümkündür.

"Eğer akıl bahsi inci ve mercan ise, Diğer bahis, can ruhudur"

"Can rûhunun makamı başkadır, Can rûhunun özünde başka bir kıvam vardır"

Mevlâna, bakış genişliği, düşünce yüceliği ve açıklama gücü bakımlarından hayret edilecek bir delildir. Gerek hassas kaidelerin sunumunda, gerekse semâvî mânâların anlatımında, hikâye ve temsil kalıbında kullandığı lâtif şiir dili Mevlâna?nın benzersiz yeteneklerindendir. Hiçbir ârif, hatta Senâî ve Attar bile, bu hassas mevzûlarda onun gibi ince ve zarif kalem oynatamamıştır.

"Bu ince konularda okçuluk oyununu oynamak, Okçuları da çok zor durumda bırakmıştır."

Hz. Mevlâna Pirimizin eseri Mesnevî'yi okumaya başlayan herkes Mesnevî'nin anlaşılması için güçlü bir kaynak olan bu eseri Farsça'dan çeviri ve yorumuna katkıda bulunan Sinan Yağmur'un kalemi ile okumalıdır..

Sinan Yağmur